Kern dieses Bandes ist die erste, 1927 erschienene Sammlung der Erzählungen, ›Ein Bauer aus dem Taunus und andere Geschichten‹. Literarurkritiker und Leser rechnen sie gleichermaßen zu den »Errungenschaften der deutschen Epik in den zwanziger Jahren« – sie zeigt Carl Zuckmayers Sprache gewordene Begeisterung für die Kräfte, Gewalten und Schönheiten der Natur in ihren vielfältigen Bezügen. Unscheinbares oder verborgenes Geschehen übermittelt er mit Überzeugung und in kraftvollen Sätzen. Treten im Beginn seines Schreibens, in den frühen Beispielen dieses Bandes, Traumsequenzen vermengt mit Leseeindrücken noch deutlich zutage, so gab ihm die Erfahrung des Ersten Weltkriegs markanteren Ausdruck, angelehnt zwar an Vorbilder, dennoch bereits individuell, sensibel und realistisch zugleich. Und als der Krieg zu Ende war, konnte er seinem Erzählen thematisch freieren Lauf lassen. Im Mittelpunkt seiner Geschichten steht jedoch immer der Mensch in seiner Eigenart, in seiner Vitalität und mit seinen Schwächen, verbunden mit der Natur.

Carl Zuckmayer wurde am 27. Dezember 1896 in Nackenheim am Rhein geboren. Nach dem Abitur in Mainz meldete er sich als Kriegsfreiwilliger und wurde an der Westfront eingesetzt. 1918 begann er ein kurzes Studium der Geistes- und Naturwissenschaften in Frankfurt a. M. und Heidelberg; wichtiger als alle Theorie waren ihm jedoch die in diesem Umfeld geschlossenen Freundschaften. 1920 ging er nach Berlin. Erste Stücke blieben ohne Erfolg, obwohl sie ihn »dichterisch legitimierten« – ›Der fröhliche Weinberg‹ brachte ihm 1925 den Durchbruch und den Kleist-Preis. 1933 verhängten die Nationalsozialisten ein Aufführungsverbot über ihn. Er zog sich daraufhin mit seiner Familie nach Henndorf bei Salzburg zurück; dort besaß er seit 1926 ein Haus. 1938 floh er in die Schweiz, ein Jahr später emigrierte er in die USA, wo er bis 1946 als Farmer in den ›Grünen Bergen‹ (Vermont) lebte. Von 1947 bis 1957 hielt er sich abwechselnd in der Schweiz und in den USA auf; 1958 kehrte er endgültig in die Schweiz zurück und wurde in Saas-Fee (Wallis) ansässig, seit 1966 als Schweizer Bürger. Am 18. Januar 1977 ist er als einer der über Jahrzehnte erfolgreichsten deutschsprachigen Autoren in Visp (Wallis) gestorben.

Carl Zuckmayer
Gesammelte Werke in Einzelbänden

Herausgegeben von Knut Beck
und Maria Guttenbrunner-Zuckmayer

Carl Zuckmayer
Ein Bauer aus dem Taunus

Erzählungen 1914–1930

Fischer
Taschenbuch
Verlag

Veröffentlicht im Fischer Taschenbuch Verlag GmbH,
Frankfurt am Main, August 1995

Lizenzausgabe mit freundlicher Genehmigung
des S. Fischer Verlags GmbH, Frankfurt am Main
Für diese Ausgabe:

Gesamtherstellung: Clausen & Bosse, Leck
Printed in Germany
ISBN 3-596-12702-5

Gedruckt auf chlor- und säurefreiem Papier

Erzählungen
1914–1930

Wegstreife

Das Moor. Die Heide. Die feuchte Landstraße. Nebel, der abends überm Boden stockt, schulterhoch, nur noch der Kopf guckt heraus. Der Kopf geht auf dem Nebel. Der Fuß stößt manchmal an einen Meilenstein. Ist da ein Kreuzweg? Dann geradeaus.

Wälder, durch die nur eine Radspur führt. Holzkohlenrauch, ein schwelender Meiler, verlassen, ein warmes Übernacht. Aber die Radspur hört auf.

Dem Bach nach, stromab. Die Forelle entglitzt, läßt sich nicht greifen. Wasserkresse, schmeckt scharf, bitter, zieht den Bauch zusammen. Frühling, kein Pilz, nur Wurzeln, Sprossen, keine Beerenzeit.

Rodung, dann weites Feld, bebautes Ackerland, Roggen, Gerste, noch grün. Hundsgebell in der Nacht. Ein Dorf? Ein Schloßhof?

Hier werden die Bauernhäuser mit Stroh gedeckt, manche mit Schilfrohr, verfilzt, vermoost. Schwalbengeschrei. Der Backofen zwischen den Hütten, warmer Brothauch. Auf einmal, beizend, Geruch der Selche, der Räucherkammer. Die Magd schneidet Schinken, auf einem Brett vorm Haus. Dem Hund wirft sie die Schwarte zu. Dem Fremdling den bösen Blick. Wenn seine Hand nach dem gelöcherten Rohr tastet, in seinem Gürtel, hetzt sie den Hund.

Wilde Karnickel an den Sandföhren. Die Bastschlinge. Es dauert lang, bis der Funken vom Stein springt, und der Zunder ist naß. Das warmsüße Blut, aus der Halsader gesaugt.

Einmal von der dämmernden Straße her, noch hinter Hügelwellen, hohles Geklapper, ferne Schlurfschritte, endlos, ein krabbliger Käferzug, krächzende Litaneien, immer gleich, kurzatmig, erstickte Lallschreie, Miserēre. Zurück in den Wald.

Einmal, am Morgen, plötzlich ein Reitertrupp, bewaffnet: Lanzen und Schwerter, Lederwämse, Federhüte, vorn eine Standarte mit dem Vogel Greif, drei Farben. Sie traben vorüber, man riecht, verkrochen im Haselbusch, den Gaulschweiß; die dampfenden Äpfel, aus den Aftern gepreßt, klopfen ins Moos. Auf ihrer Spur davon, woher sie gekommen sind. Das verlassene Nachtlager, Glutreste, abgegessene Knochen, noch Fleischfetzen dran, gut für einen Tag. Die Münze am Boden, im zerstampften Farn, muß einem aus dem Sack gefallen sein: flach, dünn geprägt. Duc de Brunswyk, ein Braunschweiger Heller, spuck darauf, hecke hecke hecke.

Das Moor. Die Heide. Der Wind frischt auf, schmeckt nach Salz. Zur See?

Der Nebel steigt. Schmeckt nach Sägmehl, nach saurer Lohe, nach Leben. »Ich wittre Menschenfleisch.«

Wind reißt den Nebel auf. Glutrot im Westen der Feuerball, im blutigen Dunst rauchgraue Zacken: Türme? Gewölk?

Aber ein Knistern im Wind. Glockenbrummen? Gesang? Rauschen von einem Fluß –

Finsternis, Lichtschimmer am Horizont.

Eine Stadt?

Und ein fremder Mann fuhr nach Chigaco –

Der Weg von Frisco nach Santa Fé ist öde und gedehnt.

Immer mahlen die Hufe knirschenden Kies.

Kaktusfelder gilben fahl zum Horizont, ein stachlicht erstarrtes Meer.

Warum schleife ich, verdorrte Zunge eines rippenspitzen Kleppers, nicht mehr von innen gefeuchtet, qualvoll von außen gesengt, handbreit über diesem hoffnungslosen Staub –

Der Himmel ist eine bleigraue Glocke, schrumpfend und sinkend über meinem zerzausten Nacken. In meinen beiden Flanken eingepreßt, wundet der Sattelgurt die längst enthaarte Haut. Aber auf meinem gekrümmten Kreuz trag ich die gräßliche Last meines eignen Leibes –

Oftmals zucken scharf die Fersen rechts und links in meine wehrlosen Weichen.

Oftmals, wenn meine schweren Hufe stolpern im Kreis, stößt es hart durch diesen müden Körper, der über mir hangt wie ein Turm über dem Dach.

Dann schneidet Fremdheit zwischen Pferd und Mann – Blutströme, gleichatmend im ewigen Schrittgesang, stürzen getrennte Bahn. Eine Staubwolke schwillt. Ein Ruf fällt herab. Gelockerte Brust, das Herz geht schnelleren Takt –: Deinen Gruß, Deine Hand, Camarado!!

Wir hocken stumm um ein verqualmtes Feuer. Die Gäule kauen ausgeschrotnen Mais. Drei grüne Sterne, augapfelrund und taumelnd, drehen sich über meinem Haupt. Einsam ein Baum verzappelt großgezackte Schattenarme in den Flackerkreis. Aufkriecht in seine Krone, riesiges Oval, lautlos der Pampanacht orangener Mond.

Fremde Tiere heulen in der Steppe.

Ich denke dumpf und langsam über meinen Ritt. Ich weiß kein Ziel, weiß kein Woher und keinen Sinn davon. Immer lief eine Fährte halbverwischt vor meinen Nüstern her.

In Arizona hat man mich gefeiert, weil ich einen Massenmörder fing.

In Kansas-City war ich Heiland und Prophet, weil eine unsichtbare Falltür sprang vor meiner Hand. In Frisco war ich König allen Gambusinos, der narbige Mulatte trank von meinem Gold, ein gelbes Hafenmädchen war mir Thron zur Nacht. Dann lief die Spur in diese Wüste. Weiter, weiter. Ich habe nie gewußt von meinem Tun. Vielleicht bin ich kein Mensch. Vielleicht – habe ich keine Seele –

Da sagt Einer – und seine Stimme, halblaut, tabaksaftverschleimt, stößt Worte groß wie Flammenschrift vor meinen Blick: –

»Der Kapitän ist letzte Nacht gestorben.«

Ich sitze starr, mein Atem geht nicht mehr. In meinem Kopf hallt Paukenschlag: gestorben – storben – – »Wo?« fragt mein Mund. (Ich fühle mich nicht mehr.) »In Monteadór.« – Vier Funken schlagen peitschend in mich ein – vier Riesenlettern stehen feurig in der Luft, es packt mich an, krümmt mich und schnellt mich hoch – ich sage hart – (und schnalle schon den Sattel) –:

»Mord!!«

Urwald Lianensümpfe Felsgebirg vor meinen Huf. Hängt Finsternis um mein Gesicht. Brüllt Blizzard Hurrikan und Stámpedo. Lacht mich aus, ihr Affen! Ich jage, Caracho, nach Monteadór!

Der Lastträger und Matrosen schrilles Heio-hoo steht über dem Hafen wie eine farbige Wolke. Trüb lehnt der Hafen an der schmutzzerfressnen Vorstadt, Spülicht aller Gossen, ölig, Teergeruch. Fern ist demantener Streifen Wolkensaum, der offenen Brandung Geleucht. Aufwärts jedoch, weiß und gestrafft wie Segel oder Haut, und ruhend paradiesisch über der emsig geduckten Sklavenbrust, sechsgeeckt ohne Winkeldach und Schnörkel, aus großen Linien aufgebaut, mit großen gläsernen Veranden, herrlich die Häuser der Herren. Gärten umsingen sie, und Kolibris, und, an gedrehten Stämmen, Trauben trunkener Orchideen.

Ich kannte nicht das Haus des Kapitäns. Ihn hatte ich zuletzt in Valparaiso gesehen. Monteadór war mir fremd. Aber es rief mich so stark, daß ich, ohne anzuhalten, durch eine marmorne Einfahrt und, immer im Galopp, mitten in eine zahlreiche Gesellschaft brach, die auf der überhängenden Terrasse schweigend und seltsam zelebrierte. Die Herren hatten alle blaue Fräcke an. Die Damen standen abseits, ich beachtete sie nicht. Ich sprang bei dem Sarg ab, der – noch nicht geschlossen – erhöht dort stand, wo man bis hinaus ins offne Meer sieht. Kein Wort sagte ich, aber mein Herz schrie laut, und meine Augen senkten es in die Seelen aller Frager: Mord!!

Man erkannte mich. Viele redeten auf mich ein. Zwei Herren von der Polizei suchten mich vom Gegenteil zu überzeugen. Ein glatzköpfiger Arzt grinste überlegen. Fette Frauen drängten sich interessiert. Angehörige fühlten sich beleidigt.

Ich kniete über dem Sarg. Jemand versuchte mich herabzuzerren. Ich merkte es kaum. Es zwang alle meine Sinne auf die Leiche herab. Das Gesicht war still, nicht mehr verändert, als jedes Lebendige im Tod sich fahlt. Ich öffnete die Kleider, beroch Mund und Haut. Es roch wie eine zwei Tage alte Leiche. Ich schnitt in den Puls, das Blut war erstarrt, nichts Ungewöhnliches fand sich, ich wollte tiefer schneiden, da stürzte man rasend auf mich ein. Ich sprang von der Bahre, schaffte mir mit Faust und Revolver Luft, stellte mich mit dem Rücken gegen die Wand und schrie: »Der Kapitän ist ermordet worden. Ich bitte, mich mit der Polizei allein zu lassen!«

Viele murrten. Ein Psychiater bot mir seinen Wagen an. Endlich setzte der Commisario criminal meinen Wunsch durch. –

Es trat aus zwei Fächerpalmen eine Frau auf mich zu. Ihre Kniee tanzten im Schreiten durch die schwarze Seide. Ihre Hände glitten rahmend um der Hüften Dehnung, kreuzten sich zur kaum erhobnen Brust. Sie senkte den Kopf im Gruß, daß die Schwärze seiner Krone eintauchte in den Nachtglanz des Kleides. Dann flatterten ihre Hände an mir hoch und strichen wie Luft über meine Schläfen.

Blöd stand ich vor der wunderbaren Fremdheit dieses Grußes. Auch die Tönung ihrer Haut befing mich tief, der Duft, der um sie war, der dunkle Kehllaut ihrer Sprache. Aber als im Triller kurzen Lachens kopfschüttelnd sie sich wandte, schoß es wütend in mich ein. Ich packte irgendwas, stieß es vor sie hin und rief: »So werde ich den Mörder fassen!!« – Der Commisario war an der Leiche. Wir standen im Rahmen eines Fensters, Strahlen brachen sich darin, frühe Nacht spülte herauf. Sie hatte mich voll im Blick und sagte leise: »Wer sind Sie?« –

Würgender Schmerz fiel über mich her. Was konnte ich sagen. Singen hätt ich ihn müssen. Aber wo nähm ich den Ton her. Ich bin nur, wenn es in mich einbläst, aus einem unbekannten Wind. Dann brenne ich auf. Dann biegt sich Eisen nach meinem Gebot. Dann ist nichts da in dieser Welt der trägen Stoffe, was meinen Durchgang hemmen könnte. Dann bin ich über allen Kräften Eurer Fügsamkeit.

Doch was bin ich noch, wenn eine Menschenstimme fragt. Da ist ein Erschüttern, auf das ich nicht schwingen darf. Da ist ein Klang, in den ich mich geben will, und der unter mir weghallt. Einsam gleit ich Euch fort, in einer frierenden Wolke. Helft mir, helft mir. Nimmer kann ich hinab.

Da biegt sie sich vor, daß ihr Atem warm über mein Gesicht geht: »Wer bist Du –?« Alles stürzt um mich ab. Ich möchte auf die Knie fallen. Lachend. Lallend. Zweifelnd: »Du glaubst mir nicht!!« Und – auffauchend jäh wie ein gequältes Tier: »Was fragst Du so –« Ihre Hand streift mein Fieber: »Kind Du, und fremd wie ich – –«

Der Commisario steht hinter uns. Ich winke ihm. Er geht.

Nacht, dunkelblau, lagert auf der Terrasse. Der Sarg ist ganz weiß. Man hat ihn zugedeckt. –

Das Bett ist wie ein Kanoe, breit, gehöhlt und an den Enden spitz. Ich sehe nicht, was sie mir zeigt, fühle nur Unbestimmtes von Raum, Tür, Möbeln, Deckbalken. »Es war alles verschlossen. Es kam keiner herein.« Aber ich spüre Blut in diesem Bett. »Mord – –« Der Mord – –

Sie sitzt auf dem Bettrand, ich sehe, ihre Augen sind leicht geschlitzt, und ihre Füße ungewöhnlich klein.

»Vielleicht ist's nur in Deinem Wunsch – –«

Meine Stimme bebt: »Warum sollte ich es gewünscht haben –?«

Sie senkt den Kopf: »Ich – war seine Frau –«

Feindliches wallt in mir auf. Ich trete zurück. Straffe mich hoch. Aber da regnet Musik auf mich herab, monden, verzehrend ufert eine Woge silbern in mein Hirn, rauscht auf aller Wollust Fontäne –

Die Ampel ist eine Frucht, die immer schwillt, gelbrot und lockend. Das Meer schläft. Ewig wogt und schaukelt das Boot. Mädchen – lullen – es – ein –

Ich fahre aus dem Schlaf. Tag dämmert. Grünlich sickert es durch die Vorhänge. Die Wand geht auf. Lautlos kommt Einer heraus, berührt nicht den Boden. Ich habe keinen Ton im Hals, so gräßlich blickt er. Zähne, bissig gefletscht im gelben verzerrten Hundegesicht. Augen, geschlitzt vor Bosheit, blutig von grausamer Gier, zwei wurmfaule Höhlen. Viehisch wittert die Nase. Finger sind hager, braun und wie vom Würgen verkrümmt. Schleicht durch den Raum, quer, schnuppert, grinst, geht – durch die Wand. Ich hebe zum Schrei – da schlägt Singhala die Augen auf. Sie ist ganz fremd. Ich kenne sie nicht. Was lieg ich bei ihr im Bett. Ich packe sie am Arm. Da sagt sie: »Die – Chinesen – –« »Sprich!!« Meine Stimme ist grob wie Peitschenstiel, meine Schläfen sind kalt. Sie windet sich. Mein Wille, stählern, ist über ihr. Sie spricht. Ich höre nicht hin. Das ist eine fremde Sprache. Aber ich sehe: – –

Das Bett schießt auseinander, sprengt den Raum, formt sich riesenhaft, ist das kubisch gebaute Verdeck eines absonderlichen Schiffes. Luken, wie kleine regelmäßige Dreiecke, sind ringsumher. In der Mitte ragt steil der Mast. Der Kapitän, allein, verzweifelt, ist an ihn gelehnt, die Pistole raucht in seiner Hand. Das Verdeck ist unheimlich leer. Die linke Hand des Kapitäns hält eine unsichtbare Schnur. Ich weiß: keiner kennt außer ihm die verderbliche Konstruktion. Das Meer ist ganz still. Die Segel hängen schlaff. Die Sonne steigt hoch. Es ist fürchterlich still.

Da – plötzlich – ein winselnder pfeifender Laut – ein schepperndes schnappendes Geschrei – »hepp – hepp – hepp –«, von allen Seiten, aus allen Luken, hastig, geduckt, tückisch und klein, wie Ratten, wie rasende giftige Ratten, schießen die meuternden Kulis gleichzeitig vor.

Der Kapitän brüllt auf, ruckt an der Schnur, wild über dem Mast steht ein Ruf –: »–Fall – – Reep – –«

Entsetzliche Schwinge saust über das Schiff. Der Kapitän klammert sich an den Baum. Die Borde krachen in allen Fugen. Angstschreie schrillen. Sturzsee zischt auf aus glattem Spiegel. Kopfüber wirbeln die Chinesen ins Meer. Haifische stoßen blutige Schnauzen hoch. Befreite Weiße klettern fluchend aus den Luken. Ein scheeler Gelber, rachsüchtig und verstockt, versteckt sich im Raum. –

Nebel fallen mir von den Augen. Die Welt ist klar, durchsichtig, eindeutig, ein kristallenes Haus. Nichts mehr verhüllt! Kraft ungehemmter Schau schnellt Schrei und Lachen toll aus meiner Brust. Nackt liegt die Frau neben mir auf den Knieen – es ist als heule sie zu einem mörderischen Götzen. Ich springe über sie hinweg, sie greift meinen Fuß, ich spüre sie nicht mehr – – Weiter. Voran. – Dort ging er in die Wand. Ich renne gegen einen Spiegel, mit geballten Fäusten, aber es klirrt kein Glas, mein Bild ebbt zurück, die Wand gibt nach, das Zimmer versinkt, da gähnt ein ausgehöhlter Schacht, Seil, Stufen, Leiter –

Weiter. Voran – Aber das Blut stockt vor der ungewissen Leere des Speichers. Alte Kleider starren schlimm, Staubkruste,

Spinnennetz, zerbrochner Hausrat, stumm, verrostet und gefährlich. Wie wenn ein Möbel knackt, zur Nacht – Du liegst im Bett, erwacht aus wirrem Traum, wagst nicht zu atmen, wagst Dich nicht zu rühren und fürchtest Dich minutenlang vorm Licht – – Einfallender Frühschein weist die Spur. Zerronnen die Beklemmung! Weiter! Voran! Quer durch den Raum – quer durch den Staub – ausgetreten groß – wie von Gorillafuß – –: Nur noch ein Hund bin ich, der nahes Wild und sichre Beute spürt, mit Sprüngen, achtlos, Griffen, wild und ungelenk –

Ein Schatten huscht mir vorüber. Ich werfe mich hinterher. Ging er nicht dort durchs Fenster? Ihm nach. Der Kentel trägt mein Gewicht. Ich taste mich vor. Nichts. Ich richte mich hoch auf, überblicke das Dach. Nichts. Da – hinter mir – höhnisch ein schnappender Laut –: das Fenster von innen verschlossen. Ich poche dagegen. Gitterwerk hält das Glas. Ich rufe hinunter, brülle. Kein Mensch ist wach. Ich gleite, taumle, tanze, Mondsüchtigen gleich, über schlüpfrige Ziegel. Ein Blitzableiter rötet vom Blut meiner zerschnittnen Finger. Ich stehe auf der Straße, fluchend, allein. Polizisten, von meinem Schreien gelockt, kommen um die Ecke. Ich gebe ihnen Weisung, sie rennen zurück ums Haus – ich nach der andren Seite. Die Jagd beginnt. –

Die Jagd beginnt. Im Laufen entsichre ich. Denn die andren treiben nur. Ich aber – ich werde fassen! Ich weiß es. Kein Verbrecher kann mir entgehen. Kein Verfolgter überlistete mich je. Kein Feind ist sicher vor dem Blitz meiner Waffe und den Sprüngen meines Hirns, wenn Fieber es entzündet. Feind ist, wen Schuld auf kahle Speicher treibt. Feind ist, wer rennt und schleicht geduckt vorm Morgenlicht. Ich bin der Rächer. Hütet Euch! Ich bin der Strafe Faust. Ich zwinge Euch – ich – das lächerliche schmale Bleichgesicht – ich, ich – der hilflos steht, wenn Einer ihn das Kursbuch lesen heißt – ich, der versoffne Narr, den man von allen Schulen jagte – ich, der mißglückte Tänzer, der ausgepfiffne Komödiant, der Unglückselige auf allen Wegen – ich, ich, ich, –: der große nie besiegte weltberühmte Wünschelrutengänger, der Goldfinder vom Kolorada, der Sendador mit dem Aztekenschatz, der Menschenfänger, der Verbrecherhetzer, die Spürnase, der Höllenhund, der alte Fährtenriecher – hütet Euch vor mir! Ich schwelle an – mein Körper wird zu Stahl – mein Mark ist flüssig Feuer. Hütet Euch vor mir! Ich packe Euch wie Jaguar im Sprung, Genick und Kehle, schleife Euch ans Licht, ihr Nebelbrut, ihr Nachtgestalten – hütet Euch vor mir –! Gott bläst in mich hinein! Ich dröhne wie Posaune des Gerichtes! Ich Arm und Schwert der ewigen Gesetze! Hütet Euch vor mir!!!! –

Will denn nicht enden der gekalkten Mauer kahle Flucht – will denn nicht enden – atemlos schon lauf ich Ewigkeit – ist denn das Haus so breit – will diese Wand nicht enden – find ich nicht die Tür – (die schmale, schwarz umbohlte Tür – die falsche Tür, durch die der Mörder geht – die Tür zu der Begegnung, die ich fühle – die Tür – –) Da ist sie plötzlich auf die weiße Wand gezeichnet, schmal und hämisch, wie ein böser Mund –

Ich stoppe kurz. Dann öffne ich und fließe ein in wesenloses Zwielicht. Lang steh ich, halb gelähmt und halb betäubt, bis ich begreife, daß über mir die Treppe ist, die von dem Speicher kommt, – daß dort herab nun der Verfolgte schleicht, – daß jetzt ich ihn erwische – und – daß – ich – am Ziel – bin –

»Am Ziel.« Ich sag es laut. Am – Ziel –: noch nicht! Ich sagte es zu früh! Sekundenlang zu früh! Doch was zu früh Vollendung täuscht, kehrt sich in Sturz und wandelt sich in Gifte. Dehnt das ie von »Ziel« sich schrill in meinem Mund, den ich im Schreck nicht schließen kann, pfeilt trillernd über mich hinaus – steht johlend mir zu Häupten, wiehert, kreischt – und stürzt in Todesstille. – Todesstille packt mich eisig an. Ich zittre. Kalter Schweiß näßt meine Stirn, klebt meine Haare. Alle Kraft ist hin.

Gelähmt. Geschlagen. Hilflos. Weltverloren. Krampfhaft ruckt mein Herz: krampfhafter ruckt mein Hirn: Du sollst! Du mußt! Stark sein! Den Mörder fassen!! Mörder – – fassen – – ich – – den Mörder – wessen – Mörder – flüstert eine Stimme: *Deinen* – –! schlottert Knie zu Boden: Nein! Ich lebe ja! Ich will noch leben! Wer ermordet mich? Wer droht mir so? Wer hat ein Recht mir so zu drohen, wer ist über mir, der mich so klein macht, so in nichts verwurzelt, so wie dürres Blatt, das fliehen muß vor jedem Atemhauch, so haltlos, so verfolgungsbang? Wer tappt den schweren Schritt, wie Uhrwerk, wie Maschinenstoßen, wie in Nächten Ferngestampf der Eisenbahn, und näher kommend, ohne Unterlaß, und immer schwerer, immer härter, immer noch so fern – – und nur noch haarbreit über mir, und unentrinnlich – Wer bedroht mich so? Warum? Warum? Ist das die Schuld? Und wie ich frage, weiß ich, daß es dieses ist, und andres nicht: die Schuld! Die Schuld! Hab ich es je gewußt, daß ich an jedem Morde schuldig bin? Und hab ich je gebüßt? Muß ich nun nicht für alle ewig büßen? Ich Verschuldeter – – im Feuer der Zerknirschung: in der Angst – – Da biegt es um die Kante, faßt die letzte Stufe dröhnend, schrickt zurück – und steht – grad über mir –, fest Aug in Aug mir –: die Chinesen! Zwei wachsweiß im Gesicht, und gräßlich rot die Augen, tief von Grausamkeit umfurcht, stumm starrend, beide, und in gelben Händen blutige, umwickelte Geräte – –

Ich raffe mich hoch – doch meine Stimme zittert – mein Arm versagt fast und die Pistole hebend: »Ich verhafte Euch!«

Nichts rührt sich in den beiden. Viertelstundenlang. Man könnte glauben, Puppen stünden da, wär nicht in ihren Augen dieser grelle Zwang – Plötzlich klappt einer, scharf wie Scherenschnitt und ohne Ton – den dünnen Mund zum andren hin – der gibt zurück – im selben Augenblick schon blitzen zwei Revolver, fliegen heiße Kugeln, sichtbar, über mich hinweg und splittern in die Wand – Ich drücke ab – und treffe nicht – ich drücke wieder ab – der Schuß versagt – ich rüttle meine Waffe, zerre dran herum – der Bolzen springt nicht mehr – ich sehe Hohn im Blick der Lauernden und Grausamkeit – ich sehe groß die Hand, die langsam zielend aufwärts wächst – und sehe Blut an meinem Arm – und fühle schon den Drosselgriff der Würger – und wie von der Schlange Blick gebannt – und rettungslos verloren – –

Da bricht es schreiend aus mir hoch, wirft mich herum, und rast mit mir davon –

Die Jagd beginnt. Ich, ich bin der Gejagte! Und, indem ich auf eine sausende Tram springe, ist die Situation ganz klar –: ich bin besiegt. Ich muß mich retten. Der Commisario criminal kann mir nicht helfen. Die Tram fährt wohl zur Bahn? Ich muß mich im Hotel verkleiden, fahre unter falschem Namen nach New York, und bin in Sicherheit. In Sicherheit – Da wende ich den Kopf, und sehe hinter mir, bewegungslos und aneinandergelehnt die scheußlichen Chinesen –. Langsam zielend hebt der eine den Arm. Will er hier wirklich schießen? Mitten in der Stadt! Der Wagen voll Menschen! Doch stetig rückt der Arm hinauf zum zugekniffnen Auge – Diesmal trifft er mich – und trifft er nicht, so fährt er mit zur Bahn – – ich muß herunter – ein Auto – eine Droschke – – – Kurve – Bremse schrillt – der Schuß kracht, doch ich bin schon abgesprungen und verschwinde im Gewühl – – Gewühl der Straßengänger – im – Gewühl – der –

Was ist das? Täuschen mich die Sinne? Eben noch war Menschentreiben, Großstadtstraße, Läden, Fenster, Häuser ringsumher – – und nun – nur eine öde, ungeheure gerade, dunkle Waldchaussee, von Föhren eingerahmt, und sandig – – ganz mit tiefem zähem Sand bestreut, der jeden Schritt und jeden Sprung im Laufen hemmt – und hinter mir schon wild der keuchende Atem der Verfolger – –

Ich renne. Ich renne. Längst warf ich meine Waffe fort. Den Hut. Den Mantel. Alles was mich hemmt. Ich renne, aber der Wald will nicht enden, und die Öde nicht. Das Dunkle wächst, schon kommt das Brausen der Stadt, das mir Rettung singt – springt eine Seitenstraße mich an – ich werfe mich hinein – schnelleren Weg erhoffend – da stehen zwei Rothaarige, mit pikkelfleckigen Gesichtern – häßlich und gemein – ich kenne sie – sie kennen mich, doch sind sie mir nicht gut – ich laufe an ihnen vorbei – sie rufen meinen Namen – ich antworte nicht, ich laufe wie toll, mein Herz und meine Lungen geben Letztes her – ich höre sie hinter mir – immer eine Silbe meines Namens schon kann ich keine Silbe mehr unterscheiden – nur das heisre Huh – wie aus Hyänenrachen, – hetzend hinter mir –. Da sticht es so in meiner Brust, daß ich zusammenbrechend weiß: es geht nicht mehr. Verzweifelnd schaue ich nach Rettung um: nur Einsamkeit umhöhnt mich füchterlich, und immer näher schon der Feinde Gebell – Im letzten Augenblick ich den Hang, den Hügel, der den Wald durchzieht, bewachsen und bemoost –: er wird mich Euch verbergen. Ich umschleiche ihn – dann bin ich in der Stadt. Dann bin ich frei. Gerettet – – dann – – schon krieche ich auf allen vieren durch das Moos. Und ich atme auf: ihr Narren, rennt ihr nur. Ich bin viel schlauer doch als ihr. Ich, schlau und listig, wie der Dachs – – Ein leises Knurren schreckt mich auf: da hocken über mir, an einen Hickorystamm gelehnt und wiegend ihre langgezognen Köpfe, zwei niegeschaute Tiere: Rüssel schnaubt das eine, schwarz und weiß gestreift; – und Zähne fletscht das andre, reißendes Gebiß, aus rotbebuschtem, zottigem Raubtierkopf – Ob sie mich sehen, wittern, weiß ich nicht – ich eile, schleichend sie zu umgehen, indes der Hang sich immer weiter reckt und endlos vor mir her wächst – – ist nicht, als wüchsen auch die Tiere unaufhörlich, andehnt sich der wiegende Hals, als schwöllen diese glotzenden und unbelebten Augen auf mich zu – – hilfsuchend dreh ich mich – da stehen, steif und schweigend, hämischen Gesichts – griffnahe mir, der Beute sicher, die sich zappelnd auf der Erde wand, erbarmungslos die blutigen Verfolger – Und wie ich wie vom Pfeil getroffen aufheulend nun mit letzter Kraft quer durch die Stämme renne, springt in gewaltigem Satz das rotbebuschte Tier mich an und reißt und zerrt mit spitzigem Gebiß an meinen wehen längst zermürbten Waden – – Schmerz durchsticht mich – Finsternis – nun fühle ich nichts mehr – nun kann ich nicht mehr fliehen – packt mich – packt mich doch – – –

Es war, als risse eine unsichtbare Hand im letzten Augenblick mich über einen Graben. Nun fährt ein Zweirad, hupt ein Auto, läutet eine Menschenstimme, schwanken – morgendlich – die sechsgeeckten Wolkenkratzer auf mich zu – und plötzlich bin ich auf dem Bahnhofsplatz – gefleckte Blumen brennen in Rondells – viel Menschen fahren in geputzten Wagen – Dienstmänner schleppen Koffer hin und her und Polizisten haben lange Säbel – – All dieser Rettung Pracht beachte ich nicht: im Laufe noch erreich ich die Halle, da steht, hochragend aus dem Hin- und

Hergewoge, des Portier gold- und rotgestreifte Gottgestalt. Scheu seh ich an ihm hoch und frage fast verzagt, den Blick auf den blinkenden Knopf an seinem Stab geheftet: »Wann geht der nächste Schnellzug nach New York?« Er beugt sich zu mir nieder, schrumpft, wird klein und hutzelig, ein freundlich zugetaner Greis: »Sie müssen nach Chigaco fahren. In einer halben Stunde geht der Zug.« Ich möchte Deine Hände küssen. Guter, kleiner Mann. In einer halben Stunde – – bin ich Euch entronnen! Freudig schreite ich zum Hauptportal – –

Rechtzeitig fällt mein Blick durch die ruhelose Flügeltür hinaus, bevor ich selbst passiere – schlägt mich jämmerlich zurück: da sind sie!! Die Chinesen!! Sie gehen, Tieren gleich im Käfig, mit kurzen, hastigen Schritten, immer auf und ab, lauernd, geduckt, verschlagen – ihr scharfer Blick faßt jeden, der die Halle verläßt, bereit, sich zu neuer Jagd an meine Fersen zu heften –

Mich sollt Ihr nicht mehr sehn! Ich springe über die Barrière. Was schert mich eine Handvoll schimpfender Beamter! Wächterhäuschen, Stellwerk, Unterführung, Weiche, Prellbockgleise, Stacheldraht und Gitter überklettre ich, und Hinterhof, Küche, Gesindetreppe – und ich stehe schon vorm Spiegel im Palace-Hotel und klebe mir den falschen Bart – – – Die Treppenläufer sind zu grell gemustert. Die alte Frau riecht häßlich nach Parfum. Der blaulivrierte Liftboy bringt das Buch: ich schreibe lächelnd und erlöst den falschen Namen ein – –

Nun schreite ich leicht und sicher über den Bahnhofsplatz. Dort lauern zwei Gestalten. Mich geht das nichts an. Aber daß der Boden hier von weißem Marmor ist, erstaunt mich, dieser Glanz und dieser Guß von weißem Licht – Mein Auge sucht den Himmel. Der ist eine Kinoleinwand, flimmernd und gestrafft. Quer über ihm in schwarzem Satz ist hingestempelt:

Und ein fremder Mann fuhr nach Chigaco –

Die Geschichte vom wilden Cunningham und seinem treuen Weib

Nach einer Chronik aus dem 17. Jahrhundert

Der wilde Cunningham hieß ursprünglich der zarte Cunningham, denn als er geboren wurde, Erbe und Stammhalter eines großen Geschlechts, waren seine Knöchlein so zart und dünn wie junge Rebholzwurzeln, und seine Haut war milchweiß und rosig geädert, durchsichtig fast, mit dem stumpfen Glanz kleiner edler Meermuscheln. Er lachte immer, schrie wenig als Säugling, seine Augen waren hell und sanft, bernsteinfarben, mit einem weißen flirrenden Punkt, wie die Augen der wilden Bergziegen und Steinböcke. Als er vier Jahre war, hieß er der kluge Cunningham, denn er redete französisch und italienisch im zierlichsten Stil der Hofgeistlichen, mit sechs Jahren schrieb er Balladen im Hochlandschottisch der Ritterzeit und schlug die Laute dazu, mit zehn Jahren dozierte er Aristoteles und Plato. Damals hieß er auch der dicke Cunningham, denn er lag, lesend und memorierend, immer auf schweren Pelzdecken, sommers wälzte er sich auf dem geschorenen Parkrasen und fraß, was irgend in ihn hineinging. Auch in dieser Zeit behielt er es bei, oft und aus voller Seele zu lachen, und die frühe Wissenschaft konnte ihm die gute Laune nicht verderben. Mit dreizehn Jahren schoß er plötzlich in die Höhe, wie eine Knoblauchpflanze im warmen Mairegen, das Fett seiner Kinderzeit verteilte sich auf Muskeln und lange Glieder, die Schultern machten sich breit und standen eckig über der schmalen Linie seiner Flanken, die Stimme, ehemals silbrig und mädchenhaft, kippte nach unten um und schlug in harten, rauhkehligen Baß. Im Lauf weniger Jahre schien er alles zu vergessen, was er so frühzeitig an Bildung und Pflege des Denkens aufgenommen hatte, er trieb sich mit den Reitknechten und Jagdhütern der umliegenden Güter herum, nahm ihre Sprache an, fand ungeheuren, brüllenden Spaß beim Nachahmen, Ausmalen, Überbieten ihrer grobschlächtigen Ausdrucksweise, und machte es sich zur ehrgeizigen Sportpflicht, jede Art von Etikette oder Anstandsregel durch wüste Umkehrung in ihr Gegenteil zu verletzen oder sinnlos zu machen. Soviel er irgend konnte, vermied er die Gesellschaft seiner Kaste und zog es vor, in Kutscher- oder Schifferkneipen das Wesen und den Kodex der Geselligkeit zu studieren. Mit siebzehn Jahren hatte er mehr Narben am Schädel von den darauf zerschellten Ale-Krügen als andere Leute dieses Alters Haare auf der Brust. Auch hätte die Klinge seines dreigeschliffenen Degens in manches Loch gepaßt, das man in der Kleidung kalter Leute fand, wenn sie morgens nach einer Rauferei bäuchlings auf dem Pflaster verrufener Gassen lagen. Seinen Eltern, die ihren Jungen in der Zeit seiner kindlichen Weisheit schon als Lordkanzler oder Kirchenfürst gesehen hatten, blieb nichts anders übrig, als aus Gram und Enttäuschung zu sterben, so wenigstens wurde die Ursache ihres Todes gedeutet, als sie kurz nacheinander, von nichts anderem als von heftigem Schnupfen geplagt, das Zeitliche segneten. Nun verfügte der wilde Cunningham über das Vermögen seines Hauses und die Einkünfte der Güter. Er beschloß, den Beweis zu erbringen, daß sich selbst die enormsten Jahreszinsen samt Kapital in kürzester Zeit versaufen lassen, wenn man nur Ausdauer und ungebrochene Willenskraft besitzt. Dabei achtete er sorgsam darauf, die abfließenden Gelder so zu verteilen, daß keinesfalls irgendwelche einzelnen Personen dabei reich und fett werden konnten. Er wechselte die Wirtschaften, die Weiber, die Gäule, die Freunde und die Schneider so oft, daß bei keinem viel hängen blieb, und niemand ein Recht auf seine persönliche Freundschaft erwarb. Er lachte noch immer viel, spottete gern und laut über jede menschliche und göttliche Satzung, sagte, er habe seine Seele daheim in einen Blumentopf gesetzt, damit sie beim Saufen nicht zu naß werde, und war der Ansicht, Dümmere solle man schonungslos begaunern, Schwächere rücksichtslos niederboxen, damit die Kräfte des Geistes und des Körpers nicht ungenutzt herumlägen und ranzig würden, und damit das Gleichgewicht der Schicksale und Geschöpfe richtig in Schwebe sei. Er sah aus wie ein Pirat, hatte Tigerzähne und ließ sich die Haare lang wachsen. Der Adel schämte sich seiner, aber es wagte niemand, ihn zur Rede zu stellen, weil er drauflos stach wie ein Teufel. Da sah ihn die Tochter eines der reichsten Landlords, Rosamond Shaftesburry, bei einem Spazierritt, hielt an, schickte ihren Reitknecht zu ihm und ließ ihm sagen, sie wolle ihn heiraten. Als er sie prüfend anschaute, zog sie ihre Jagdkappe herunter, und er sah das blondeste, seidigste Haar, das es jemals gegeben hatte. Als er nähertrat, warf sie den Kopf zurück und straffte den jungen, weiblichen Körper mit einer fast schamlosen Offenheit. Er sah in ihre Augen, sie lächelte, es war ein sonderbar verzückter, fast abwesender, weich und verloren hingegebener Ausdruck in ihrem Gesicht, um ihre Mundwinkel, im Schimmer ihrer Haut. Er lachte nicht, drehte sich um, ging. Rosamond ritt nach Hause, sie lebte allein mit ihrem Vater, der Witwer war, sie ließ ihm von dieser Stunde an keine Ruhe mehr, plagte ihn Tag und Nacht, machte ihm das Leben zur Hölle, bis er den wilden Cunningham in seinem verlotterten, verkommenen Stammschloß aufsuchte, ihm seine Tochter zur Ehe bot und den Großteil seines gesamten Vermögens als Mitgift. Der wilde Cunningham schmiß ihn die Treppe hinunter, kam aber noch in der gleichen Nacht, als alles längst schlief, sinnlos betrunken in das Schloß der Shaftesburrys und verlangte, Hochzeit zu machen. Rosamond stand auf, hetzte ihre Dienerschaft wie ein Rudel Schafe durcheinander, ließ das Schloß erleuchten, einen Pfarrer aus dem Bett holen, die Kapelle aufsperren und wurde in der gleichen Stunde dem wilden Cunningham angetraut, der noch in dieser Nacht ihr Schlafzimmer bezog. Nun blieb auch ihrem Vater nichts anderes übrig, als aus Gram zu sterben, wenigstens war auch ihm außer einer leichten Heiserkeit keine gesunde Todesursache nachzuweisen. Cunningham versoff in wenigen Monaten das Vermögen seiner Frau vollständig, verpfändete ihren Schmuck, ohne ihn wieder auslösen zu können, und begnügte sich damit, dem Juden, der ihn weiterverkauft hatte, das rechte Ohr und drei Finger abzuschlagen. Dann verschacherte er ihre und seine Güter, soweit sie nicht schon unter den Hammer gekommen waren, und zog mit dem Erlös in die Stadt Glasgow, wo er für sich und seine Frau eine fürstliche Wohnung einrichtete. Rosamond war in der Ehe noch schöner geworden, sie blühte unter den wilden und brutalen Zärtlichkeiten ihres Mannes auf und schien sein wüstes Leben, seine Untreue, seine Roheit und seine sinnlose Verschwendung zu übersehen. In Glasgow verkehrte der wilde Cunningham mit Vorliebe in den Kreisen der Studenten, Literaten, Künstler, Schauspieler und Gelehrten. Sein ungeheures geistiges Temperament war wieder erwacht, ohne deshalb seiner zügellosen Lebensgier und seiner tollwütigen Versoffenheit Abbruch zu tun. Er genoß in der Welt der innerlich unabhängigen, geistig vagierenden Freibeuter sehr bald den Ruf eines genialen Verschwenders und zynischen Führergeistes, er ließ die Throne der ehrbaren Wissenschaft in ihren Fugen wackeln und begleitete die Bockssprünge verkommender Kandidaten, absinkender Halbtalente, zerschellender Destrukteure mit seinem wilden, unbekümmerten Gelächter. Seine Frau, die schöne blonde Rosamond mit ihrer süßen Haut und ihren zärtlichen Augen, versetzte sehr bald die Studenten und akademischen Würdenträger Glasgows in eine krankhafte Liebesraserei. Duelle wurden um sie ausgefochten, Freundschaften gingen in Scherben, die ehrwürdigsten Philosophen benahmen sich wie brünstige Spatzenmännchen oder vergiftete Ratten in ihrer Nähe, drehten sich um sich selbst und verloren in jeder Weise die Haltung. Es war allgemein bekannt, daß Cunningham seine Frau wochenlang vernachlässigte und manchmal viele Nächte hintereinander bei anderen schlief, daß er sie in dauernder Geldverlegenheit sitzen ließ und sich den Teufel um ihr Leben und ihre Wünsche scherte. Es war weniger bekannt, daß Rosamond in den kurzen Zeiten ihres Zusammenseins genau wie früher das glücklichste, hingebendste Eheleben mit ihm führte und daß kein bitterer Ton jemals die Stunden und Tage ihrer Liebe trübte. Bekannt aber war, daß Rosamond bis jetzt jeder Versuchung ihrer vielen Verehrer und Bewerber widerstanden hatte, und daß es keinen gab, der sich eines noch so geringen Erfolges bei ihr hätte rühmen können. Nun lebte in Glasgow ein junger Arzt namens Hamilton, er hatte erst kürzlich promoviert und war durch ein großes Privatvermögen, das er geerbt hatte, in der glücklichen Lage, freizügig seinen beruflichen Interessen nachzugehen, ohne sich in die Tretmühle des Erwerbs spannen zu müssen. Dieser Hamilton war zuerst in die Gesellschaft Cunninghams geraten, dessen Adel und Wildheit ihm imponierte, dann lernte er Rosamond kennen und wurde von ihrem Bannkreis aufgesogen, wie ein Staubkorn in den Wirbel eines Lufttrichters stürzt. Tag und Nacht umschmachtete er sie, es gelang ihm, bei einem leichten Unfall ihres Wagens zugegen zu sein und ihr mit einer kleinen ärztlichen Hilfeleistung zu dienen, dann suchte er sie in ihrer Wohnung auf, zuerst als Arzt, dann als Ratgeber in tausend Angelegenheiten, er lehrte ihren Papagei sprechen, ihren Hund apportieren, ihre Köchin ein neues Omelette backen, er machte sich im Haus unentbehrlich, kam zu jeder Stunde und verschwand nur, wenn Cunningham selbst sich blicken ließ, was aber in dieser Zeit so gut wie gar nicht vorkam. Rosamond selbst war damals, es ging gegen Frühling und das Wetter war von einer zerrenden, launischen Ungeduld, recht reizbar und ohne Gleichmut, sah blaß aus, schlief schlecht und hatte öfter Kopfschmerzen. Da benutzte sie die Gelegenheit eines flüchtigen Besuchs ihres Gatten, vielleicht auch reizte es nur ihre Nerven, ihm derartiges zu sagen – kurzum, sie beschwerte sich bei ihm über die Zudringlichkeit des Hamilton und gestand ihm gleichzeitig, daß für eine wenig beschäftigte Frau die Zähigkeit und Dauer solcher Belagerung und Angriffe doch nicht ganz ungefährlich seien. Wenn sie nun der Meinung war, ihr Mann werde als alter Raufbruder und Messerheld aufbrausen und den Beleidiger seiner Ehre zur Rechenschaft fordern, dann hatte sie sich schwer getäuscht. Cunningham hörte sich ihre Klage in Ruhe an, und dann sagte er, behaglich einen Krug leerend, er fände da eigentlich weiter nichts dabei, die ganze Sache sei ja nicht so ernst zu nehmen, im übrigen handle es sich bei Hamilton um einen hochbegüterten, goldgespickten Mann, während sein eigener Barbestand aufs kläglichste zusammengeschrumpft sei. Er könne also durchaus verstehen, wenn – hier unterbrach ihn die junge Frau mit den leidenschaftlichsten und zärtlichsten Treueschwüren. Der wilde

Cunningham jedoch lächelte milde und nachsichtig. Es schiene, so sagte er, als habe sie ihn doch nicht ganz verstanden, an ihrer Treue zweifle er keineswegs und sei auch weit entfernt davon, sie verlieren zu wollen. Aber, meinte er mit seltsam zusammengekniffenen Augen, das werde wohl nichts schaden, wenn man bei einem Mann wie Hamilton ruhig die geheime Hoffnung aufkeimen lasse, es könne, was die Natur nicht freiwillig schenkt, durch einen tiefen Griff in den Kassenschrank erkauft werden, und wer anderer Leute Schloß öffnen wolle, müsse sich einen goldenen Schlüssel leisten. Frau Rosamond senkte den Kopf und fragte, was er befehle. Sie sei ja eine kluge Frau, sagte er, und werde den richtigen Weg schon finden. Habe sie dann dem Hamilton etwas Positives versprochen, so solle sie ihn, Cunningham, davon unterrichten und sich weiter keine Gedanken machen. Er werde sie schon aus jeder Verlegenheit heraushauen. Dann verabschiedete er sich aufs freundlichste von ihr. Als Hamilton wiederkam, fand er Frau Rosamond in einer zärtlichen, verworrenen Erregung, sie weinte auch ein bißchen, klagte über die Einsamkeit, über den Mangel an starkem männlichen Schutz und wahrer Freundschaft, ließ fast zufällig durchblicken, daß die drückenden wirtschaftlichen Sorgen sie nicht zur rechten Lebensfreude kommen ließen und daß sie einmal, nur einmal aufatmen möchte, frei und leicht ihre Jugend und ihre wahren Gefühle ausströmen lassen. Hamilton, ein dicklicher Herr mit roten Bäckchen und blanken, begehrlichen Kalbsaugen, witterte seine Chance, begann zu schwitzen, beteuerte unter Schnaufen und Wispern seine selbstlose Freundschaft und seinen Herzenstakt und flehte sie an, die Hilfeleistung eines tief ergebenen, nur vom reinsten Gefühl beseligten Mannes annehmen zu wollen. Sie sagte nicht ja, nicht nein, überließ ihm ihre Hände und versprach ihm ein Wiedersehen am späten Abend, er solle sie in der Schloßkirche treffen, wo sie die Nachtmesse höre, solle ihr dann unauffällig folgen und durch die angelehnte Hintertür nach ihr das Haus betreten, das um diese Zeit von der Dienerschaft schon verlassen sei. Ihr Mann habe eine längere Reise angetreten und könne vor Monatsende nicht zurück sein. Dampfend vor Stolz verließ Hamilton das Haus, rannte sofort in seine Wohnung, die er mit einem Studienfreund, Rechtsanwalt von Beruf, teilte, holte diesen Freund mitten aus seinen Konsultationen heraus und erzählte ihm nicht ohne schwülstige Übertreibung von seinem ungeheuren, gradezu einzigartigen Erfolg. Der Rechtsanwalt, etwas kühler veranlagt, zuckte die Achseln und meinte, er solle erst mal die Nacht abwarten. Aber er konnte die Begeisterung und den Überschwang des Beglückten nicht herabschrauben. Am Abend kniete er stundenlang in der Kirche, bis er von der Frauenbank herüber den goldenen Haarknoten Rosamonds im Kerzenlicht schimmern sah. Er konnte kaum die Beine auf der Kniebank ruhig halten, rutschte nervös hin und her und verließ, als sie sich erhob, die Kirche mit ungeschickt auffälligem Eifer. Er sah noch dicker aus als sonst, denn er hatte sich eine Geldkatze um den Bauch geschnallt, die mit tausend goldenen Pfundstücken gefüllt war. Zitternd und auf den Zehenspitzen betrat er die Hintertür, schlich durch einen halbdunklen Gang treppaufwärts, einem schmalen Lichtschimmer nach, öffnete eine Tür und stand in ihrem Schlafgemach, das durch ein flackerndes Kaminfeuer in eine seltsam zwielichtige, lockend vertrauliche Dämmerluft gehüllt schien. Er sah die aufgedeckten Pfühle ihres Bettes, und sie selbst, mit offenem Haar, in weißem, seidigem Unterkleid, die nackten Arme zum Hals erhoben, wo sie mit den Händchen im Nacken jetzt eine haltende Spange zu lösen schien, der feine Duft des Holzrauchs und ihres erwärmten Körpers stieg ihm in die Nase, der zarte helle Flaum ihrer Achselhöhlen schimmerte und schwamm vor seinen Augen, er ließ seinen Mantel und sein Barett fallen, machte aus knickenden Knien einen plumpen, fast zaghaften Sprung auf sie zu und streckte die fetten, rötlichen Hände aus, in deren Fingerspitzen er das erregte Blut wie mit Nadeln stechen fühlte. Da fuhr unterm Bett hervor der wilde Cunningham wie ein fauchendes Tier auf ihn los, mit einer solchen Schnelligkeit und reißenden Wucht, daß dem erschreckten Arzt der Schrei in der Kehle und die Bewegung in den Gliedern steckenblieb. Der wilde Cunningham sah schrecklich aus, sein Gesicht hatte nichts

Menschliches, er glich einem wütenden Eber, dessen Hauer von Kampfwut entblößt und mit Schaum bedeckt sind. In der Hand hatte er nichts als einen Stock, dessen Krücke mit Blei ausgelegt war, den schwang er, immer noch tierisch geduckt, gegen den Kopf des Eindringlings, dazu knurrte er mit heiserer Stimme: Wehr dich, du Hund, wehr dich, du Hund! Aber noch ehe der seine Hände, die in der Stellung begehrlichen Liebesflehens erstarrt schienen, ballen und hochheben konnte, hatte ihn schon ein schwerer Stockschlag über den Schädel zu Boden gestreckt. Hamilton blökte kurz auf wie ein getroffener Hammel, dann zuckten nur noch seine feisten Beine, während sich der wilde Cunningham, vom Rausch der Wut besessen, auf seinen Oberkörper warf und immer wieder mit den Fäusten in seine Augen und Zähne schlug. Frau Rosamond ließ sich rücklings aufs Bett sinken, hatte die Hände über die Augen gedeckt und lugte nur noch zwischen den Fingern hindurch. Dazu atmete sie heftig und lautlos. Endlich ließ Cunningham von der Leiche ab, trocknete sich an seinem Mantel die Hände und drehte sich langsam zu Frau Rosamond um, die ihn schluchzend, unter leidenschaftlichen Küssen, zu sich aufs Lager zog. Kurz vor Mitternacht erhob sich Cunningham, streichelte zärtlich und beruhigend Rosamonds nackte Brust, sagte, sie solle sich nur keine Sorgen machen, und trug den Leichnam hinaus, nachdem er ihm sorgfältig die Taschen geleert und ihn mit Mantel und Hut bekleidet hatte. Durch leere, schlafende Gassen gelangte er ungesehen mit seiner Last zu Hamiltons Haus, dessen Schlüssel er in seinem Hosensack gefunden hatte. (Und hier beginnt die Geschichte von dem toten Hamilton, welche eine tiefe Wahrheit enthalten muß, denn in den Sagen, Mythen und Chroniken aller Völker findet sie sich ähnlich zu den verschiedensten Zeiten wieder.) Der wilde Cunningham schleppte ihn vorsichtig über den holprigen Hof des Hauses, in dessen hinterer Mauer, durch eine kleine Holztreppe erhöht, der Abtritt eingelassen war. Lautlos öffnete er die alte morsche Abtrittstür, unter der eine dicke Ratte herausfuhr, und setzte den guten Hamilton aufs Brett, nicht ohne ihm vorher sorglich die Hosen zu öffnen. Dann legte er noch einen großen

Ziegelstein aus der etwas bröckligen Mauer neben seine Füße, damit man denken könne, dieser Stein sei ihm auf den Kopf gefallen und habe ihn mitten in der friedlichsten Verrichtung erschlagen. Um das Bild ganz natürlich zu machen, gab er ihm noch ein aufgeschlagenes Buch in die eine Hand und eine halb ausgebrannte Kerze in die andre. Dann verbeugte er sich lächelnd, ging heim und legte sich ermüdet schlafen. Nun aber hatte an diesem Abend der Rechtsanwalt, der Hamiltons Haus mit ihm bewohnte, den ersten Frühlingsrhabarber gegessen und dann noch unvorsichtigerweise einen Krug Bier vorm Schlafengehen getrunken, und so geschah es, daß er nach Mitternacht dürftig bekleidet, aber ohne Nachtlicht, in hastigen Schritten den Hof aufsuchte. Er öffnete die Abtrittstür und sah zu seinem Erstaunen seinen Freund Hamilton, den er zurzeit bei ganz anderen Verrichtungen wähnte, stumm und aufrecht auf dem Brett thronen. Mit einem Fluch warf er die Tür wieder zu und eilte ins Haus zurück, um sich wenigstens einen Mantel anzuziehen, denn die Frühlingsnacht war kälter, als er gedacht hatte. Als er zurückkam und die Tür wieder aufzog, thronte Hamilton noch immer stumm und unbeweglich. »Verflucht nochmal!« – rief der Rechtsanwalt, ohne die Tür wieder zu schließen –, »brüte deinen Liebeskummer woanders aus, man hat schließlich auch seine Sorgen!« Aber Hamilton rührte sich nicht. Der Rechtsanwalt, der nicht anders dachte, als daß Hamilton bei seiner verliebten Exkursion eine Enttäuschung erlitten habe, fluchte wütend und stellte dem hartnäckigen Regenten, der nicht an Thronentsagung zu denken schien, ein letztes, drohendes Ultimatum, wobei er jedes Wort durch heftiges Fußstampfen auf die kleine wacklige Holzstiege des Abtritts bekräftigte. Bei jedem Stampftritt seines Fußes machte Hamilton auf seinem Brett einen ganz kleinen jämmerlichen Hopser nach vorne, und beim letzten Tritt rutschte sein Gesäß vom Brett herunter, der Oberkörper machte eine kullernde Drehung nach der Seite, dann verlor die ganze Gestalt das Übergewicht und stürzte köpflings die kleine Treppe hinab in die ausgebreiteten Arme des staunenden Rechtsanwaltes. Dem wurde ganz komisch zumute, als er die kalte, blutige Wange des Freundes an seiner eignen fühlte, während den erstarrten, künstlich gekrümmten Fingern Buch und Nachtlicht entfielen und mit hohlem Ton auf die Steinfliesen des Hofes kollerten. Sofort dämmerte in seinem juristisch trainierten Hirn der wirkliche Zusammenhang. Hamilton hatte ihn ja von dem Ziel seines abendlichen Ganges unterrichtet. Als Rechtsanwalt wußte er nur zu gut, daß mit Kombinationen und Verdachtsgründen ohne triftige Beweise gegen einen Mann wie Cunningham und seine unbescholtene Gattin in einem solchen Fall nichts zu machen sei, daß im Gegenteil alle Indizien gegen ihn, den einzigen Mitbewohner des Hamiltonschen Hauses, sprechen würden. In aller Eile lud er sich den toten Hamilton auf den Rücken und gelangte durch leere, schlafende Gassen wieder zu dem Hause des wilden Cunningham. Dort lehnte er den Leichnam aufrecht an die Hintertür, machte kehrt und rannte davon, so rasch ihn die Beine trugen. Nun hatte in dieser Nacht die schöne Rosamond einen etwas unruhigen Schlaf, vielleicht hatte auch sie am Abend den ersten Lenzesfrüchten zu stark zugesprochen, jedenfalls ging es ihr ähnlich wie kurz vorher dem Rechtsanwalt. Sie stand auf, legte ihren Mantel um die schönen Schultern und begab sich zur Hintertür, durch die man den Hof erreichen konnte. Als sie die Tür öffnete, die Kirchturmuhr schlug gerade halb eins, fiel ihr der kalte Hamilton wie ein Sack in die Arme, und sie glaubte in ihrem verstörten Sinn sogar einen tiefen Seufzer zu hören, der sich seiner gewölbten Brust entrang. Mit einem Aufschrei stieß sie den zudringlichen Leichnam zurück, rannte wie gehetzt die Treppe hinauf ins Schlafzimmer ihres Mannes und rief mit erstickter Stimme: »Hamilton ist wieder da!« Der wilde Cunningham, in seinem besten Schlummer gestört, erhob sich ungehalten, brummte etwas von Hysterie und Aberglauben, zog seinen Mantel an, ging hinunter und lud sich den toten Hamilton zum zweitenmal auf die Schultern. Ohne sich über den Zusammenhang seiner Rückkehr weiter den Kopf zu zerbrechen, beschloß er, ihn diesmal einfach in den Fluß zu schmeißen. Aber nach wenigen Schritten hörte er Stimmen und mußte, um nicht entdeckt zu werden, mit seiner Last in einen dunklen Torweg treten. Von dort aus sah er einige verdächtige Gestalten, die einen schweren Sack schleppten, die Straße entlangschleichen, und da sie sich auch in Richtung zum Fluß bewegten, schlich er ihnen leise nach. Dabei hörte er aus ihrem Gespräch, daß es sich um eine Diebesbande handle, die soeben von einem Einbruch in einer großen Selcherei zurückkamen und ihren Sack voll geräucherter Schweineschinken in der Frühe auf ein ausfahrendes Boot bringen wollten. Plötzlich aber schien sie der Durst zu packen, der allen dunklen und nächtigen Existenzen eigen ist und schon so vielen zum Verderben wurde. Sie befanden sich offenbar an der Rückseite einer Wirtschaft, die dafür bekannt war, auch nach der Polizeistunde für die Stammgäste noch Alkohol auszuschenken. Nachdem sie ihren Schinkensack in ein Kellerloch verstaut hatten, machten sie sich durch eigentümliche Klopfzeichen bemerkbar, und kurz darauf öffnete ein kleiner Mann in Filzpantoffeln. Aber aus einer rückwärtigen Tür sah man ein braunes, rauchiges Lampenlicht quellen, hörte gedämpft die eintönigen Stimmen hartnäckiger Trinker und das leise asthmatische Näseln eines alten Dudelsacks. Kaum waren die Diebe in dieser Höhle untergetaucht, da eilte schon der wilde Cunningham aus dem Schatten hervor, stopfte sich alle Taschen voll mit den schönen, massiven Schinkenstücken, schüttete den Rest in das nahe Wasser und ließ den toten Hamilton mit den Füßen voraus im Schinkensack verschwinden, den er dann wieder sorglich in sein Versteck tat. Dann ging er heim, um seine schöne Frau zum zweitenmal zu trösten und zu beruhigen. Den wackeren Dieben hingegen schmeckte nach getaner Arbeit der Whisky und das Bier so gut, daß sie sich immer tiefer in Schulden soffen, und schließlich, als es gegen Morgen ging, stellte es sich heraus, daß ihre gemeinsame Kasse zum Bezahlen nicht ausreichte. Der Wirt krakeelte und wollte sein Geld haben, sonst könne er ihnen den Abschiedsschluck keinesfalls ausschenken. Da schlug einer der Herren vor, sie könnten ja ausnahmsweise in Ware statt in Geld bezahlen: sie hätten wundervollen Schinken draußen gelagert, der Wirt solle nur mal sehen – und dem schien das einzuleuchten. Schon war der Dieb verschwunden, gleich darauf keuchte er unter der Last des Schinkensackes wieder zur Tür herein. »Hol mich der Teufel«, sagte er, »es ist mehr Schinken geworden!« Die anderen johlten. »Du bist einfach besoffen!« sagte einer und riß die Schnur vom Sack, daß er aufklaffte und zusammenfiel. Mit blankem, glasigem Gesicht schaute der tote Hamilton hervor. Der Wirt schrie auf: »By Jove! Das ist ja der gute Doktor Hamilton, der meiner Frau umsonst eine Fistel aufgestochen hat!« Und ehe die Diebe etwas zu ihrer Entlastung sagen oder tun konnten, hatte er mit schriller Stimme die Polizeistreife rebellisch gemacht, Nachbarn eilten herzu, die Diebe wurden gepackt und ohne weiteres Verhör am selben Tage aufgehenkt, während das Ehepaar Cunningham, Arm in Arm, die Lady in neue schwarze Seide gekleidet, dem Trauerzug des in der Blüte seiner Jahre dahingeschiedenen Hamilton folgte. Eine Zeitlang lebten die Cunninghams nun wieder in Glanz und Freuden, aber was sind tausend Pfund für einen Mann von Geist und Phantasie? Der wilde Cunningham war jedenfalls vielseitig genug, um eine Sache nicht zu wiederholen und ihr dadurch den Zauber der Erstmaligkeit und den Schmelz des Einfalls zu nehmen. Es fand kein zweiter Hausfreund Gnade vor den Augen der schönen Rosamond; sie lebte weiterhin so treu und sittsam wie bisher, und der wilde Cunningham verbrachte immer wieder Wochen und Monate in Kneipen, Bordellen und Räuberhöhlen. Mittlerweile hatte er unter seiner zahlreichen Anhängerschaft einen Stoßtrupp besonders ergebener und völlig sicherer Vasallen gesichtet und gesiebt, Leute, auf die er sich unbedingt verlassen konnte und von denen jeder schon mindestens einmal dem Galgen um Haarbreite entgangen war. Mit Hilfe dieser Elite begann er jetzt ein neues Spiel zu treiben, das er in einer stillen Stunde ersonnen hatte und das sich denn auch in der Praxis als überaus unterhaltsam und einträglich herausstellte. Er zog sich gut an, steckte Geld ein und stieg in einem der vornehmsten Gasthäuser der Stadt ab. Dort gewann er im Laufe weniger Abende die Sympathie und das Vertrauen reicher, unerfahrener Reisender, wie sie in die berühmte Universitätsstadt besonders zahlreich kamen.

Gewöhnlich veranstaltete er dann einen gemeinsamen Ausflug, wenn möglich mit der Abreise einiger Gäste verbunden, die dann ihr ganzes Hab und Gut bei sich trugen. Vor der Stadt, wo Cunningham höchst romantische Waldwege und Saumpfade zu führen wußte, wurde dann die ganze Gesellschaft von Banditen überfallen, wobei der wilde Cunningham sich wie ein Held benahm, wie ein Löwe focht und trotzdem überwältigt wurde. Alle, auch er, wurden ausgeplündert und bis aufs Hemd ausgezogen, kehrten dann in kläglichem Aufzug in die Stadt zurück, wo Cunningham in seiner Wohnung all seine Habe in wohlverschnürten Päckchen wiederfand samt dem ihm zustehenden Hauptanteil an der Geldbeute. Mit den Behörden stand er ausgezeichnet, obwohl er sie öffentlich anulkte und häufig Schutzleute, deren Gesichter ihm nicht gefielen, auf offener Straße verprügelt hatte. Er hatte sich kraft seiner Persönlichkeit in Glasgow die Stellung eines unumschränkten Monarchen erzwungen, viele Leute zogen es vor, ihre Streit- und Rachehändel in der Gerichtsbarkeit seiner Stammkneipen statt im hohen Hause der Staatsjustiz auszutragen wenn er morgens verdreckt und vollgesoffen durch die Straßen wuchtete, wurde er wie ein König gegrüßt, und mancher Bürger, dessen junge Frau oder Tochter ihm gefiel, öffnete auf seinen herrischen Wink mit tiefen Bücklingen die Haustür, um dann für einige Stunden ins Wirtshaus zu verschwinden. Dann lachte der wilde Cunningham roh und mächtig hinter ihm drein, und noch wenn er zu seiner treuen Frau nach Hause kam, dröhnte das tiefe, herzhafte Lachen aus seiner Brust. An einem Winterabend sprach ihn vor seiner Haustür ein Bettler an, dessen Greisengesicht und Stimme ihm bekannt vorkam. Er faßte ihn näher ins Auge und erkannte den Bruder seines Vaters, den letzten Überlebenden der Cunninghams, der in dieser Verkleidung zu ihm vorgedrungen war, nachdem er auf alle Botschaften und Briefe keine Antwort erhalten hatte. Der wilde Cunningham war recht erstaunt und nicht sehr angenehm berührt über die Begegnung, wollte ihn zuerst fortjagen, besann sich dann aber anders und folgte ihm. Vor der Stadt hielt ein Wagen, in den der Alte ihn einsteigen ließ. Sie fuhren eine Strecke über Land und erreichten das Stammschloß der Cunninghams, in dem der Junge aufgewachsen war, das er später verschleudert und das sein Onkel von dem Erlös seiner eigenen Güter wieder erworben hatte. Der Alte führte ihn in das Zimmer, in dem seine Eltern gestorben waren, dort fiel er vor ihm auf die Knie und flehte ihn an, sein wüstes, scheußliches Leben aufzugeben, hinaus ins Schloß seiner Väter zu ziehen, das er ihm hiermit wieder zu Rechtens übergeben wolle, den Stamm fortzusetzen durch Zeugung eines Sohnes und die Kraft und Größe eines edlen Blutes, die er mißbraucht, vor Gott, der Welt und dem Schicksal neu zu beweisen. Der wilde Cunningham wollte lachen, aber ohne daß er etwas Vernünftiges denken oder etwas Deutliches fühlen konnte, erstickte ihm das Gelächter in der Kehle, vielleicht zum erstenmal in seinem Leben – das kindische Schluchzen und Flennen des Greises zu seinen Füßen ergriff ihn sonderbar, er versuchte zu fluchen oder einen bösen Witz zu reißen, aber es gelang ihm nicht, und als er sich zu dem Alten niederbeugte, um ihn derb hochzurütteln und ihm den Unfug zu verweisen, stürzten ihm plötzlich selbst die Tränen aus den Augen und mischten sich mit denen des alten Mannes. Der breitete die Arme aus wie ein Prophet der alten Zeiten: »Kehr heim, geliebter Sohn! Die Väter rufen dich!« – Da packte den wilden Cunningham Scham, Wut und Verzweiflung, mit einem rauhen brüllenden Laut warf er sich zurück, nur um Fingerbreite noch vom Herzen des alten Mannes entfernt – riß seinen Dolch aus dem Gürtel, stieß ihn dem Greis in die Kehle, daß der aufgurgelnd inmitten seines Lobgesanges vornüberstürzte. Eine alte Dienerin, die einstmals als Amme den wilden Cunningham gesäugt hatte und nun als einzige Hilfe im Schloß bei dem Alten wohnte, schlug er auch zu Boden, als sie heulend herzueilte, dann steckte er zu sich, was er an Gold und Silber fand, goß das Öl aus allen Lampen über die Holzböden und warf eine Fackel hinein, bevor er das Schloß verließ. Als er zur Stadt zurückritt, quoll schon der schwere Qualm des Brandes über den Himmel, die Leute sahen ihn reiten und sagten: der wilde Cunningham hat das Haus seiner Väter in Brand gesteckt –

aber keiner wagte ihn anzuhalten oder zur Rede zu stellen. In seinem Haus empfing ihn wie immer die schöne Rosamond, sie stand an der Tür ihres Schlafzimmers und wartete auf sein rauhes, herrisches Lachen, als sie den Schlüssel im Schloß knirschen hörte. Aber der wilde Cunningham lachte nicht. Er betrat ihr Zimmer mit gesenktem Kopf, seine Augen waren verschwollen und matt, bläulich unterlaufen, wie die Augen frierender Säuglinge. Er warf sich aufs Bett, und es kamen aus seiner Kehle die schwachen, gebrochenen Laute eines Greises. Er griff nach ihr mit einer hilflosen Gebärde, und seine Lippen stammelten etwas von den Vätern und der großen Finsternis und von einem Kinde. Dann sank er zusammen, schlief ein. Rosamond verließ schweigend das Haus, ging zum hohen Gericht und klagte ihn unter eidlichem Zeugnis des Mordes an. Er wurde verhaftet, festgesetzt, die Zeugen seiner Taten schossen wie Champignons aus Pferdemist hervor, das Urteil lautete auf Tod durch den Strick, und man führte ihn unter mächtigem Andrang auf den Richtplatz. Als er die Leiter zum Galgen hinaufstieg, frei, ohne Fessel, Knecht oder Priester, erblickte er die Frau zu seinen Füßen. Sie war in schwarze Seide gekleidet, ihr blondes Haar quoll unter der Haube vor. Mit offenen gestreckten Händen stand sie da und schaute groß zu ihm empor. In ihrem Gesicht war ein sonderbar verzückter, fast abwesender, weich und verloren hingegebener Ausdruck, um ihre Mundwinkel, im Schimmer ihrer Haut. Er suchte ihre Augen, sie lächelte. Da lachte der wilde Cunningham sehr laut und steckte den Kopf in die Schlinge.

Hundegeschichten

Mein Freund erzählte: Im Süden liebt man die Hunde nicht. Dort sind sie nicht die Weggefährten und vertrauten Hausgenossen des Menschen, sondern armselige Bettler an seiner Schwelle und bestenfalls seine Sklaven. – »Das ist einer der vielen Gründe«, unterbrach ich ihn, »weshalb ich niemals in einem der südlichen Länder leben möchte. In Teneriffa zum Beispiel, der schönsten der ›glücklichen Inseln‹, vergällten mir die roten Hunde alle Freude an der Merkwürdigkeit und dem fremden Reiz der Fischerdörfer.« – »Was sind das für Hunde?« fragte jemand. – »Verraßte Windhunde afrikanischer Abkunft. Sie sind hochbeinig, mit langen Schädeln, dünnem, blaßrotem Fell, manche mit fahlen, gelblichweißen Placken. Andere wieder sind ganz rot wie Ziegelstaub. Sicher ist die Rasse gut veranlagt, klug und nervig. Aber sie sind das Verprügeltste, was man sich vorstellen kann. Die Knochenwirbel auf dem Rückgrat und die falschen Rippen in den Flanken stechen ihnen aus dem verschabten Fell. Immer sind sie auf der Flucht. Wie rote Schatten streichen sie durch die überspannte grausame Helligkeit. Niemals springen sie aufrecht nach einem Ziel oder jagen frei auf etwas Erspähtes zu. Es sind Hunde, die schleichen – auch ihre Jungen treiben sich schon mit eingezogenem Schwanz und verkrümmtem Bauch zwischen den Müllhaufen herum. Sie haben überhaupt keine Jugend und kein Vertrauen. Wenn man sie lockt, die Hand hebt, um sie zu streicheln oder ihnen was Freßbares hinzuwerfen, zucken sie zusammen und rennen geduckt in großem Bogen fort... Das schlimmste sind ihre Augen. Soviel Angst gibts nur im Traum. Sie scheinen auch ein ewig schlechtes Gewissen zu haben, als wären sie selbst an allem schuld. Nein« – sagte ich, und schaute auf die Köpfe meiner beiden Hühnerhunde hinunter, die zusammengerollt schliefen, die langen Schnauzen dicht an meinem Fußknöchel (aber nun spürten sie den Blick, hoben sofort die Augenlider und klopften den Holzboden der Bauernstube mit den zotteligen Schweifen) –, »ich möchte dort nicht leben.«

Jemand lachte, dann sagte einer zu meinem Freund: »Sie wollten eine Hundegeschichte erzählen.« – »Ja« – sagte der –, »es ist eigentlich keine Geschichte. Bei Aretusa kannte ich einen Hund, der, wie die meisten dort, herren- und heimatlos herumstrich. Es war in einem kleinen Fischerdorf, wir lebten dort, einige deutsche Outsider, unter denen ein paar Künstler waren, die anderen hielten sich nur dafür, von wenig Geld, viel Obst und Tomaten, abends von schwerem billigen Landwein, in den wir Brot mit Käse tunkten. Wir wurden öfters untereinander geschieden und frisch verheiratet, die familiäre Gruppierung war locker und wechselte häufig.

Wir liebten alle das Leben im Süden, fanden es leichter, zeitloser als anderwärts. Wir fanden auch die Menschen dort schön anzuschauen und liebenswürdig, mit ihrer lässigen Triebhaftigkeit und ihrem kindlichen Sinn fürs Formale.« – »Es ist schrecklich«, unterbrach ich ihn, »daß Ihr immer von Menschen anfangen müßt, wenn Ihr eine Tiergeschichte erzählen wollt.« Alle schwiegen, und ich schämte mich.

»Der Hund also«, fuhr mein Freund fort und grinste mich an, »der war auch rötlich, aber mehr ins Gelbe spielend, ein struppiger Köter von unbestimmbarer Abstammung. Ich habe selten so ein häßliches Vieh gesehen. Über dem einen Auge hatte er eine bläulich opalisierende Starhaut. Das andere war goldbraun und nachdenklich, mit ein paar scheuen, weißen Lichtern. Fast immer hatte er Wunden von Bissen und Hieben, auch Räudenarben am Hals. Seine Auffassung war beschränkt, man hätte sagen können, er war dumm, wenn man das überhaupt so sagen könnte. Aber er liebte mich.

Als ich das erstemal zum Strand ging, trieb er sich zwischen den Hütten herum und lief weg, als ich ihn ansprach. Wie ich dann zurückkam, hatte ich zufällig ein Stück Brot in der Hand, warf es ihm vor. Zuerst galoppierte er davon, deutete die Bewegung natürlich als Steinwurf. Dann umkreiste er lange mißtrauisch den Brocken und mag ihn schließlich wohl gefressen haben, ich ging weiter und kümmerte mich nicht drum. Aber am nächsten Tag ging er mir zu, ließ sich streicheln und folgte mir dann. Ich blieb vor einer Fischerhütte stehen, um frisch gefangene Krabben einzukaufen. Der Hund scheuerte sich an meinem Bein. Da stürzte eine junge, sehr hübsche Frau heraus und schlug ihm ein Scheit Holz übers Kreuz, daß es krachte. Der Hund heulte auf, rannte davon, und die Frau entschuldigte sich bei mir mit einem enormen Wortschwall über die Zudringlichkeit des Hundes. Ich fragte, ob der Hund hierher gehöre, sie zuckte die Achseln und meinte: ›Es gibt viele im Dorf.‹ – Als ich mit meinen Krabben weiterging, sah ich den Hund hinter einer Mauer liegen. Er leckte sich das Rückgrat und schielte zu mir hin. Eh ich ihn locken konnte, bemerkte ich eine Kinderhorde, die in einiger Entfernung mit Papierhelmen und Holzschwertern Krieg spielte. Die hatten gerade den Hund entdeckt, und schon ging ein Steinhagel auf ihn nieder, vermutlich hatten sie in ihm endlich den geeigneten Darsteller für den Feind des Fascismo gefunden, für den sich keiner der Mitspielenden hergeben wollte. Der Hund ging flüchtig, und sie verfolgten ihn mit schrillem Siegergeheul.

Abends, als ich vor meiner fast eine Stunde entfernten Pension im Freien saß, hockte der Hund plötzlich in ziemlicher Entfernung unter einem Ölbaum und starrte mich an. Ich sah ganz deutlich im lichten Dämmer seine beiden Augen, das eine bläulich weiße, tote, und das andere, lebendige, das einen merkwürdig scheuen, hoffnungsvollen Schimmer hatte. Ich rief ihn her, gab ihm zu fressen und redete mit ihm. Meine Pensionswirte duldeten nicht, daß ich ihn mit hinein nahm, aber er muß wohl in der Nähe geschlafen haben, denn am nächsten Morgen wartete er schon vor der Tür auf mich. Und von da an hatte ich den Hund. Es war mir nicht immer angenehm, und ich verscherzte mir einige Freundschaften dadurch. Aber ich hatte ihn nun einmal, da war nichts zu machen. Bald merkte ich, daß er mich liebte, weit über den Vorteil hinaus, den er von mir hatte. Dabei waren seine Anlagen so verdorben und abgeschwächt, daß er für eine hündische Tat keine Konzentration mehr aufbrachte. Ich ließ mich einmal zum Spaß von einem Bekannten angreifen und zu Boden werfen. Der Hund sprang mir nicht bei, rannte weg, blieb in großer Entfernung sitzen und winselte kraftlos. Wenn ich schwamm, saß er am Ufer und schaute zu. Einmal markierte ich dicht am Strand den Ertrinkenden, um ihn auf die Probe zu stellen. Aber auch diesmal zog er sich angsterfüllt zurück, lief zitternd vom Meer weg. Und als ich dann ans Ufer kam, lief er vor mir davon, ich hatte für ihn plötzlich etwas Schreckhaftes, es war, als röche er die Sterblichkeit in meiner Haut, sein Gottvertrauen in mich war erschüttert. Erst am anderen Tag ging er mir wieder zu. Und doch hatte er einige Liebesäußerungen für mich, die rührender waren als heroische Treue. Vor allem: er war glücklich mit mir, und er zeigte mir das.

Die Fischer sahen ihn immer mit mir gehen, und keiner kümmerte sich darum, sie machten sich höchstens über mich lustig. Paßte ich nicht auf, flog ihm wohl rasch mal ein Stein in die Rippen, und wenn er unversehens einem Eingeborenen zu nahe kam, durch das Vertrauen zu mir leichtsinnig und unvorsichtig gemacht, setzte es einen Fußtritt in die Weichteile, der ihn noch lange nach Luft schnappen ließ. Die Jungens, die ihn mit Steinen schmissen, traten oder prügelten, sahen mir dabei ganz frech in die Augen, es war ja ihr Hund, ich hatte keine Rechte auf ihn und konnte nichts anderes tun, als ihn möglichst wenig von meiner Seite lassen.

Als meine Zeit im Süden um war und ich an die Heimkehr denken mußte, begann mir das Schicksal des Hundes ernstlich Sorgen zu machen. Ihn mitzunehmen, war ganz ausgeschlossen, ich wußte selbst noch nicht, wo ich in Deutschland vor Anker gehen würde. Ihn hierzulassen – ihn, nachdem er die Sonnenseite des Hundelebens einmal gesehen hatte, wieder in die hoffnungslose Finsternis seiner Herren- und Heimatlosigkeit zurückzustoßen, schien mir eine beispiellose Grausamkeit. Dann hätte ich nie mit ihm anfangen dürfen, sagte ich mir. Aber es geht nicht an, einen blind Geborenen drei Monate lang sehen zu lassen und dann wieder zu blenden. Solche Dinge mögen die Götter tun, deren Erfinderischkeit in irdischen Grausamkeiten noch bedeutend weiter geht und die vielleicht wissen, warum, oder Spaß daran haben. Ich grübelte hin und her und fand keinen Ausweg. Ich konnte schließlich nicht des Hundes wegen jahrelang in Aretusa bleiben, und die einzige berufliche Chance, die sich mir seit Ewigkeiten bot, in den Wind schlagen. In dieser Zeit begann der Hund, mir meine Lage besonders schwer zu machen. Als spüre er, wie sehr sich meine Gedanken mit ihm beschäftigten, war er von einer unablässigen wachsamen Zärtlichkeit für mich. Er schlief überhaupt nicht mehr in meiner Gegenwart und sah mich mit seinem einen Auge immer an. Machte ich eine zufällige Bewegung nach unten, etwa um mir den Schuh zu binden, schon japste er freudig und dehnte seinen Kopf meiner Hand entgegen. Je näher die Abreise rückte, desto ruheloser wurden wir beide. Der Hund begann jämmerlich zu heulen, wenn ich ihn abends verließ, morgens sprang er mir wie ein Rasender entgegen und klammerte sich direkt an jeden meiner Schritte. Er spürte genau, was ich vorhatte, mein schlechtes Gewissen mußte es ihm auch verraten, und die geringste Vorbereitung zur Abreise beobachtete er mit jammervollen Mienen und unverkennbarer Verzweiflung. Einmal kam ich morgens heraus und hatte ein anderes Paar Schuhe an, als ich sonst auf dem Lande trug: Stadtschuhe, die ich monatelang im Koffer stehen hatte. Der Hund beschnupperte diese Schuhe und fing an zu weinen. Ich selbst ertappte mich bei Anfällen von haltloser Depression und kindischer Rührseligkeit, ich ekelte mich vor mir selbst und sagte mir: So kann man kein neues Leben beginnen. Ich war auch fahrig und nachlässig in der Führung meiner wichtigsten Angelegenheiten, vergaß Briefe zu beantworten, verschleppte halb unbewußt alles, was sich auf die Abreise bezog. Dabei hielt mich wirklich längst nichts anderes als der Hund. Eines Abends – es konnte sich jetzt nur noch um wenige Tage bis zur endgültigen Abberufung drehen, ich wartete nur noch ein Telegramm ab und hatte alles vorbereitet – saß ich vor meiner Pension beim Wein. Der Hund lag zu meinen Füßen und schaute mir unablässig ins Gesicht. Es war Frühherbst, die Dunkelheit brach rasch ein, überm Meer hing ein rostiger Streifen, darüber glasig grün, von geisterhafter Durchsichtigkeit, der Widerschein des Wassers auf den Himmel. Ich trank einen ›Fiasko‹ nach dem anderen. Der Wein war schwarzrot, mit flutenden dunkelblauen Schatten. Er roch süßlich wie Blut, aber er schmeckte herb auf der Zunge wie zerkaute Blattknospen im Frühling. Das Land um mich her war braunverbrannt, wie der Süden immer ist, denn selbst das Chlorophyll der jungen Blätter ist dort mit Ockergelb oder Staubgrau vermischt. Jetzt schwamm alles in goldbraunen Dämmerfarben, die Dorfhäuser blinkten wie unsichere, scheue, weiße Lichter darin. Ich sah meinen Hund an, oder ich sah weg von ihm, aber sein offenes Auge verfolgte mich überall. Ich trank noch mehr Wein und nahm ihn auf den Schoß. Sein klopfendes Herz beruhigte mich etwas. Plötzlich bekam ich wieder Mut. Ich machte Späße mit dem Hund, brachte ihn zum Lachen, dabei wußte ich schon genau, was ich tun würde. Ich phantasierte mit ihm herum, was ich öfters getan hatte, wenn ich betrunken war, und der Hund klopfte begeistert meine Schienbeine mit dem Schwanz. Dabei war ich gar nicht betrunken. Ganz kühl und glasklar fühlte ich mein Gehirn im Kopf. Einen Revolver besaß ich nicht. Darum suchte ich in der Nähe einen schweren, klotzigen Stein. Dann holte ich mir aus dem Haus einen Hammer und einen Strick. Wir gingen nun zum Strand, der Hund immer neben mir, immer das linke Auge zu mir erhoben – denn das rechte war das starblinde. Ich weiß von diesem Weg jede Einzelheit seiner Bewegung und jedes leise Knarren meiner Stiefelsohlen. Es war mittlerweile stockfinster geworden, der Himmel niedrig, blauschwarz verhängt, ohne Mond. Nur überm Meer am tiefsten Horizont noch ein schmaler, goldbrauner Streif. Ich machte ein Boot los, das tagsüber an Fremde vermietet wurde und das wir immer ohne vorherige Anmeldung benutzten, ließ den Hund hineinspringen und setzte mich auf die Ruderbank. Dann zog ich kräftig los, quer durch die matt leuchtende, schwache Brandung, in die ölschwarze, offene See hinaus. Der Hund lag zu meinen Füßen, mit offenem Auge, regte sich nicht. Die Ruder ächzten rhythmisch, sonst war's still. Ich bin überzeugt, daß der Hund genau wußte, was ich vorhatte. Es kann gar nicht anders sein. Von dem Augenblick an, in dem wir das Boot bestiegen hatten, war er vollständig regungslos – aber ohne jedes Anzeichen von Angst oder Widerstreben. Hätte er gewinselt, gejault, sich gewehrt, es wäre nicht so schlimm gewesen wie dieses stumme, gläubige, leidende Einverständnis. Aber meine Tat war gedacht, war richtig gedacht und nun schon stärker als ich. Ich handelte ruhig, mechanisch und ohne Zögern. Ziemlich weit draußen schlug ich ihm ohne besonderen Abschied mit dem Hammer so kräftig über den Schädel (wobei ich mir noch anatomisch genau überlegte, welche Stelle am zentralsten und sichersten sei), daß er sofort bewußtlos zusammenbrach. Sein Auge habe ich nicht mehr angesehen. Von der Schnauze tropfte etwas Blut. Ich wand ihm sehr fest den Strick um den Hals, band den Stein dran und schmiß ihn über Bord. Er versank auf der Stelle, es hatte nur kurz aufgeplumpst, mit einem seltsam hellen Ton, nun war es wieder still, und die leichte Bewegung des Meeres verschlang sofort die Kreise, die sich über dem absinkenden Körper gebildet hatten. Ich ruderte zurück und ging langsam nach Hause. Unterwegs glaubte ich manchmal kleine trappelnde Schritte hinter mir zu hören. Und einmal war es wie ein feuchtes Schnaufen an meiner Hand. Aber ich haute mir eine Ohrfeige herunter und biß die Zähne zusammen. Es war eine sehr dunkle Nacht – –.«

Mein Freund trank sein Glas aus und schwieg eine Weile. Dann fuhr er fort: »Nun aber kommt das Satyrspiel. Trotz der Dunkelheit war ich beobachtet worden, wie ich mit dem Hund hinausfuhr. Ein Fischer, der draußen lautlos die Schleppangel schleifte – denn in solchen windstillen Nächten beißen die Muränen besonders gut –, mag in der Nähe gelegen haben, als ich den Mord beging. Tags darauf hatte sich die Geschichte im ganzen Dorf herumgesprochen. Ein Sturm der Entrüstung brach gegen mich los. Wie ein Mensch so roh, so unglaublich gemein sein könne, ein wehrloses Tier totzuschlagen, nur weil er zu geizig sei, es zu kaufen, oder aber ich sei pervers, hieß es, und man hätte schon längst so was gemerkt, von da zum Kindermörder sei nur ein Schritt – auch sammelten sich einige keifende Weiber, von einem johlenden Kinderhaufen assistiert, vor der Tür meiner Pension und verlangten Schadenersatz, der Hund sei ihr Eigentum gewesen, sie stritten sich noch untereinander, wem er in Wirklichkeit gehört habe, einigten sich aber mir gegenüber sofort darauf, daß sie alle an den Kosten für seine Aufzucht und seinen Unterhalt beteiligt gewesen seien, hielten mir ihre dreckigen Hände unters Gesicht und spuckten unter Flüchen vor mir aus, als ich nichts gab.

Eine Anklage wegen Tierquälerei erging gegen mich, ein Delikt, das im neugeordneten Italien sehr streng bestraft wird. Kurzum, ich mußte den Ort fluchtartig verlassen, noch bevor mein Telegramm gekommen war. Na ja –« sagte er abschließend und lachte ein wenig. Wir anderen schwiegen, ich ging in den Keller, Wein holen.

Als ich wieder hereinkam, redeten alle ziemlich laut durcheinander, das Wort »Hund« fiel nicht. Mein Freund, der Maler, Architekt und Bildhauer ist, machte aus Brotteig kleine Häuschen und Modelle. Eine Frau, die zu Besuch da war, hatte meine Hunde zu sich auf die Ofenbank genommen, streichelte sie. – »Erzählen Sie doch die Geschichte von Ihrem Jäger und dem Hund«, bat jemand. Andere schlossen sich an, die die Geschichte noch nicht kannten. Einer fragte: »Ist diese Geschichte wenigstens nicht so traurig?« – »Doch«, sagte die Frau, »das heißt, eigentlich ist sie mehr unheimlich und schlimm. Wir lebten damals auf einem Landgut in der Mark, das sehr viel Wald und Wasser hatte. Unser Haus lag am See, und hinter unserem Garten fing der Kiefernwald an. Mein Mann war ein leidenschaftlicher Jäger, und er, aber mehr noch unser Nachbar, führte einen erbitterten Kampf gegen die verwahrlost umherstreifenden Hunde, die das Wild verscheuchten und seinen Bestand verminderten. Es gibt natürlich auch bei uns wilde Hunde, nicht nur im Süden. Besonders in der Nachkriegszeit vermehrten sie sich erschreckend. Es gab viele Leute, die ihre Hunde nicht mehr halten konnten und einfach weglaufen ließen. Auch aus den Vorstädten Berlins streiften die entlaufenen Hunde bis weit in die märkischen Wälder hinein. Es war damals wirklich eine Plage. Bei jedem weiteren Spaziergang traf man so ein verkommen umherhetzendes wilderndes Hundevieh, und im Winter hörte man sie oft wie Wölfe heulen. Die Weibchen bauten sich, wenn sie zum Wurf kamen, richtige Höhlen oder sie bezogen alte Fuchsröhren im Wald. Wir hatten damals mit unserem Nachbar zusammen einen Jäger oder Wildhüter, und dieser Mann bekam den Auftrag, die wilden Hunde auszurotten. Unser Nachbar setzte, um ihn anzuspornen, für jeden toten Hund eine Prämie aus. Der Jäger mußte ihm die Hundeschwänze als Trophäe und Beglaubigungszeichen vorweisen, dann bekam er fünf Mark für einen großen Hund und die Hälfte für jeden jungen. Aber der Jäger, der sich nicht viel aus der Arbeit machte, desto mehr aus dem Geld, legte in wechselnder Reihenfolge dem Gutsherrn immer wieder die gleichen Hundeschwänze vor und ließ sie sich als frische bezahlen. Schließlich kam das auf, und da sich gleichzeitig noch einige andere, schwerer wiegende Unregelmäßigkeiten herausstellten, wurde der Mann entlassen. Er ging aber nicht gleich, sondern tobte noch mehrere Tage besoffen in der Gegend herum, bedrohte einige Male seinen früheren Herrn und stieß fürchterliche Flüche aus, in denen merkwürdigerweise die Hunde eine große Rolle spielten und immer wiederkehrten. Als sein Nachfolger einzog, ein ehemaliger Reichswehrsoldat, lauerte er ihm im Wirtshaus auf, beschimpfte ihn furchtbar und soll auch bei dieser Gelegenheit wieder von den Hunden gefaselt haben, von ihrer Rache und von ihrem Fluch. Der aber kümmerte sich nicht darum und schmiß ihn schließlich kurzerhand hinaus. Kurz darauf verschwand der Alte aus der Gegend.

Der neue Jäger war ein hübscher, junger Kerl, der größten Wert auf sein Äußeres legte. Er trug eine schneidige, grüne Jägeruniform und die Haare im sogenannten Offiziersschnitt, hinten ganz kurz geschoren, vorne einen mit Pomade angeklebten Scheitel. Mich entsetzte immer der rötliche Streifen seiner Nackenhaut über dem hohen Rockkragen – er sah aus wie rohes Fleisch – und seine Hände, die zu klein waren und böse spitze

Finger hatten. Die Mädchen liefen ihm nach, und er hatte bald viele Bräute. Im Winter liefen dann auch mehrere Vaterschaftsklagen gegen ihn. Im Dienst war er tadellos, fast übereifrig, und seine Hauptaufgabe schien er in der Ausrottung der wildernden Hunde zu sehen. Er legte niemals die gleichen Schwänze vor, aber täglich brachte er neue, die noch frisch und blutig waren. Bald stellte sich heraus, daß er die Hundetötung als Sport betrieb, er jagte auch außerhalb unsrer Waldgrenze auf Hunde, und es kamen einige erbitterte Klagen von Hundebesitzern, denen er ihre Tiere dicht beim Haus weggefangen hatte. Ich bat damals meinen Mann dringend, die Hundejagd zu verbieten, aber unser Nachbar war unversöhnlich und hetzte den Jäger immer wieder zu neuen Morden auf. Eines Tages, im frühen Herbst, kam ich auf einem Spaziergang in eine einsame Sandkuhle, dort traf ich unsern Jäger mit einer Schaufel und einem Stecken an, er hatte dürre Zweige angezündet und war damit beschäftigt, eine wilde Hündin samt ihrem Wurf aus dem Bau zu räuchern. Als die Hündin keuchend hervorkroch, erledigte er sie mit einem Steckenschlag, dann grub er die Jungen mit seinem Spaten aus. Ich wollte weggehen, konnte es aber nicht, ich weiß nicht, war es Neugier, Mitleid oder irgendeine geheime Angst, die mich festhielt. Vier kleine wollige Welpen zog er an den Ohren aus dem Schlupf, sie schienen vom Rauch erstickt, aber sie waren nur betäubt. Der Jäger sprengte Wasser auf ihre Schnauzen und klopfte sie leise, bis sie sich wieder regten. Ich trat herzu, ohne zu ahnen, was er vorhatte; ich dachte, vielleicht will er sie mitnehmen und aufziehen. Aber als sie so weit zu sich gekommen waren, daß sie winselnd und schnappend um den Leichnam der toten Mutter herumkrochen, holte der Jäger sein Klappmesser heraus, hob einen der kleinen Hunde am Schwanz hoch und zog ihm die Klinge durch die Gurgel. ›Die sollen merken, was los ist‹, sagte er dazu. Er hatte sie nur zu dem Zweck wieder belebt, um sie bei vollem Bewußtsein sterben zu lassen. ›Lassen Sie doch die kleinen Viecher leben!‹ rief ich ihm zu. ›Es ist Befehl‹, sagte er und sah mich herausfordernd an. Dann packte er den zweiten. Ich schrie ihn an. Er grinste, ich hatte das Gefühl, daß meine Aufregung ihm Spaß machte. ›Befehl ist Befehl‹, sagte er kurz. Ich wollte die beiden andren von ihm wegreißen, aber sie waren zu seinen Füßen hingekrochen, und er setzte roh den Stiefel drauf. Ich sagte, ich wolle sie ihm bezahlen, ich hätte kein Geld bei mir, er solle mitkommen. Das dürfe er nicht, antwortete er und lachte mich an. Das sei gegen seine Pflicht. Dann bückte er sich und hob das dritte hoch. Ich rannte weg. Abends sah ich ihn am Tor mit einem Mädchen stehn. Ich muß gestehen, ich hätte ihn ermorden können, ohne mit der Wimper zu zukken. Ich zwang mich, nicht daran zu denken, und ich ging ihm nach Möglichkeit aus dem Weg. Aber wenn ich ihn sah, wünschten ihm meine Gedanken den Tod, ob ich wollte oder nicht. Er mag auch so was gespürt haben, denn er schnitt mich gewöhnlich und wich mir aus. Aber ich beobachtete mehrere Male, daß er lang hinter mir herstarrte. Übrigens hieß er in der ganzen Gegend nur noch der ›Hundemörder‹.

Der Winter ging vorbei, und ich dachte nicht mehr an die Geschichte, da traf ich plötzlich den Jäger auf der Straße, und an seiner Seite trabte ein Hund. Ich war über diesen Anblick ganz verstört. Es war eine junge, kaum einjährige Setterhündin, von der englischen Rasse, die die besten Entenjäger stellt. Ich hörte später, er habe sie von unsrem Nachbarn geschenkt bekommen. An seinem Gürtel baumelte eine kurze Hundepeitsche, und die junge rassige Hündin lief dicht bei Fuß mit ihm, von Zeit zu Zeit sprang sie an ihm in die Höhe und leckte seine Hand. Ich glaube nicht einmal, daß er sie mehr geschlagen hat, als man bei der Erziehung junger Hunde auf alle Fälle tun muß. Aber der Anblick dieses Mannes mit einem lebenden Hund zusammen entsetzte mich furchtbar. Mir wurde schwach in den Knien, und ich lehnte mich an einen Baum. Der Jäger ging pfeifend weiter, und der Hund wich nicht von seiner Seite. – Dann passierte das Unglück an einem Sonntagnachmittag. Es war im März, die Sonne schien schon so warm, daß wir in der offenen Glasveranda saßen, von der man den See überblickt. Der Rasen war mit strahlend gelben, blaß weißen und lila behauchten Krokusblüten besät, es roch sehr stark nach Erde, die Luft war noch eisgekühlt und voller Keime, frisch und schwer zugleich, man wurde vom Atmen durstig und ganz müde in den Gliedern. Zwischen den Schilfrohren, am Uferrand, blinkte noch dünnes Eis. Draußen war der See tief dunkelbraun und leise bewegt. Es waren ziemlich viele Spaziergänger an den Ufern, und bei uns am Zaun standen einige Mädchen und blickten auf den See. Plötzlich erschien unser Jäger, den Hund an seiner Seite. Er ging zur Bootstelle und machte den Kahn los. Ich erinnere mich genau, daß er neue gelbe Ledergamaschen trug, die in der Sonne glänzten. Der Hund sprang zu ihm ins Boot, er stieß ab, rief noch den Mädchen etwas zu, die lachten und winkten, dann fuhr er weit hinaus. Mitten im See schien er den Hund auf Entenjagd abzurichten. Er hatte ein Bündel Federn mit Schnur zusammengebunden, warf es ins Wasser und ließ es den Hund immer wieder schwimmend apportieren. Wir schauten alle zu und sprachen nichts, wie in einer plötzlichen aufgeregten Spannung. Es wurde schon dämmerig, ein paar lange blaue Schatten zogen über den See. Jetzt wird er aufhören und hereinkommen, dachte ich. Aber immer wieder warf der Mann draußen den triefenden Hund ins Wasser, ließ ihn nach den Federn schwimmen, und wenn der Hund sie japsend und schnappend angebracht hatte, schmiß er sie in großem Bogen wieder zurück. Der Wind, der jetzt aufkam, trug uns seine anfeuernde Stimme und sein lautes Lachen zu. Nun war der Hund zum ungezählten Male zurückgeschwommen und, schon mühsam, mit schwerem, nassem Pelz, ins Boot gekrochen. Aber noch einmal schmiß der Quälgeist das Federbündel hinaus. Er warf es diesmal besonders weit, mit einer großen, wirklich ›wegwerfenden‹ Gebärde, das heißt, wie wenn jemand etwas endgültig von sich wirft. Der Hund zitterte, bettelte, wand sich hin und her, das Wasser war noch viel zu kalt, er wollte offenbar nicht mehr hinein. Da packte der Jäger ihn am Genick und schmiß ihn in weitem Bogen dem Bündel Federn nach. Wieder hörten wir sein Lachen über den See. Der Kahn schwankte, als wolle er kippen. Mein Mann sprang auf. ›Ich schmeiß den Kerl raus‹, sagte er und lief auf und ab. Ich konnte kaum mehr erkennen, was draußen vorging, die Luft schien mir plötzlich mit blitzenden Sternchen verregnet, und ich hörte mein Herz laut im Hals hacken. Der Hund erreichte das Federnbündel, schnappte es, obwohl ihm dabei das Wasser in den Schlund lief, kämpfte sich mühsam zum Boot zurück, das er mit letzter Kraft erreichte. Aber nun war's auch aus mit seiner Kraft. Den Schwung aus dem Wasser auf den Bootsrand hinauf konnte er nicht mehr nehmen. ›Hoppla!‹ schrie der Jäger, den Hund anfeuernd. Aber der konnte nicht mehr, sein Kopf war schon mehrmals untergetaucht, jetzt drohte er unters Boot zu kommen, und das wäre sein Tod gewesen. Im letzten Moment schien der Jäger diese Gefahr zu erkennen, mit einem jähen Ruck warf er sich vor und griff nach dem Hund, aber die Bewegung war zu plötzlich – das Boot schlug um, trieb kieloben, man sah noch eine kurze quirlende Bewegung im Wasser, dann wurde alles still. Die Fischer, die hinausfuhren, fanden nichts von dem Jäger als seinen treibenden Hut. Die Leiche wurde erst nach Tagen angeschwemmt.«

»Und der Hund?!« fragte jemand.

»Der kam schwimmend ans Ufer. Die ganze Nacht hörten wir sein schreckliches jammerndes Geheul. Immer lief er am Ufer hin und her und suchte seinen Herrn. Er war nicht zu beruhigen, trauerte wochenlang und saß immer wieder klagend am See. Wir haben ihn dann weggegeben. Übrigens hat sich am selben Tag, an dem das Unglück geschah, in Berlin der frühere Jäger erschossen. Wir hörten es erst später, als polizeiliche Nachfragen kamen. Er war arbeitslos und erschoß sich an diesem Sonntagnachmittag am Askanischen Platz. Die Mädchen in der Küche sagten: die toten Hunde haben sie geholt. Aber das ist wohl dummes Zeug.«

Ganz ohne ersichtlichen Grund, wohl nur durch ein Geräusch oder die Witterung eines nächtlichen Tieres erregt, sprangen meine beiden Hunde plötzlich auf, gaben Laut und stürmten gemeinsam sturmschnell hinaus durch die offene Tür in den nächtlichen Garten. Sie jagten über die Wiese, ihr Gebell klang durch das Bachrauschen wie kurzes tiefes Geläut. Ich pfiff, sie kamen zurück, die Augen noch voll wachsamer Erregung, leise schnaufend vom raschen Atem, die Zottelschweife steil aufgerichtet, die Mäuler halb geöffnet, daß man zwischen den Lefzen die frischen hellroten Zungen sah. Vor mir blieben sie stehen und schauten mich fragend an. Ich klopfte ihnen die Flanken, und sie legten sich wieder, schoben die Schnauzen auf die Vorderpfoten und atmeten tief und ruhig. Uns allen wurde ganz leicht ums Herz, wie sie so still dalagen, und auch unser Atem ging wieder freier im Raum.

Die Geschichte vom Tierwärter Lober

Tierwärter Lober, seit einigen Wochen der erste Mann im Raubtierhaus, blieb am Käfig des Fischotters stehen. Er trug einen Arbeitsanzug aus Sackleinen und war ein blasser Mensch mit breiten Backenknochen. Seine Augen standen sehr weit auseinander, der Mund auffallend schief zur Nase, das Kinn tief auf der Brust.

Das Tier im Käfig, den eine Drahtglocke umschloß, lugte aus den veralgten Buckeln des Grottengesteins mit braunem, sehr flach gepreßtem Kopf, in dem die Augen, wimperlos eingesetzt, wie hinter einer Fettschicht opalisierten. Gleich darauf glitt der schmale, starkpelzige Leib mit lautlos glatten, schlangenhaften Bewegungen vom Felsen herab ins Wasser, durchschnitt die trübstehende Fläche des Bassins, rasch, pfeilgerade, mit der Schnauze zwei Furchen ziehend, wie ein Motorboot in sausender Fahrt, und strich mit der gleichen gut geölten Sanftheit der Gelenke aus dem Wasser aufwärts auf den Steinrand am Gitter. So stand dieses Tier am Gitter hoch (gleich einem durchnäßten Damenpelz, den man zum Trocknen aufgehängt hat), die kurzen scharfkralligen Vorderfüße trommelten erregt, die feinen Haare des Schnurrbarts zitterten, die spitzen weißen Zähne entblößten sich.

Lober kramte aus der Hosentasche das Kopfstück eines Fisches, roh, mit blutiger Schnittfläche, zwängte es durch die verdrahteten Stäbe. Er lachte kurz und glucksend, als ihm der Otter den Finger fast mitriß und, die Beute im Maul, sofort in großer Kurve köpflings durchs Wasser und wieder zurück ins schlüpfrige veralgte Dunkel seiner Grotte fuhr.

Tierwärter Lober hatte keinen Dienst. Langsam schlenderte er an den Käfigen entlang. Der kleine Bär aus dem Kaukasus trabte auf ihn zu, zwängte die Pfoten aus dem Gitter, ließ sich von Lober kraulen und begann an seinem Finger zu saugen wie ein Kind an der Flasche.

Bei den amerikanischen Bisons blieb er stehen.

Der Stier schritt unablässig, mit gleichmäßig wiegendem Gang auf und ab. Der ungeheure berghafte Oberkörper mit dem bewachsenen Höcker, das mächtige Haupt mit dem dunklen edlen Indianerprofil, trotz aller Schwere leicht und maßvoll über dem kurzen Hinterleib und den sehnigen Beinen.

Ein Hauch von Urwelt und Wildnis umwitterte ihn.

Ein Geruch von Herbst, Ferne, Prärie ging von ihm aus.

Etwas Mildes, Süßes, Verschwommenes war in diesem Duft, und Lober schnob ihn ein, ans Holzgatter gelehnt, wie ein beruhigendes Arom.

Plötzlich zuckte er zusammen, fuhr auf.

Es drang etwas an sein Ohr. Ein Laut wie heftiges Gähnen, von kurzem, knurrendem Rollen gefolgt, ruckhaft hintereinander, mehrere Male gleichmäßig. Lober wandte sich um und ging dem Laut nach, sehr rasch, aufrecht, den Kopf eingezogen. Jemand rief ihm nach, er hörte nicht. Das Raubtierhaus tauchte aus den Bäumen. Lober schritt auf den Käfig des schwarzen Panthers zu. Der lief hin und her, schlug mit dem Schweif die Stäbe, preßte das Gitter in hastigen Drehungen mit den Flanken, hatte den schmalgemeißelten Kopf tief am Boden, man sah unter dem samtnen Fell das Spiel der Muskeln, die von Hinter- zu Vorderbeinen wie leichte Wellen durch den Körper liefen und unter dem gefleckten Bauch verebbten.

Plötzlich machte er mitten im Käfig halt, stürzte auf die Hinterpranken und warf den Kopf zurück, riß den Rachen auf, daß man an den mächtigen Zähnen vorbei tief in den Schlund sah, schnellte die Krallen aus den aufgestemmten Vorderfüßen, preßte die Augen zu, brüllte auf, kurz, stoßweise, verzweifelt. Warf sich mit einem Sprung gegen das Gitter, biß hinein, daß das Eisen knirschte, sank zur Seite, riß die meergrünen rollenden Augen weit auf, fauchte, keuchte, ward still.

Lober stand unbeweglich da, mit hängender Unterlippe und blassen Augen. Sein Atem ging schwer. Als sich das Tier erhob, machte er eine kleine hastige Handbewegung; aber der Panther beachtete ihn nicht.

Plötzlich schlug ihm jemand von hinten auf die Schulter.

Lober, blaß und verstört vorm Pantherkäfig, fuhr herum.

»Na, na«, sagte Aufseher Lehmann. Sonst nichts.

Aber Lober fühlte sich elend, geschmäht, geächtet. Es wurde ihm kalt in den Därmen, als er in Lehmanns blankes, schweißhäutiges Gesicht sah. Er bekam einen verkniffenen Zug um den Mund, duckte sich vor dem breiten Lachen Lehmanns, gab nach, lachte mit, heuchlerisch, verlogen, feige.

»Der Lober, der ist wie ein Vater von die Tiere, in und außer Dienst«, sagte Lehmann, und Lober merkte erst jetzt, daß ein Weib neben ihm stand. Er verstummte, schielte sie an. Sie war klein, rothaarig, feist. Die Nase sehr breit und aufgebläht. Dicke Brüste standen deutlich unter der Bluse. Der Geruch, der von ihr ausging, war ein dünnes Gemisch aus Haaröl, Kleiderparfüm und Schweiß. Ihr Mund stand ein wenig offen, und wie sie jetzt ein paar Schritte auf ihn zu machte, war der Gang um Knie, Hüften und Nacken leicht, fast katzenhaft, in heftigem Gegensatz zu ihrer Gestalt, was ihrem Wesen etwas Hinterhältiges und Tierisches gab. Auch ihre Stimme war nicht hell wie bei anderen Mädchen, sondern belegt und stolpernd, der Ausdruck ihrer graugrün verschwommenen Augen gemischt aus Stumpfheit und Gier.

Lehmann stellte sie ihm als seine Schwester vor und ließ ihn mit ihr allein.

Lober sprach kein Wort.

Es war aber gegen Abend, und der Garten wurde geschlossen.

Lober ging mit Aufseher Lehmanns Schwester die Eichenallee entlang, die zum Affenhaus führt. Sie sprachen nichts. Es schummerte und war sehr warm. Vogelschreie, kreischend, flatterten auf, fielen herunter.

Die Paviane stanken. Einige liefen lebhaft umher, andere hockten stur. Sie griffen nacheinander mit weichen lockeren Händen, bewegten sich rutschend auf rotverschwollenem Steiß, betasteten ihre Glieder.

Lehmanns Schwester hatte die Arme aufs Geländer gestützt, lag vornüber gebeugt, glotzte in den Affenkäfig, lachte manchmal lautlos, daß ihr Körper hinten zitterte. Lober stand hinter ihr, kerzengrad. Fernher rollte ein kurzes, rüttelndes Gebrüll. Da hatte er plötzlich von rückwärts über die Schultern weg ihre Brüste gepackt, drängte sich mit aller Kraft auf ihren Rücken, biß ihr in den kurzen feisten Hals. Sie schrie leise auf. Später gingen sie zusammen in ein Hotel.

Weihnachten heirateten sie, im Frühjahr kam das Kind.

Tierwärter Lober ging seinem Dienst nach wie sonst, aber er mußte jetzt heim in seiner freien Zeit. Lehmann erwischte ihn öfters, wie er ohne Zwang Überstunden machte, und sagte es seiner Schwester. Sie holte ihn dann abends ab, und er folgte ihr schweigend. Als es Mai wurde, kam sie schon morgens mit dem Kinderwagen in den Garten, saß in der Nähe des Raubtierhauses auf einer Bank und nähte Zeug. Wenn Lober mit einem Karren voll Fleisch oder mit schmutzigem Sand vorbeikam, konnte er absetzen und einige Minuten bei ihr stehenbleiben, keiner verbot ihm das, zumal der Aufseher sein Schwager war. Aber er tat es nicht immer. Wenn doch, dann hatte er kaum Blicke für das Kind, höchstens für ihren Hals und ihre nackten Arme. Nach der Geburt war sie krank gewesen, jetzt aber machte die Genesung, das Kind und der Frühling ihren Leib doppelt frisch und strotzend.

An einem vor Wärme flimmernden Sommerabend ging Lober mit seiner Frau, Hand in Hand verschlungen, den Weg zum Affenhaus ihrer ersten Liebe.

Es war nun fast ein Jahr her. Die Luft zog schwer nach unten. Sie sanken im Schatten der Bäume auf eine Bank. Als sie aufstanden, war der Mond schon hoch, und der Garten lag in rauchiger Totenstarre. Sie fröstelte leicht und drängte nach Haus. Aber Lober, der stumm und versunken ging, machte kurz vorm Ausgang kehrt, stammelte etwas und wandte sich hastig zum Raubtierhaus. Sie folgte verstört. Er hatte den Schlüssel, machte leise die Tür auf. Schwerer beizender Geruch schlug ihnen entgegen. Lober hob die Laterne, die in der Ecke stand, schraubte sie höher. Während die Frau, zuerst in müdem Stumpfsinn, dann von plötzlichem Schauder gepackt, auf sein Gesicht starrte, das im Funzelschein sonderbar leer und ausdruckslos wirkte, schritt er mit hochgehobenem Arm von Käfig zu Käfig, blickte die schlafenden Tiere an, blieb da und dort stehen, beugte sich weit vor, brummte etwas, ging weiter, machte den Weg auf der anderen Seite zurück, fuhr herum und harrte lange reglos, als ein Tier im Halbschlaf stöhnte, stierte den riesigen schwarzen Schatten eines Löwenkörpers an, den das Licht an die Wand warf, kam zurück, blieb stehen. »Alles in Ordnung«, sagte er dann, ohne sie anzublicken. Sie gingen schweigend nach Hause und schliefen getrennt.

Die zweite Schwangerschaft entstellte die Frau furchtbar. Sie wurde schneller dick als beim erstenmal, das Gesicht quoll auf und wulstete Nase und Mund heraus, während die Augen, immer blau umrandet, trübe und sumpfig verschwammen. Ihr Blick, der beim Tragen des ersten Kindes Wärme und Nachdenklichkeit bekommen hatte, wurde diesmal unstet, boshaft, verschlagen. Schwere Träume wälzten sich auf ihr. Tiere hockten auf ihrer Brust und lauerten in ihrem Rücken, der eigene Mundhauch schlug ihr als Raubtierbrodem ins Gesicht zurück und verdarb ihr die Luft.

Als sie im siebenten Monat war, ging sie einmal am Arm ihres Bruders Lehmann durch den Garten. Ihr Zustand war sehr auffällig und wurde durch ein grelles Kleid betont, so daß viele Leute ihr nachsahen. Mit einem blauseidenen Regenschirm stocherte sie bei jedem Schritt in die Erde. Lehmann genierte sich und ließ sie allein. Sie lief eine Zeitlang unschlüssig auf und ab, bis plötzliche Schwäche sie auf eine Bank im Gebüsch niederwarf. Von dort aus sah sie unbemerkt ihren Mann. Er schlurfte langsam daher, hatte ein Stück Fleisch in der Hand. Sie sah ihn von hinten und dachte: Wie alt er geworden ist. Gleichzeitig fühlte sie eine angstvolle gespannte Erregung im Leib und in der Kehle. Sie beugte sich weit vor, um ihn besser zu sehen. In diesem Augenblick hob er das Gesicht zum Himmel, und sie erschrak furchtbar. Es war nicht ihr Mann. Es war kein Mensch. Es war das Gesicht eines Tieres. Es war ein wildes Gesicht, die helle Luft rann schäumend darüber hin, die Augen lagen rund, gelb und klar, scharf und versunken, wach und verglast, lauernd und gleichgültig, trüb wie Tümpel und durchsichtig wie Meerbuchten, in felsigen Höhlen. Es war ein Gesicht voll Scheu, voll Trieb, ein Mund voll Gefahr, eine Stirn voll Ruhe. Es war Größe in diesem Gesicht und heimliche Gewalt. All das spürte sie ahnungslos, unklar, dumpf vermischt mit Grauen und Schmerz, vermischt mit Hilflosigkeit und Begehren, vermischt mit Neid, Eifersucht und Scham. Ihr Gaumen ward kühl und trocken, und ihr Herz setzte fast aus, als sie ihn so sah. Sie preßte die Hände auf den Leib und war nahe daran, aufzuschreien. Wäre er jetzt auf sie zugekommen, sie hätte sich vor ihm niedergestürzt und seine Knie geküßt. Aber er sah sie nicht. Er stieg über das niedere Eisengeländer, ging dicht an den Pantherkäfig heran, schaute sich scheu um, steckte den Arm herein, die Hand mit dem Fleischbrocken. Sie konnte das Tier nicht sehen, aber sie hörte ein kurzes knurrendes Husten und sah, wie er den Arm hastig zurückriß. Etwas Blut tropfte von seiner Haut. Er trat wieder vom Käfig weg, blieb stehen und lachte, leckte das Blut von seiner Hand, stapfte weiter.

Gleich darauf kroch sie wie eine schwere schwangere Katze aus dem Gebüsch, hielt schnurgerade auf den Pantherkäfig zu, umstrich ihn einige Male angstvoll, warf sich dann übers Geländer vor und stach mit dem Schirm heftig nach dem Tier, das dicht am Gitterrand sein Fleisch verzehrte, stach sinnlos, ohne zu zielen, leise schreiend, fauchend, spuckend.

Der Panther, zuerst kaum begreifend, duckte sich zum Bogen zusammen, schnellte auseinander, spreizte die Krallen, hieb mit beiden Tatzen nach dem unerreichbaren Feind, lautlos zuerst, dann knurrend, dann schnaufend, dann, von einem Stich in die Weiche getroffen, jäh tobsüchtig aufbrüllend. Das Weib antwortete mit einem heiseren Schrei, stach ihm ins offene Maul. Der Panther biß zu, die Stäbe des Schirms zerknackten, er brüllte mit schrillem, überschnappendem Laut, die Frau kreischte wieder, schlug mit dem Bruchstück des Schirms blindlings gegen das Gitter.

Da wurde sie von hinten am Arm gepackt, hochgerissen, durch die Luft gewirbelt und sackte schwer in den Sand. Mit vergehenden Sinnen sah sie das Gesicht ihres Mannes über ihrem Kopf. Er hatte das Maul auf, Schaum troff heraus, oder war es das Maul des Panthers, oder war es des Raubtiers Brüllen, das jetzt unausgesetzt, steigend und fallend, roh, siegreich, entsetzlich aus seiner Kehle schwoll.

Lehmann eilte herbei. Er und Lober, dem nichts anzumerken war, trugen die Frau in eine Droschke. Im Rütteln der Fahrt fiel sie in Wehen, warf, kaum zu Hause, ein zu frühes Kind, auf dem schwarze Haare wuchsen und dessen Kopf tierisch verkrüppelt war. Nach einer Stunde war es tot. Die Frau erholte sich trotz schweren Fiebers in einigen Wochen. Nie wurde der Vorfall zwischen ihr und Lober erwähnt. Jahre vergingen.

Da kam einst Lober nach Haus und fand die Frau in Umarmung mit einem jungen Mann, Friseurgehilfen und Aftermieter in seiner Wohnung. Er stand an der Tür und blickte unberührt auf das Paar. Die Frau keifte und schrie. Der Friseurgehilfe suchte nach seinen Hosenträgern, die ihm hinten herabhingen. Lober ging wieder fort und baute sich eine Schlafstelle im Raubtierhaus, wo er von jetzt an abends blieb. Bald darauf wurden sie geschieden. Er übernahm die Schuld wegen Vernachlässigung der ehelichen Pflichten. Sie heiratete den Friseur, starb aber bei einer zweiten Frühgeburt.

Ein feuchter, windiger Herbsttag, die meisten Tiere waren verkrochen.

Lober hatte bis zur Raubtierfütterung noch eine Stunde Zeit und schlenderte langsam durch den Garten. Dürre Blätter taumelten um seinen Kopf, der früh gealtert, zerfurcht, dünnhaarig war. Plötzlich setzte der Wind aus, und Regen ging unvermittelt in kühlen Strömen hernieder. Lober stand einige Minuten, ließ sich das Wasser über die Stirn gleiten. In der Ferne, auf einem kahlen Baum im Drahtkäfig, hockten die Hornraben, groß, unbeweglich. Eine schreckliche Drohung ging von ihren schwarzen Umrissen aus. Sie lauerten immer auf Aas. Drüben, hinterm Holzzaun, stand der Kaffernbüffel, gesenkten Hauptes, die Füße im weichen Morast, als könne er sie nie mehr herausziehen. Der malaiische Lippenbär, der kranke, den die Gefangenschaft verrückt gemacht hatte und der unausgesetzt, Tag und Nacht, an derselben Stelle des Gitters mit dem Kopf hin und her schwang (jetzt schon viele Monate), ließ ein ratterndes, mechanisches, trostloses Röcheln hören. Lober ging weiter. Die Kamele hatten sich im Regen niedergelegt, streckten die Beine von sich, drückten die Köpfe an die feuchte Erde. Es fiel Lober zum erstenmal auf, wie lang diese Beine sind und wie sehr zum Laufen gemacht. Jetzt waren sie an den Gelenken dick, verschwollen, rheumatisch und steif. Er ging weiter. Das Haus der kleinen Raubtiere lag unbelebt, nur der Luchs, im letzten Winter von einem ostpreußischen Förster gefangen, rannte unablässig im Käfig umher, spähte rechts, spähte links, immer nach einem Ausweg, einem Loch, einem Spalt, einem Schimmer von Rettung. Die Schakale hatten sich in eine Ecke zusammengedrängt, wie armselige Bettelkinder. Der Schwanz des einen war von einer Hautkrankheit befallen, hing haarlos, wund, blutrünstig herab. Der sibirische Wolf hatte die Schnauze auf die Pfoten gelegt. In den Sommernächten hatte er furchtbar geheult. Seine Augen waren entzündet und trieften. Die Felsen der Raubvogelhorste ragten über die Büsche empor. Ehern gemeißelt saßen einige Geier auf ihren künstlichen Gebirgsfirnen. Manchmal spreizte einer die Flügel, als wollte er auffliegen, zuckte krampfhaft mit den harten mächtigen Schwungfedern, fiel schlaff zusammen. Aber die kleinen kühnen Raubstößer, Falken, Sperber, Weihe und Bussard, hüpften wie Sperlinge in dunklen Drahtkisten herum, flatterten auf, rannten gegen die Decke, stürzten auf den Rücken, immer wieder mit blutigen Stirnen, zappelten elend. Lober ging jetzt durch einen düsteren Laubweg, wo kein Käfig war. Aber er sah, sah Tiere, Käfigtiere, wo er ging und stand. Den kranken Königstiger sah er, schreckhaft, der an einem Darmleiden dahinsiechte, vielleicht aus Mangel an Bewegung. Sah den Orang sterben mit Augen voll unendlicher Schwermut. Die Bäume husteten im Regen wie kleine schwindsüchtige Affen. Ein riesiger vierzehnendiger Wapitihirsch glotzte ihn an, mit einem gräßlich verglasten Blick. Seit zehn Tagen war er in der Brunst, seit zehn Tagen fraß er nicht mehr. Seit zehn Tagen ging er mit der Brust gegen die Stäbe, hinter denen Hindinnen äugten und sich langsam in den geschwungenen Hüften drehten. In seine Nüstern drang der Duft ihres herbstlich erregten Geschlechts. Sie waren von einer kleineren Rasse, zu schwach für seinen mächtigen Sprung. Sie äugten zu ihm hinüber, erstaunt, lüstern, fühllos. Gegen Abend hörte man ihn durch den ganzen Garten brüllen. Der Bast hing in rötlichen Fetzen von seinem Geweih. Aber er scheuerte nicht, stieß nicht. An der Brust hatte er schon grindige Stellen. Sein Drang und seine Qual mußten ungeheuer sein. Lober blieb stehen, als ob er nach Luft ringen müsse. Ein leichter Nebel stieg vor seinen Füßen aus dem fauligen Laub, vermischte sich mit dem dumpfen Nebel seiner bewußtlosen Blicke.

Da begegnete ihm, um eine Ecke biegend, der Abessinier.

Der war erst ganz kurz im Garten, aber alle Besucher kannten ihn. Er sprach schon etwas Deutsch; er führte dressierte Affen vor und griff überall bei der Tierwartung mit zu. Sein Gesicht und seine ganze Gestalt, wie er daherschritt, war von einem sanften Gleichmaß bewegt, als schritte er zum Ton einer Flötenmusik. Alles an ihm war leicht und locker geformt. Die weiten türkischen Hosen, wie das Bein darunter, der Knöchel, der Fuß, die hängenden Arme und der nackte dunkle Hals, nichts war beengt, nichts stand in Kampf oder Zwang, jeder Schritt war so gut und leicht, wie das Lächeln um seine runden Lippen und weißbraunen Augen, das leise Gesinge, mit dem er wiegend ging, das Schnalzen der Finger, womit er, ohne Mühe und Überredung, ein Tier ans Gitter lockte und sein Vertrauen gewann.

Lober blieb stehen und ließ ihn vorbei. Der Abessinier grüßte lachend.

Lober erwiderte ihm nicht. Stierte ihm nach. Kaute an den Fingern, machte sich, durchnäßt und müde, zum Raubtierhaus zurück.

Dort empfing ihn bereits die übliche Menge, die der Fütterung beiwohnen wollte. Es roch am Eingang nach nassen Kleidern, und viele Kinder drängten sich an den ersten Käfig, vor dem der Fleischkarren stand. Der Löwe, rasend vor Freßsucht und fast besoffen vom Blutgeruch, warf sich von einer Pfote auf die andere, starrte mit hängenden Lefzen auf das Fleisch, es kamen nur leise röchelnde Gierlaute aus seinem Hals, aber als er den Wärter herbeikommen sah, bäumte er sich am Gitter hoch, brüllte auf, schnaufte, fuhr mit den Tatzen zwischen den Stäben heraus und stürzte zusammen mit dem hereingeschleuderten Fleischfetzen auf die Erde, wo er aufstöhnend, das Fleisch beleckend, liegenblieb, als sei er vor Erregung zu sehr erschöpft, um sofort zu fressen. Langsam schob Lober den Karren zum nächsten Käfig. Das Volk drängte nach. Ein Kind zupfte Lober am Ärmel, fragte etwas, was in dem Lärm niemand verstand. Aber Lober, der sich gerade auf den Fleischkarren gebückt hatte, fuhr rasend herum. »Ja, ja, ja, viel Hunger!« brüllte er, packte das Kind mitten um den Leib und hob es hoch.

Das Kind, vor Schreck erstarrt, vergaß zu schreien, hing leblos wie eine Puppe. Die Leute standen einen Augenblick wie hypnotisiert vor Entsetzen. Dann aber, als Lober das Kind herumschwang, zum Käfig hin schüttelte und unverständliche Sätze schrie, mit einer Gebärde, als wolle er im nächsten Moment das Kind in den Käfig werfen, schrillte die Empörung auf. Man riß ihm das Kind aus der Hand, und mit dessen endlos losbrechendem Geschrei ward eine Lawine von Stimmen, Fäusten, Füßen, Leibern entfesselt. Ein Stockhieb traf Lober, der über dem Karren zusammenbrach. Man führte ihn weg.

Am Tage darauf wurde er entlassen. Der Arzt hatte keinerlei Abnormität festgestellt, so daß die Pension wegfiel. Durch die besondere Verwendung des Direktors bekam er die Erlaubnis, im Gartenrestaurant Abfälle und Zigarrenstummel zu sammeln.

Auf diese Weise kam er, auch nach seiner Entlassung, immer wieder in den Garten. Man sah ihn oft in elendem Zustand, zerlumpt und verdreckt, an den Käfigen entlangschleichen. Aber, sei es, daß er den Spott der früheren Kameraden fürchtete oder daß ihn eine Scheu und Furcht vor anderer Luft davor zurückhielt, nie sah man ihn mit einem seiner alten oder mit neuen Tieren reden, sie anfassen oder sie betrachten. Schamvoll, wie ein Geächteter, schlich er an ihnen vorbei. Er war jetzt noch schlimmer gealtert. Aufseher Lehmann, sein früherer Vorgesetzter und Schwager, der gut fünf Jahre älter war, sah mit seinem weißen Bart ums rotspeckige Gesicht wie ein junger Mann gegen ihn aus. Dieser Lehmann, der Lobers Scheidung von seiner Schwester und späteres schlechtes Benehmen im Dienst als persönliche Beleidigung auffaßte, beobachtete den Stummelsammler scharf, wenn er durch den Garten kroch, denn er wollte ihn gern hinausschmeißen, konnte ihm aber nichts Verbotenes nachweisen.

Es war um die Brunstzeit der großen katzenartigen Raubtiere.

In einigen Käfigen waren Paare beisammen. Der Geruch war schärfer und nervenaufpeitschender geworden. Eine brenzliche Erregung lag in der Luft. Dem großen schwarzmähnigen Löwen hatte man eine junge Löwin mit flachen Lenden beigesellt, die ihn unablässig geil und neugierig umstrich. Der Löwe blieb ruhig, sein Wesen einsam und selbstisch. Nur manchmal in seinen Lichtern ein Aufflackern von Zorn und Frage. Dann wurden die Lichter trüb, die Nüstern begannen zu spüren, das Haupt sank tief herab, vom Geruch wie von einer Brandungswelle überschwemmt, durchflutet, benommen, berauscht, bewegt, besessen. Als er sich auf sie warf, kam ein Gemisch von Stöhnen, Röcheln und Röhren aus seiner Brust. Was geht in den Tieren vor? Sie tun mit Gleichmut, was aus ihrem Körper drängt, und sind voll Ernst dabei und niemals schwächer als ihr Leib. Was geht im Tierwärter Lober vor? Was geht im Abessinier vor, wenn er morgens wiegend, lächelnd durch den Garten schreitet? »Tam tam tam«, immer im gleichen Tonfall ist sein einsamer Gesang.

Zwei jungen Wärtergehilfen schien es ein guter Witz, dem alten Lober, der in der Nähe des Raubtierhauses herumkroch, einen Abfallknochen vorzuwerfen, wie man ihn den Hyänen gibt; von der Hüfte oder vom Schulterblatt eines Gauls, mit schwärzlichroten, rohen, fauligen Fleisch- und Sehnenfetzen verklebt. Lober jedoch, ohne die Burschen zu beachten, ganz als geschähe das in Ordnung, hockte sich bei dem Knochen nieder, ruhig und langsam, auf alle viere, wie ein Tier, das jetzt sein Futter sicher hat und sich Zeit nehmen kann. Auf allen vieren kroch er ein Stück beiseite, den stinkenden, blutigen Knochen im Maul, ließ sich dann platt auf den Bauch fallen, streckte Beine und Arme nach Art der großen Katzen, legte eine Pranke auf die Verdickung des Knochens und begann schmatzend, speichelnd das Schmalstück zu benagen. Die beiden jungen Wärter standen zuerst in ratlosem Schreck, dann wollte der eine weglaufen, aber es waren schon Leute hinzugekommen, ein Kindermädchen kreischte hysterisch, ein alter Herr schrie, ein Auflauf entstand. Lehmann kam herbei, hinter ihm der Oberaufseher. Eine ratlose Stille war sekundenlang, durch die man Lobers Kiefer am Knochen mahlen hörte. Dann gab sich Lehmann einen Ruck, machte mit vorgewölbter Brust einige Schritte, verschluckte sich, stotterte, schrie plötzlich wie ein Feldwebel: »Machen Sie sich hier weg!« Aber

Lober schien nichts zu begreifen. Er zog sich nur etwas tiefer ins Gebüsch zurück, alles mit den schleichenden Bewegungen eines Raubtieres am Boden, ließ ein gefährliches Knurren hören, fletschte die Zähne, stemmte die Vorderpranken auf seine Beute und schnappte wütend nach Lehmanns Bein, als dieser ihm folgte. Schon wurde gelacht, gejohlt, gepfiffen. Lehmann schnaubte. Zwei Schutzleute tauchten auf, die sich mit breitem, behaglichem Witz an den Gemeingefährlichen heranzusprechen versuchten. Aber Lober verschanzte sich fauchend in einem Busch, aus dem er erst mit Eisenstangen herausgetrieben werden mußte, und ehe man ihn fassen konnte, war er in langen, gehetzten Sätzen entwischt, irgendwo über die Gartenmauer verschwunden.

An diesem Abend traf sich der Abessinier an einem abgelegenen Ausgang des Gartens, den nur wenige Menschen kannten, mit einem der jungen Mädchen, wie sie tagsüber oft ums Affenhaus herumstehen. Sie trafen sich zum zweiten Male und hatten nur vereinzelte Worte, mit denen sie sich verständigen konnten. »Du mich lieben«, sagte das Mädchen.

»Gut lieben, immer gut lieben«, sagte der Abessinier.

Das Mädchen ging etwas steif und ängstlich neben ihm her. Er führte sie unter den Bäumen auf und ab und begann langsam, da und dort, ihren Körper mit der Hand zu berühren, ohne Hast, ohne Gier, ohne Zwang. Die frühe Dunkelheit des Herbstes bettete sie ein. Das Mädchen sagte manchmal etwas mit einer ganz hohen Stimme, in der leise Angst mit Spannung, Lust und Schlafsucht verschüttet war. Plötzlich spürte der Abessinier etwas an seinem Bein, gleich darauf schrie das Mädchen entsetzt, eine Gestalt hockte dicht neben ihr am Boden. Jammervoll, entkräftet, stumpf, todesbleich, tappte sich röchelnd an den beiden jungen Menschenkörpern hoch, fiel mit dem Kopf gegen des Abessiniers Brust, als wollte er seine Zähne hineinschlagen, die nicht mehr die Kraft zum Biß hatten. Da ließ der Abessinier das Mädchen stehen, nahm den Mann bei der Hand, strich ihm übers Gesicht, über den Rücken, sagte fremde Worte, gurgelnd, in der Kehlstimme seiner Heimat.

Und der Alte atmete ruhig, folgte ihm wie ein Hund der Hand, die ihm Futter gibt, ihn straft, ihn streichelt.

Zwei Tage lag Lober in der Barackenwohnung des Abessiniers, und niemand wußte es. Am dritten Tage kam der neue Tiertransport an, und man hatte alle Hände voll zu tun. Als der Abessinier abends in seine Wohnung zurückkam, fand er das Lager, das er für Lober in der Ecke gemacht hatte, verlassen. Sofort ging er zum Raubtierhaus, fand es aber schon verschlossen. Dann begann er den Garten nach Lober abzusuchen. Es waren noch Leute da, aber hauptsächlich solche, die zu einem Konzert in die Wirtschaft gingen. Keiner konnte ihm Auskunft geben. Niemand hatte den Tierwärter Lober gesehen.

Der schlich indessen wie ein Schatten von Busch zu Busch hinter dem Abessinier her. Als der Abessinier beim Fischotternkäfig stehenblieb, mit der Zunge schnalzte und den heranschwimmenden Otter kraulte, wäre er beinahe aus seinem Versteck hervorgebrochen. Aber er harrte knirschend, bis der Abessinier verschwunden war. Dann stürzte er auf den Otternkäfig zu, schnalzte, gluckste, gurgelte wütend. Das Tier verkroch sich im Dunkel seiner Grotte. Lober lag mit dem Oberkörper minutenlang auf der verdrahteten Gitterglocke des Käfigs. Ein Schmerz bohrte in seinem Rücken, den er nicht mehr begriff. Dann raffte er sich auf, reckte seinen ausgemagerten Körper, spannte die Muskeln, preßte den Mund zusammen und schritt mit stechendem Blick zum Raubtierhaus. In seiner Tasche klirrten die Duplikate der Schlüssel, die er einst in seiner guten Zeit hatte anfertigen lassen.

Er öffnete beide Türen. Es war gerade niemand in der Nähe, die Fütterung längst vorbei, die Dämmerung sank schon herab. Ruhig und ohne Zögern schritt Lober von Käfig zu Käfig, schloß auf und schob die Fallgitter weit zurück. Zuletzt näherte er sich dem Käfig des schwarzen Panthers.

Ein Puma hetzte in langen, schlanken Sätzen aus dem Hause, als Lehmann vorüberging. Der erstarrte, wollte rufen, besann sich, machte einen krampfhaften Satz und lag gleich darauf unter einem riesigen Löwen, der mit lässigem, spielerischem Biß seinen Schädel zerknackte, mit lässigem Appetit sein Gehirn zu schlecken begann. Gleich darauf ertönte da und dort im Garten Schreckensgeschrei, Gekreisch, Gebrüll, Gewimmer. Menschen, denen nichts geschehen konnte, weit außer der Gefahrzone, liefen, sinnlos vor Angst, in hohen, schrillen Tönen jaulend, im Kreise umher, andere stießen sich gegenseitig in verschiedene Richtungen, drängten einander beiseite, wo sehr viel Platz war, stolperten übereinander, schrien sich an, schamlos und ekelhaft in ihrer Todesangst, rannten nach allen Ecken davon. Eine Frau, tonlos, mit offenem Mund und starren, verglasten Augen, raste schnurgerade aufs Raubtierhaus, auf die Gefahr, auf die Gegend der Schreie und des Gebrülls zu, wurde von Wächtern gepackt, riß sich los, rannte wieder in die falsche Richtung, mußte mit Gewalt weggeschleppt werden und wehrte sich verzweifelt, als man sie aus dem Garten heraus in Sicherheit brachte. Die Panik pflanzte sich elektrisch fort, griff auf die umliegenden Straßen über, in die Cafés, die Bahnhöfe. Militäraufgebot rückte heran, die Polizei sperrte viele ruhige und friedliche Gegenden ab, das Geknall einiger Schüsse wehte furchtbare Gerüchte in die Nacht. Als es ganz dunkel ward, war einigermaßen Ruhe eingetreten, doch war der Garten von allen Seiten durch Fackeln und Flackerfeuer erleuchtet. Spät in der Nacht verkündeten Extrablätter, daß alle Bestien wieder eingefangen und hinter Schloß und Riegel seien und daß dieser Tat eines Wahnsinnigen außer zwei Angestellten des Gartens keine Menschenleben zum Opfer gefallen seien. Ja, durch das besonnene Eingreifen eines gewissen Studienrates Zerbes (oder war der Name verdruckt?) sei sogar wie durch ein Wunder einem Kind das Leben gerettet worden.

Lober, der keine Zeit hatte, das Ausbrechen der einzelnen Tiere zu beobachten, öffnete zuletzt den Pantherkäfig und stand, vornübergebeugt, mit gespannten Muskeln, die Augen tief in die meergrünen Lichter des Raubtieres verbohrt. Die blickten ihn lauernd, gespannt, mißtrauisch, grausam, gefährlich, fragend, gierig, gleichgültig, herrisch, verschlagen, angstvoll, gewaltig an. Und blickten doch immer an ihm vorbei.

Lober vergaß alles. Seine Muskeln entspannten sich. Die Hände hingen schlaff. Nichts ging ihn an, als den Blick dieses Tieres ganz zu fassen, ganz Aug' in Aug' mit ihm zu stehen, rund, voll und klar in sein Licht einzutauchen.

Es war eine tiefe Stille um die beiden und ein sonderbar gelber Abendschein um ihren lautlosen Kampf. Das Tier duckte sich zum Sprung. Lober duckte sich. Das Tier lockerte die Sehnen, entspannte die Sprungflechsen, hob sich hoch. Lober hob sich hoch. Das Tier warf sich zur Seite, reckte den Hals nach einem Ausweg. Lober warf sich zur Seite, sperrte ihm den Blick. Und wieder duckte sich der schwarze, muskelbebende Leib zusammen, und wieder duckte sich Lober, verlegte ihm den Weg, trotzte ihm, lockte und zwang ihn, verzweifelt und zäh, auf sein Gesicht. Da hörte er hinter sich einen Laut, einen leisen, erstaunten, weich lockenden Kehllaut, und in diesem Augenblick flog der schlanke, schwarze Leib des Panthers, wie vom Bogen geschnellt, scharf über Lobers Haupt weg, prallte auf einen dunklen Körper, stürzte mit ihm zusammen. Schwer und enttäuscht wandte sich Lober um. Da lag der Abessinier unter den reißenden Krallen und Zähnen, sein Kopf, halb vom Hals getrennt, mit offenen, weißbraunen Augen rückwärts nach oben gedreht, die Hände gespreizt, die tiefbraune Haut vom Blut gesprenkelt. Lober stand schwer geschüttelt und gepreßt. Es schien, als steige das Letzte, das Wildeste, das Vernichtendste in seine Kehle hinauf: als wolle er, aufbrüllend, sich auf den Rükken des Raubtieres werfen, in rasender, todgieriger Eifersucht.

Aber das Blut wich wieder aus seinen Augen, die Pupillen wurden blaß, groß und versonnen. Ganz langsam ging er mit kleinen, festen Schritten voran, ohne zu zögern, ohne zu schwanken. Und langsam, lautlos, rückwärts zur Tür hinaus, wich der Panther vor ihm.

Jetzt war kein Tier mehr drinnen, die Leiche des Abessiniers lag allein mitten im Raum. Tierwärter Lober setzte sich daneben, kaute an seinen Fingern. Sie fanden ihn erst nach zwei Stunden.

Geschichten vom Vierwochenbüffel

Diese alten Präriesagen benutzte
Ernest Seton-Thompson in seiner
wundervollen Erzählung vom
Gunderwidder.

I

Er war bekannt vom großen Sklavensee bis zur Wüste Mapimi, aber wenige hatten ihn gesehen. In den Camps und Hide-spots der Präriejäger, an den Feuern der Scouts, in den Hütten der Cowboys lebte sein Bild, bei den Indianern spukt er noch heute in vielen Sagen. Dort heißt er: »der weiße Büffel der Unsterblichkeit«. Die Trapper nannten ihn den »Vierwochenbüffel«, weil er jeden, der ihn verfolgte, einen Mond lang auf seiner Fährte hielt und dann verschwand. Der Verfolger jedoch sah den neuen Mond nicht mehr rund werden, so ging die Sage. Einmal vor langer Zeit war er am oberen Gilafluß an der Spitze einer riesigen Herde gesichtet worden. Eine Horde berittener Indianer versuchte, wie üblich, die Herde durch Hatz und Kreisjagd auseinanderzusprengen und den Leitstier von der Masse wegzutreiben. Aber plötzlich sei, wie von der Kraft eines zentralen Kommandos geleitet, die ganze Herde mit gesenkten Häuptern, Gehörn bei Gehörn tief am Boden, seitwärts ausgebrochen, habe in scharfem Bogen die Verfolger umschwenkt, angenommen und niedergetrampelt, ehe diese im Stand waren, die Schnelligkeit ihrer Mustangs auszunutzen. Das Stampedo der Hufe ging über die Leichen weg, machte Reiter und Pferde dem Erdboden gleich, begrub ihre Reste unter Wolken aufgewirbelten Staubs. Ein Präriejäger, der von ferne den Vorgang beobachtet hatte, kehrte zu seinem Lager zurück, blaß und verstört. Wollte im Gebrüll der Stiere unheimliche Laute und überirdische Stimmen, Flüche und johlende Kampfrufe gehört haben und erzählte später, über der schwarzen Brandung unzähliger Riesenhöcker sei der Schaum aus den Mäulern in geisterhaften Nebelfetzen geflogen. Tatsache ist, daß vom Gestampf dieser Herde die Rolling Prairie viele Meilen weit erdröhnte, daß man in den Wäldern am Fluß bei völliger Windstille die Wipfel der Bäume schwanken sah, daß an den Sandhängen oberhalb des Gilatals mächtige Erdrutsche entstanden und ein Zeltdorf verschüttet wurde.

II

In den Tagebüchern des berühmten Colonel Cody liest man von einem Einsiedlerstier, der in der Höckerhöhe das ungewöhnliche Maß von 2 Metern erreicht habe. Der Pfadfinder Chippeway-Bill sei ihm begegnet und habe geglaubt, der schneebedeckte Teton stampfe über die Prärie. Das Gehörn des wandernden Berges habe drohend die Erde gepflügt, es sei verwittert und felsspitzenhaft. Cody machte sich über die abergläubische Furcht des Halbindianers lustig und versuchte die Fährte aufzunehmen, aber am ersten Tag bereits geriet er in die Gefangenschaft der Sioux, wo er mit knapper Not dem Tode entging.

III

Der Büffeljäger Mac Torris, genannt »The King of the Cowboys«, bekam ihn auch erst in jener Zeit zu Gesicht, als er längst nicht mehr der Leitstier einer Herde, sondern ein alter gefährlicher Einzelgänger war. In einem Engpaß stand ihm der Büffel plötzlich gegenüber wie eine urweltliche Erscheinung, und eh der Jäger seine Büchse hochreißen konnte, hatte er ihn angenommen. Mac Torris warf sich hinter einen gestürzten Baumstamm, legte an und feuerte seine beiden Läufe ab. Er ist heute noch bereit, seine ewige Seligkeit und die Ehre seiner sämtlichen Kinder in allen Farmen und Kolonien des alten Texas, Arizona und Wyoming zu verschwören, daß beide Kugeln mit lautem

Krach am Schädel des Geisterbüffels abgeprallt seien. Sollte aber dieser berühmte und kaltblütige Old Rifleman wirklich gefehlt haben, so ist das Wunder kaum geringer. Dann habe der Büffel Feuer aus beiden Nüstern geschnoben, Blitze aus den blutunterlaufenen Augen gesprüht, die Erde gestampft, daß Felsbrocken wie Sandkörner umherflogen, aufgeschnauft wie ein heraufziehender Hurrikan und sei durch die Luft davongesprengt. Mac Torris ritt seit dieser Zeit nur noch in Gesellschaft über den Büffelpaß. Die Glaubwürdigkeit seiner Erzählung soll hier nicht angezweifelt werden, doch muß man in Betracht ziehen, daß der Cowboy-König damals schon mehr als siebzig Winter auf dem Haupt hatte.

IV

Zwei junge Jäger spürten ihn auf zwischen dem nördlichen Beaver-Creek und der Grandfeu-Prärie. Sie nahmen ihn von zwei Seiten, kreisten ihn ein, trieben ihn zum Fluß hinab. Als sie ihn ziemlich sicher in der Bahn hatten, befiel den einen der Teufel des Jagdehrgeizes, er mißgönnte dem Kameraden, der die kürzere Strecke des Kreises hatte, den ersten Schuß und vereitelte durch johlenden Anritt sein Manöver. Der galoppierte in blinder Wut auf den Jagdverderber los und hätte ihm den Kolben seiner Büchse unters Kinn gerannt, wenn sie nicht beide plötzlich bemerkt hätten, wie der Büffel, als gäbe es keine Feinde, die sichere Flucht unterbrach, stehen blieb und brüllend die Erde stampfte. Sofort waren sie beide wieder in toller Karriere auf der Fährte des Wildes, doch plötzlich trat das Pferd des ersten in die lockere Erde eines Präriehundebaus, er stürzte und brach sich das Genick. Der zweite kümmerte sich nicht um den Gestürzten, lachte schadenfroh und setzte die Verfolgung fort. Die Jagd ging den Bergen entgegen. Als es dämmerte, sah sich der junge Jäger am Rand eines sumpfigen Waldes. Er vermutete, daß der müdgehetzte Büffel an einer Tränke Rast machen wollte, verfolgte ihn in den Wald, wurde von der Dunkelheit überrascht und mag bei dem

Versuch, den Wald zu durchqueren, im Sumpf versunken sein. Jedenfalls führte seine Spur aus dem Wald nicht mehr heraus, und man hat ihn nie wieder gesehen.

V

Old Jeff aber verschwor sich in Flüchen, deren Gottlosigkeit einen alten Satanspriester beschämt hätte, seine Fußlappen nicht eher abwickeln und seinen grausträhnigen Skalp nicht mehr lausen zu wollen, bis das Gehörn des Prärieteufels an seinem Sattel baumle. Vielleicht spürte der Büffel zum ersten Mal den wirklichen Feind in seinem Rücken. Er wagte nicht ihn anzunehmen, verschmähte jede List und nahm schärfstes Tempo in Richtung der offnen Prärie. Old Jeff triumphierte bei der Berechnung, wie bald er ihn mit dem zähen Trab seines Paßgängers mattgehetzt haben werde. Aber trotz endloser Jagd erlahmte das Opfer nicht. Die Nacht kam, Old Jeff mußte absteigen, er hockte verbissen neben dem käuenden Gaul, tat kein Auge zu. Im ersten Tagschimmer warf er sich wieder auf die Fährte. Er brauchte nicht lange zu suchen, der Büffel hatte die Dunkelheit gleichfalls zur Rast und zum Grasen ausgenutzt, er stand spürend und äugend auf einer Präriehöhe und hielt den ganzen Tag gleiches Tempo, ohne daß der Abstand größer oder geringer wurde. So ging die Verfolgung Tag um Tag. Der klare September war bald vorüber. Abends spannen schon dünne Nebel über der Steppe. In der Nacht begann der Herbstwind vom Felsengebirge herunterzutasten. Old Jeff hockte starr wie ein Toter, in seinen Woilach gehüllt, seine Augen waren offen und weit wie im Fieber. Oft war ihm, als höre er im schwarzen Wind das Schnaufen des müdgehetzten Büffels. Er hatte noch einige Brocken steinharter Maiskuchen, eine letzte Büchse Pemmikan, eine halbe Rolle Kautabak. Sein Gaul war heruntergemagert, daß die Rippen aus dem verfilzten Fell standen. Aber auch der Vierwochenbüffel hatte die Fülle seiner Kraft und Schönheit verloren. Große Flocken Wolle, die dem eingesunkenen Höcker entstammten, fand der Jäger im zerstampften Gebüsch. Manchmal kamen sie beide, Jäger und Wild, nur noch im Schritt voran, taumelnd und mit trocknen, brennenden Lefzen.

Eines Abends warf Jeff sich vom Pferde, fiel aufs Gesicht, grub die Hände ins Gras, stieß einen Ton aus, der den Gaul aufscheuen machte, so schrill klang er, zwischen Gelächter und Schrei. Als die Sonne schon hoch stand, lag der Alte immer noch in der gleichen Stellung, atmete schwer. Spürte die Wärme auf seinem Rücken, begann sich langsam zu erheben, sank wieder vornüber. Ein vernichtendes Gefühl fraß an seiner Kraft: ausgelaugt. Das Rennen verloren. Die Jagd verfehlt... Der Mustang hatte sich gelegt. Jeff sank in schweren Schlaf. Plötzlich schreckte er von einem Ton empor, der ihm gräßlicher durchs Mark fuhr, als dem Sünder die Posaune des Gerichts: – das Schnaufen des Büffels. Mit blutunterlaufenen Augen glotzte der Jäger um sich. Da stand das riesige Tier auf einem benachbarten Hügel, mit schräg gesenktem Haupt, sah ihn aus klaren, topasbraunen Lichtern voll Staunen und Erwartung an. Der Büffel war, als in der Frühe die gewohnte Erscheinung des Verfolgers ausblieb, auf seiner eignen Fährte zurückgekehrt, hielt Ausschau nach seinem Schatten. Minutenlang stand Jeff wie vom Donner gerührt. Dann schmiß er sich wieder aufs Pferd, von einer kranken, verzweifelten Kraft beseelt, stieß einen rauhen Schrei aus, nahm seinen Lasso als Peitsche, setzte sich in überhitzten, stolpernden Galopp. – Der Mond ging zu Ende, das Gras wurde spärlich, Reif lag in der Früh auf den dürren Stauden und Sträuchern. Da geschah es, daß Jeff, der jetzt immer dicht hinter dem Büffel blieb, während einer kurzen Rast die List fand, nach der er lange gesucht hatte. Es war gegen Abend, der Stier graste auf einer gegenüberliegenden Höhe, wie gewöhnlich. Hatte den Wind von Jeffs Seite, hob von Zeit zu Zeit wachsam den Kopf. Jeff zog seinen Rock aus, stülpte ihn über den kahlen Strauch, an dem er saß. Setzte den breitrandigen Hut darauf, legte sich platt auf die Erde und kroch, im Schatten seines Pferdes, rückwärts den Hügel hinab. Der Büffel mußte den

Rock für den gebückten Rücken des Verfolgers halten. Jeff schlug, immer die Täler der Hügelwellen benutzend, einen riesigen Bogen um den Stand seines Opfers. Die Natur war ihm günstig. Der jenseitige Hang, im Rücken des grasenden Büffels, war mit dichtem Gebüsch bestanden. Jeff kam auf Schußweite heran, ohne bemerkt zu werden. Legte an. Seine Hand zitterte. Setzte ab, stierte gradeaus. Sah das schneefahle Fell, das Gehörn, die zähen, mächtigen Läufe. Und den Blick, den klaren, topasbraunen Blick, mit dem die Kreatur nach der Puppe ihres Feindes äugte, ruhig und ratlos, ohne die Todesnähe zu spüren. Da riß er die schwere Büchse hoch und schoß. Der Kopf des Büffels gerade zum Grasen gesenkt, fuhr hoch, stand sekundenlang unbewegt vorm Himmel, der massige Körper schwankte, schlug schwer zu Boden. Jeff glotzte auf das gewaltige Aas, das unbeweglich lag. Dann setzte er sich nieder. Es war totenstill in der Prärie. Der Himmel von tiefen, zerfetzten Wolkenwänden umstarrt, begann sich zu röten. Jeff saß lange Zeit. Als er sich mühsam erhob, war es Nacht. Die Konturen des toten Büffels schimmerten fahl. Jeff ging hinüber. Sein Gesicht war verzerrt, leichenhaft. Plötzlich warf er sich über das tote Tier. Vielleicht biß er hinein, wie ein Wolf, der sein Opfer zu Tode gehetzt hat. Vielleicht schmeckte er Blut im Munde. Vielleicht spürten seine verhornten Finger, seine dürren Lippen, seine knochigen Augen zum ersten Mal die Schauer brennender Zärtlichkeit. Dann sank er neben dem toten Stier aufs Gesicht. Seine Arme waren ausgestreckt, wie Kreuzbalken steif. Seine Füße übereinander verklammert. Es begann leise zu schneien. Im Frühjahr fand man die beiden Gerippe und sein Gewehr.

Sitting Bull
Ein Indianer-Roman, unvollendet

I Jugend, Mannbarkeit, Wachstum eines Indianers im Wechsel von Witterung und Landschaft.

Sein erstes Zusammentreffen mit Weißen macht ihn zum Rebellen aus Instinkt.

Der Stamm verstößt ihn, er wird Führer einer Horde junger, aufständischer Rothäute.

Im Frühjahr raubt er sich, aus der Mitte seines ursprünglichen Stammes, eine Frau.

II Die weißen Ansiedler und Schutztruppen dringen immer weiter nach Westen vor. Agenten der Regierung versuchen, die Siouxvölker zur Aufgabe weiter Landstrecken zu bewegen.

Sitting Bull, als Führer des »Stammes der Ausgestoßenen« namhaft geworden, tritt diesem Ansinnen entgegen, nimmt einen Trupp der Regierungsagenten gefangen, versucht auf dem Wege der Auslösung, Vorteile zu erzielen.

Sein erstes politisches Wirken schlägt fehl: im Fort der weißen Truppen wird einer der indianischen Unterhändler erschossen, Sitting Bull geht als unerbittlicher Feind; das Militär rückt aus, um die von ihm gefangenen Regierungsleute zu befreien.

Bei diesem Kriegszug wird das Dorf, in dem sich schutzlos Sitting Bulls Weib und Kind befinden, von den weißen Truppen überfallen, alles niedergemacht.

Sitting Bull selbst, kopflos geworden, nach erbitterten Kämpfen gefangen weggeschleppt.

III Man schleppt ihn durch den zivilisierten Osten, mit noch einigen anderen Häuptlingen, weil man sich davon endgültige Einschüchterung der Roten verspricht.

Sitting Bull kehrt zurück als großer politischer Führer, schürt und entfesselt den letzten, gewaltigen Aufstand aller Siouxvölker.

Ein kurzer Siegeszug, den Red-River abwärts, ist ihm beschieden, der in der berühmten Vernichtung General Custers und seiner Truppen gipfelt. Dann erleidet er, durch Abfall und Verrat der meisten Häuptlinge, die endgültige vernichtende Niederlage, die die letzte Widerstandskraft der Indianer zerbricht.

Er stirbt in der Einsamkeit winterlicher Hochgebirge.

Erster Teil

Er wurde im Herbst geboren, während der großen Büffelwanderung, der die Siouxvölker wochenlang südwärts folgten. Seine Wiege war ein Gestell von jungen Birkenstämmen, Tierhäute dazwischen gespannt, eine Stute schleifte es mit dem übrigen Zeltgerät. Der blasse schwankende Himmel über der weiten Prärie. Scharfer Geruch der kleinen schwitzenden Pferde. Abends ein Singsang, unkenhaft, wenn er auf dem Rücken der Mutter hing, die Zeltleder gerbte, Holz zum Feuer trug. Bald das Gedröhn der Büffelherden, das schrille Geschrei der Jagd, das Gebelfer der Wölfe. Da wuchs eine Horde von Knaben auf, nackt, rotbraun, die mageren Leiber frühzeitig zäh und ohne kindliche Zartheit, doch straff, locker, gelenkig, glatt, den Schauern, Bissen und Stürzen der feindlichen Wetter zum Trotz gleich den Körpern junger Marder und Wildkatzen. Wie zwischen den Fohlen einer Herde kein Unterschied ist als der des Geschlechts, der natürlichen Kräfte, der sinnfälligen Gaben, so lebte das Jungrudel der Rothäute, ganz und gar dem Wachstum der Glieder, dem Schießen der Säfte, dem Klettern des Körperstammes ergeben, mit Sonne und Regen, Schneelasten und Tausturm, Hochwasser, Dürre, Verwüstung und Frieden der Landschaft, Tag und Nacht ohne Schutz und Bewachung der Treibkraft und dem Glückstern ihrer Jugend überlassen, kaum von den eigenen Eltern an den Malen ihrer Geburt erkannt und geschieden.

Ein junger Kerl, noch nicht Mann, doch schon bei der Jagd als Treiber geduldet, massig im Wuchs und etwas zu breit in den Schultern, wurde von einem Büffelstier attackiert, vom Pferde gerammt, sprang auf, packte den rasenden Bullen bei den Hörnern, rang ihn mit ungeheurem Stoß auf die Hinterhand und stach ihm sein Messer zwischen die Rippen. So erwarb er sich frühzeitig schon einen Namen: Sitting Bull.

Seine Heimat war weit und vielfach bewachsen: die Rolling Prairie, wenn der Indianersommer Wolken stäubender Samen über ihr mannshohes Gras weht, wenn der Herbst die Gräser versengt und zwischen gelblichen Büscheln die Erde trocken und rissig klafft. Die Waldhänge der westlichen Berge, von wilden strudelnden Bächen durchbraust, die Schluchten, tief in die Granitmauern der Felsengebirge gefressen, in denen der Märzsturm Baumstämme, Blöcke, Geröll durcheinanderschmeißt. Im Sommer zogen die Stämme vagierend umher, den Wasserläufen folgend, die Wildbret und Fischzüge versprachen. Ihre Zeltlager blieben selten länger als eine Woche am gleichen Ort. Im Winter bezogen sie festeres Quartier in möglichst wettergeschützten Tälern. Es gab Dörfer, deren Winterhütten schon länger als ein Jahrzehnt an derselben Stelle standen, und doch sahen sie aus, wie gestern aufgebaut. So ist es: was der Indianer zum Leben braucht, schafft er sich täglich neu, sein Haus ist nicht fester auf der Erde, als seine Füße stehen. Sein Besitz nicht sicherer als seine Hand und sein Auge.

Der Tod schert ihn wenig und gilt ihm gering. Er geschieht wie vieles zwischen Geburt und Wiedergeburt.

Das Leben aber ist ewig und nimmt alle Kräfte in Anspruch.

In den seligen Jagdgründen Manitus ist es der Kampf, der Ritt, die Begier wie auf Erden, warum sollte es dort anders sein, da die Erde eine gute Wohnung ist für alle Starken und Tapferen.

Es kamen die Nächte der einsamen Wachen nach durchgefasteten Tagen in der Wildnis, die Nächte der bewußtlosen Versenkung, des Lauschens im Blut, der Furcht und der Zuversicht. So geschieht das Mannwerden des Indianers: in einem Rausch, der jedem eigen und geheim ist, doch allen gleich, wie ein Gesetz der Natur. In einem gewaltigen Außersichsein dreier Tage, fast priesterlich begangen, doch kaum beredet, mehr geahnt als gewußt, weitergelebt von Vätern zu Söhnen, nie gedeutet, doch bergwasserklar.

Es war im Herbst, in der Zeit seiner Geburt. Die dumpfe Musik des Büffeltanzes hatte sein Blut getrübt, er spürte Schmerz in den Adern als wollte es gerinnen. Sein Blick vernebelte sich.

Der alte Medizinmann umkreiste ihn plötzlich, rührte ihn seltsam an, nahm ihm die Waffen bis aufs Messer, die Kleidung bis auf den Gürtel, und wies schweigend in die Richtung der Wälder. Dann begann er wieder den schütternden Rhythmus der Büffeltänzer im Kreise zu stampfen.

Sitting Bull hockte eine Zeitlang stumpf, mit geschlossenen Augen, wie ein Tier, das sich tot stellt, keiner beachtete ihn.

Plötzlich sprang er auf, raste in gehetzten Sätzen davon.

Als er erwachte, war Nacht um ihn. Es roch nach gefallenem Laub, nach Pilz, nach feuchtem Haselgestrüpp. Er kroch einige Schritte über wucherndes Moos. Das Zischen einer Nachtschlange dicht neben seinem Fuß ließ ihn lange erstarren. Als der Tag dämmerte, sah er vor sich einen kleinen See, von Schilf und Röhricht umwachsen, mitten in einer schmalen sumpfigen Lichtung, die von Wänden ungeheurer Bäume gesäumt war. Er hockte sich an die Bergseite auf einen vermoosten Felsblock, zog die Beine an den Leib, stierte zum Himmel, wartete. Zweimal kam die Nacht. Am dritten Morgen sah er die Sonne nicht, seine Augäpfel waren nach oben gedreht, der Mund leicht geöffnet, die Zunge trocken und kühl. Als der Mittag warm ward, befiel ihn ein langes elektrisches Zittern. Plötzlich stand er auf und streckte die Arme aus, ein brennendes Gefühl von Da-sein, Wach-sein, durchrann seinen Leib von unten bis in die Fingerspitzen. Er tastete scheu an seinem Körper hinab, faßte sein Geschlecht an, dann sank er zu Boden, preßte das Gesicht ins warme Moos und fiel in einen Schlaf, durch dessen taumelnde

Nebel Geräusche und Gebilde der Natur mit seltsamer Deutlichkeit nahkamen. So erschien es ihm lange Zeit, als liege er mit dem Gesicht im See und erkenne in dem Geflirre der Grundwässer zwischen Algen und faulem Zeug den Laich der Fische und die leise Bewegung des Lebens unter dem Schleim der Gallerten. Dann schossen zwei glatte goldbraune Körper an ihm vorbei, jagten sich, faßten einander, schnellten hoch, sanken hinunter, peitschten die Flut, zappelnd zusammengepreßt: Fischottern, die sich im Paarungsspiel verbissen. Er hörte ein dumpfes Läuten und Glucksen, das in sanften Stößen wie von erregtem Puls durch die Adern der Erde ging. Er spürte ein Schnauben, es kam aus den Nüstern der Hirsche, die tief in den Wäldern ihr Gehörn zum Kampf senkten. Ein Wirbel war über ihm, wie von unzähligen Wildvogelschwärmen. Ein Hauch überflutete ihn, aus den warmen Höhlen, wo die Tiere den Winter erwarten. Ein dunkler wilder Geruch, in dem alles versank.

Diesmal, als er erwachte, fühlte er seine Glieder jung, kühl und kräftig wie stets. Sein Auge war ungetrübt, sein Mund ohne Durst und feucht. Er sprang in den See, durchschwamm ihn mit großen Stößen, lauerte lang im Schilf, tötete das erste Tier, das er sah, eine junge Bisamratte, durch einen Wurf mit dem Messer, trank ihr Blut und barg ihr Fell in seinem Gürtel. Dann verließ er die Wälder und war bald auf der Spur seines Stammes.

Plötzlich fiel dieser Winter über die buckligen Berge, die noch im kupfernen Spätlaub standen, wie der Luchs über junges Rotwild: der ohne Durst Blut säuft, ohne Not würgt, der würgt, der mordet, um zu morden, weil Gott ihn als Mörder schuf. Durch die Felsmulden und Bachstürze abwärts fraß sich der Eisstrom. Wasserfälle, die im Sommer reichlich Baumwuchs nährten, schienen jäh zu erstarren. Die Bergseen gerannen, wurden trüb und wolkig, unten schwer und oben ein dünnes Stauwasser, wie Milch im Gewitter säuert, bis sich in unsicher bröckelnden Kreisen die grauschimmernde Kruste zog, die bald dick ward und steinern, alles Leben hoffnungslos unter sich vermauernd. Der Hochwald starrte in klirrendem Frostreif, während unten in der Prärie, vom Fluß herauf, der gelb zwischen morastigen Ufern gurgelte, die Nebel naßkalt und schleimig quollen, wie Krötenbäuche vor der Laichzeit. Viel zu früh fuhren dann Schneestürme über Land, das unter ihrer grellweißen Finsternis erblindete, schütteten Täler zu und schaufelten feuchte Gräber zwischen den Hügeln, zersprengten die wandernden Büffel und hetzten ihre Jäger zu Tod. Wenn kurze Zeit der Sturm Atem holte – erst heiser zurückschnaufend, dann tückisch verstummend –, äugten roträndrige Himmelsfetzen zwischen fahlem Gewölk auf einen vereinzelten schwankenden Tierleib, riesengroß in der öden Schneewüste, der mit kraftlosem Huf nach verschütteten Gräsern scharrte – auf das ledern umdörrte Hungerskelett eines vereinzelten Jägers, dem der Arm erfroren herabsank, ehe er die Bogensehne spannen konnte. Dann johlte der Sturm wieder auf, rammte die schwarzen Wolkenschollen ineinander, und begrub Mann und Tier im gleichen lastenden Schneegrab.

Erschöpft und mit viel zu wenig Dörrfleisch, um den Winter zu überdauern, verkroch sich der Stamm in einen Talkessel, der unterm spärlichen Schutz sturmzerbissener Bergwälder lag. Immer wieder kehrten die Männer erfolglos und entmutigt von verzweifelten Jagdstreifen zurück: die Bären steckten feistgefressen und warm in unerreichbaren Winterschlafhöhlen, die Elche standen tief in vereisten Sümpfen –, das einzige Wild, das sichtbar ward und hörbar durch die ganze Nacht, waren die gelben und grauen Wölfe, die in ungeheuren Rudeln aus dem Hochgebirge herabstreiften – Hirsche, Rehe, Hasen endgültig verjagend – und, vom Hunger halb wahnsinnig gemacht, blindlings am hellen Tag auf Menschen stürzten. Mit Beil, Keule und Messer wehrte sich ein Trupp junger Kerle gegen die schnappenden Kiefer und reißenden Krallen, nahm dann die Verfolgung auf, erlegte durch Stein- und Axtwürfe, Pfeile und Kugeln aus den wenigen alten Pistolen, was noch von den fliehenden Schatten zu erreichen war. Ohne Besinnung fetzten sie dann den gefallenen, im Todeskampf noch zuckenden Raubtieren die Schlagadern unterm struppigen

Fell auf, um – da das lederne Fleisch ungenießbar war – wenigstens das schwerflüssige dampfende Blut zu saufen. Indessen machten sich die Weiber des Stammes zwischen den immer mehr schwindenden Rindenhütten daran, die letzten halbwilden Hunde zu schlachten und ihre harten Muskeln und verschrumpften Eingeweide weich zu kochen.

Sitting Bull hob rasch die flache Hand. Die jungen Rothäute – die ausgemagerten Gesichter noch mit schwärzlichem Wolfsblut beschmiert – erstarrten, sanken lautlos zusammen, wurden Baumstrünke, Felsbrocken, Erdklumpen auf der vereisten Halde.

Ein Geräusch drang in ihr wildscharfes Gehör.

Es war, wie wenn ein Pelztier blitzschnell an der Rinde eines riesigen Nadelbaums herabfährt, oder wenn ein matter Wind pulvrigen Schneestaub über die Eisfläche eines Tümpels schleift – aber viel ruhiger, stetiger, fremder. Dann ein plötzliches Stampfen, ein Gestöhn von knirschendem Leder, all das so fern, daß man den Atem anhalten mußte, um es vom leisen Klopfen einzelner in der Sonne zerschmelzender Schneebrocken zu unterscheiden. Plötzlich ein Laut, der wie Blitzschlag in die gespannten Leiber fuhr: Menschenstimmen!

Sitting Bull glitt wie eine glattgeschuppte Schlange durch die harten Reiser des Unterholzes, von den lautlosen Schatten seiner Krieger gefolgt, und gewann den Waldesrand oberhalb einer schräg zu Tal führenden Steinmulde, in deren glatter Schneefläche, von der Mittagssonne grell überblendet, die riesige Krallenspur eines Raubvogels, die hastige Fährte eines Luchses, der Zickzacklauf eines verfolgten Hasen wie mit schwarzer Kohle eingegraben waren.

Vom oberen Ende dieses Tales herab kamen sechs Männer in dicken Pelzen und festverschnürtem Lederzeug. Sie glitten herab auf kanadischen Schneeschuhen in ruhiger Fahrt, fast sorglos und gleichmütig in ihrer breiten offenen Bewegung, die Gesichter ohne Spuren von Hunger oder Ermattung, nur rotgebeizt oder schlackenblau verbrannt vom Frost. Mächtige Ledersäcke trugen sie an Riemen oder Seilen über die Schulter, die Rohre weittragender Büchsen lugten heraus, einer hatte die Hälfte eines erlegten Rehes mit den Läufen aufwärts über den Rücken gebunden, ein anderer das Gestänge eines großen Zeltes.

Der vorderste, dessen Blick unablässig wachsam wie der einer pirschenden Rothaut über Horizont und Erdboden kreiste, hatte den Rock über der Brust offen, daß man die rote rissige Haut des dürren Halses und die knochigen Ansätze der Schultern sah. Leicht in die Kniekehlen gebeugt, mit vorgeschobenem Oberkörper und ausgestreckten Armen, glitt er herab wie ein alter Kiefernstamm, der mit einem Erdrutsch samt Wurzeln und Krone aufrecht zu Tale fährt. So ruhig, stark und sicher kam er voraus, daß die anderen, die ihm folgten, wie Jungvieh hinter einem Muttertier zu trotten schienen, dem sie ihr Leben unbedenklich anvertrauen. Er trug mehr Last als die andern, seine Kleidung war schlechter, sein Pelzwerk enthaart, sein Lederzeug alt und hart. Aber nur an ihm hingen die Blicke der jungen Rothäute, so wie die Augen lauernder Präriewölfe nur den Leitbullen einer Herde verfolgen. In den Schnee gepreßt lagen sie da, ihre Finger und Fußzehen fast zu Krallen versteift, ihre Augen flackernd, ihr Atem lautlos und hastig.

Sie hatten solche Männer noch nie gesehen. Aber sie wußten, daß es sie gab – kannten den Namen ihrer fremdhäutigen Rasse, wie die Namen schrecklicher Wirbelstürme, die in den Lüften lauern, unentrinnbar, und von denen kein Lebendiger berichten kann. Ihre Gelenke zitterten, ihre Sehnen spannten sich schmerzhaft – aber sie blieben stumm wie gutgeschulte Jagdhunde im Anblick des Wildes, das sie nicht annehmen dürfen. So dicht schlurften die fremden Männer an ihrem Versteck vorbei, daß sie den Rauch ihrer kurzen Pfeifen, den Geruch ihres Lederzeuges, ihrer feuchten Pelzkleidung verspürten. Vermischt war das alles mit einem unwägbaren, doch furchtbar eindringlichen Hauch von fremder Haut, der ihnen die Kopfhaare eisig und das Rückgrat kraus machte, wie einem Hund die Losung des Jaguars oder Graubären. Hinter Bäumen, Büschen, Wurzeln geduckt, folgten sie Mann für Mann der Talfahrt dieser Männer bis kurz vor die Schlucht, in der ihr Dorf lag.

Auf einem kleinen Hochplateau, von Rottannen, Lebenseichen und kahlen Birken umgrenzt, machten die Männer halt. Die Roten im Gestrüpp sahen, wie sie auf einen Wink des Führers zusammentraten, und lauschten erregt den Schwingungen ihres Stimmklanges, ohne den Sinn zu verstehen. Aber sie begriffen sofort aus Ton und Haltung, daß der, dem alle beim Marsch die Führerschaft zuerkannt hatten, jetzt im Gespräch die Befehlsmacht an einen anderen, kleineren, unscheinbaren abtrat, der kein Gepäck trug und dessen Kinn, zum Unterschied von den andern, scharf rasiert zur überhängenden Nase aufstach.

Der trat von einem Fuß auf den andren, seine Stimme fuhr quäkend durch die Nase und kippte oft fistelnd über, er redete viel und mit hastigen Stößen der Arme und Ellenbogen, während der Lange ruhig stand, mit leicht seitwärts geneigtem Kopf, die nackten Hände rechts und links herabhängend, die kurze schwarze Holzpfeife schräg im Mund. Schließlich nahm er bedächtig den schweren Rucksack von seinen Schultern, warf ihn zu Boden, setzte sich darauf und zog aus einer Jagdtasche etwas hervor, das wie ein alter Bügelriemen aussah, dürr, hart, halbgefroren, schnitt mit dem Messer daran herum und begann langsam mahlend zu kauen. Einer nach dem andren folgte seinem schweigenden Beispiel, dem kleinen Quäkenden breitete man eine Decke auf den Boden, unwirsch setzte sich der, und schließlich waren alle stumm mit Schneiden, Beißen und Kauen beschäftigt. Die Wolfsnasen der spähenden Rothäute schmeckten deutlich die fast geruchlose Dünstung des ledernen Dörrfleisches. Der nagende Hunger krallte sich grausam in ihre Eingeweide. Keiner bewegte sich, keiner gab einen Laut. Sitting Bull aber spürte den Brand ihrer Blicke und die Hitze ihres Atemhauches in seinem Rücken.

Er ließ keinen Blick von den Männern auf der Halde. Jede Bewegung, das kleinste Beugen eines Kopfes oder Heben einer Hand, grub sich wie ungeheure Zeichen in seine Netzhaut. Die Nägel ihrer groben Schuhe hielt er mit der gleichen überdeutlichen Schärfe im Gesicht wie die Risse in ihrer Kleidung und die Schlösser ihrer unbekannten Gewehre. Fast ohne Absicht hatte er sich geräuschlos in den Kniekehlen hochgehoben und stand nun beinahe frei, nur noch durch einen kahlen Baumstamm gedeckt, auf der Lichtung. Während sein Jagdblick klar und deutlich die Entfernung schätzte, die ungedeckte, wehrlose Stellung der Weißen und die Vorteile einer Überrumpelung wahrnahm – während die Gier aus Nase, Magen, Auge ihm neblig ins Hirn stieg – während ein altes Kriegsgefühl von Macht, Ruhm und Beute ihn flüchtig berührte –, spürte er in beinah lustvollem Entsetzen, brennend und kalt, eine ungeheure Erregung des Bluts in seine Kehle heraufdrängen und flackernd durch seinen ganzen Körper gehn, ein Gemisch von maßloser Neugier, mit unklarem Haß und einer Sucht zum Anpacken, Aufreißen, Durchwühlen der fremden Leiber gepaart – und ein gräßliches, schauerndes, rieselndes, nie geahntes Versagen der Sinne: Angst.

Einen Herzschlag lang war ihm, als müsse er in sich zusammenfallen, als sauge ihm etwas die Knochen aus dem Leib, als starre ihn etwas senkrecht von oben aus den Lüften an, aufs Haupt, auf die Mitte des Scheitels, und drücke ihn nieder, presse ihn platt zu Boden, zermalme ihn ganz.

Einen Herzschlag lang glich er jenen Urvätern seiner Völker, die einst im Schmuck ihrer nackten Leiber den weißen Göttern auf den Knien entgegengekrochen waren. Einen Herzschlag verzerrten sich, blutleer, seine Lippen, krampften die Muskeln sich wild, drängte der Leib rasend nach Befreiung in Brüllen, Lostoben, Niedertrampeln, Zerfetzen, Zerstampfen, Überrennen der fremden bohrenden Gefahr. Dann ging ein kaum fühlbares Atemholen durch seine Brust, die Hände glitten leicht, wie lösend, an seinen Flanken herab, der Blick ward klar, gerade, wachsam, die Gelenke entspannten sich. Ohne sich nach seinen Kriegern umzudrehn, mit der Hand ihnen Zurückbleiben bedeutend, trat er frei auf die Lichtung hinaus, und schritt mit leichtem Gang, der durch die Gewohnheit des Fußes, einwärtsgestellt den Erdboden tastend mit Zehen, Ballen und Ferse bei jedem Tritt gründlich zu erfassen, etwas sonderbar Wiegendes hatte, auf die weißen Männer zu.

Der lange Jäger war es, der ihn zuerst bemerkte, und durch ein knappes, halblautes Wort seine auffahrenden Kameraden zusammenriß. Während diese wieder in ihre verschiedenen Stellungen zurückfielen, in einer steifen unsicheren Art reglos am Boden sitzenblieben, erhob sich der Lange ohne Hast, reckte kurz die Glieder und sah dem Ankömmling fest entgegen. Zwei Schritte von ihm blieb Sitting Bull stehen. Er gab keinen Blick auf die hockenden Männer am Boden, nicht auf ihr Zeug, nicht auf ihre Waffen. Sein Auge hing an der Stirn des einen Mannes, sprang zu seinem Hals, glitt langsam, aus zusammengekniffenen Lidern, über Kinn, Mund und Backen zu seinen Augen. Die waren weit geöffnet unter dicken Brauen, hell und luftklar die Iris, durchsichtig und hart wie glasiger Kristall, mit kleinen, scharfen, saugenden Pupillen, hinter denen etwas wachte und glomm, unberührbar, entschlossen.

Minutenlang standen sie reglos, Aug in Auge.

Dann schob Sitting Bull mit der linken Hand sein gelockertes Messer tief in den Gürtel zurück – winkte mit der rechten zum Waldrand. Jeder Baum ward lebendig. Von Rinden, Wurzelknaufen, Erdhügeln lösten sich die schwärzlichen Gestalten, halbnackt, vermagert. Lautlos, schattenhaft, glitten sie heran, geduckt, witternd, von allen Seiten.

Der lange Führer bückte sich gemächlich zur Erde, machte das Gepäck fertig, schnallte die Riemen seiner Schneeschuhe fest, und setzte sich, dicht umdrängt von seinen Gefährten, in Marsch.

Die Rothäute hielten sie von allen Seiten umringt, ohne sie zu berühren oder mit irgendeiner Bewegung anzugreifen. Sie ließen kein Auge von ihnen und gaben durch kaum merkbare Winke die Richtung des Weges an. Gesprochen wurde kein Wort. Die Rindenhütten des Dorfes tauchten zwischen ockerfarbenen Sträuchern auf.

Die ersten Stimmen wurden laut: Kehlig, belegt von Kälte und Mangel, tiefe, heisere tierhafte Gurgellaute. Die Weiber, die in der hartgestampften Lagergasse den Ankömmlingen entgegentrabten. Aber der Anblick der ungewohnten Beute ließ sie rasch verstummen und wie Murmeltiere mit leisem Pfiff in ihre Löcher verschwinden, aus denen sie scheu und stumpf den fremden Männern nachstierten. Sitting Bull leitete den schweigenden Trupp zu einer etwas fester gefügten Hütte, vor der an einer scharfen Lanze die Häuptlingszeichen des Stammes hingen: Wahrzeichen einer harten, ärmlichen Würde – ein verwitterter Büffelschädel, ein schrumpfender Tierbalg, mit Fischgräten und bunten Kieseln verziert – ein Lederriemen mit mächtigen Adlerfedern, ein Kranz menschlicher Kopfhäute, zu schmalen Knorpelstreifen zusammengeschnürt, von denen die fasrigen, spröden Haare herabhingen.

Gleich darauf teilte sich die Tierhaut, die mit dem Fell nach innen den Eingang verschloß, zwei Männer traten heraus, der eine, ältere, in eine schmutzrote Wolldecke gehüllt, sein kahler Schädel ragte aus einem grob in den Stoff gefetzten Schlitz – der andere, breit und massig gebaut, in einer Art weiten Pelzjacke und zerschlissenen langen Lederhosen. Beide blieben unbeweglich vor dem Eingang der Hütte stehen.

Sofort löste sich der Kreis um die Weißen, Sitting Bull und sein Trupp wichen weit zurück – der lange Jäger stand einen Schritt abseits von seinen Gefährten und musterte die beiden Rothäute.

Der Alte trug eine Kette aus Rückenwirbeln kleinerer Tiere um den Hals, auch seine Hand- und Fußgelenke waren von rotgefärbten Wirbelknochen umschlossen, den Zeichen geheimer Zauberkräfte. Unter der Wölbung seiner riesigen kahlen Stirn lagen die Augen in tiefen Höhlen, die von zahllosen Gräben umfurcht waren, und die Haut war um seine Backenknochen so scharf gespannt, als wollte sie bei einer Bewegung des Mundes zerreißen. Die Lippe hatte der zahnlose Gaumen nach innen gesogen, so daß ein seltsam erstarrtes Altweibergrinsen die Maske dieses Kopfes nach unten verzog. Den Ansiedlern der Siouxgebiete und den Führern der westlichen Garnisonen war sein Gesicht seit Jahren bekannt, Regierungsakten und mancherlei Verträge über Landkauf und Grenzverlegung trugen sein Messerzeichen im Stempelwachs – der geheimnisvolle Name, den er als ältester Priester sämtlicher Siouxvölker trug, war von den Weißen übersetzt worden mit Rain-in-the-face. Ihm zur Seite Standing Elk, der Häuptling, breit, nackenwuchtig, stoßbereit, gewaltsam, mit dem Blick eines männlichen Huftiers unter der niedren Stirn, über deren sonderbar ölige, wie zu einer Fettschicht glasierte Haut zwei scharfe Querfurchen liefen. Seine Lippen waren rissig und erdbraun, seine Nasenflügel weit nach außen gewölbt, die breiten Backen wie harte kupfrige Steinflächen, aber das Kinn fast zierlich und ausgeprägt über dem kurzen zornigen Hals. Während die schmalen, vom Zeltrauch rotgebeizten Augen sich langsam schlossen, entblößten die Lippen seine mächtigen gelben Wolfszähne, und die Kehle bewegte sich schluckend, als suchte sie den Ton zu einem Wort.

Da war der lange Jäger plötzlich mit einem Sprung an ihm und Rain-in-the-face vorbei, drehte sich hart, stand mit dem Rücken zum Hütteneingang, hob die Hand, rief ein indianisches Wort und verschwand im Inneren der Hütte. Einen Augenblick blieben die beiden Indianer unbewegt. Dann folgten sie ihm rasch, das Fell verschloß den Eingang hinter ihnen, der Kreis der jungen Kerle zog sich wieder scharf um die Zurückbleibenden zusammen, die sich wie Schafe im Dunkeln aneinanderdrängten, Schweigen herrschte, von kurzem Wolfsjaulen aus den Bergen unterbrochen, einige Stunden strichen schwer vorbei.

Als der Zeltbehang sich wieder öffnete, hielt der lange Jäger des Häuptlings grobgeschnittene Tonpfeife in der Hand, ein Hauch brenzligen Blättertabaks wölkte heraus, Sitting Bull und seine Jagdgenossen traten auseinander, verschwanden rechts und links zwischen Hütten und Gebüsch. Gleich darauf begannen die fremden Männer am windgeschützten Ende des Tales ihr Zelt aufzuschlagen.

In den Jahresjournalen der Nord-Pelz-Compagnie wird das vergilbte Tagebuch des Jägers Joe Daniel Florymont aufbewahrt, der die Jagd- und Pelzkaufexpedition des Winters 1861/62 als bezahlter Führer und Indianerdolmetsch begleitete. Zehn Pergamentblätter, in gebeiztes Büffelleder und Birkenrinde verpackt. Darin steht zu lesen:

»Ums erste Nachtkürzerwerden im östlichen Redrivergebirg, unser Proviant wird knapp. Ich mache ein Indianerdorf aus, zwei Dutzend Hütten, gegen Ost und Nord geschützt. Sioux-Ponkas, Häuptling Standing Elk, Hungersnot. Mister Webbs will nicht. Ich sage, wir müssen, weil vor Schneeschmelze nicht durchkommen südlich. Mach Vertrag mit Häuptling, gut beraucht, wir schießen viel Wild gegen Hunger, Rothäute machen Pelzjagd für uns.

Eine halbe Tonne Salzfleisch gegen sechs Packsättel voll Hermelin, Skunk, Schneefuchs, Nerz. Versprechen uns zum Frühjahr 500 Biber gegen Jagdgewehre, Schießpulver.

Leben da zwei volle Monde ohne Krankheit: Mister Webbs, Sektionschef – Rollins, Laurent, Smith, Pelzjäger – Larry Jeats, Tragbursche – Florymont selbst.

Schmelzzeit beginnt im zweiten Mondviertel.«

Das Gedonner der ersten Märzlawinen. Gewinsel des Tauwinds, nachts über versumpften Wäldern. Rasend schwollen die Bergflüsse an, jäh brach eine kurze Tagwärme aus und rollte mächtige Schlammwässer zu Tal. Nachts wieder kroch frostiger Nebel hoch, hing in der Frühe trüb in den verwaschenen Bäumen. Das Honken der Wildgänse machte den Himmel kahl, fern, verhallend. Braune Erdplacken, die aus dem gerillten Hartschnee wie spärliche Inseln auftauchten, rochen schon leicht nach Wurzeltrieb, Keimspitzen. Wenn der Wind von Süden stand, warf er mitunter in die rauchige Spätschneefeuchte eine Welle von süßem berauschendem Kräuterduft.

Drei Tage schweifte Sitting Bull mit den jungen Rothäuten durch die Prärie zwischen den Ausläufern des Gebirgs und dem brausenden Red River. Noch hingen morgens gelbe Schneewolken im Westen, keimte nur spärlich Gras, drohte der Blizzard mit Eisnadeln und Wirbelwind. Aber die ersten wilden Pferde, struppig und scheu, vielleicht nur ein versprengter Vortrupp, waren in der nebligen Frühe an ihnen vorbeigefegt, während die Sonne wie ein fahles Spinnentier hinter den Hügelrändern hochkroch. Seitdem kreuzten die Fährten unbeschlagener Hufe ruhelos von Ost nach West. In den Tälern der Hügelwellen, immer vorm Wind, nachts in Erdlöchern wie nackte Vogelbrut zusammengedrängt, verfolgten die roten Jäger zäh und verbissen die immer wieder entgleitenden Schatten der kleinen mageren Mustangs. Gegen Mittag, im tollen Sichtsturz einer Sonne, die sich heulend aus stürmischen Wolken herauskämpfte, hatten sie die Gäule scharf in Sicht, kreisten sie ein und trieben sie langsam zum Fluß, der, reißend über die Ufer getreten, die Flucht abschnitt. Zwei Hengste, drei Stuten, schwarzbraun und falb, schmutzweiß und fuchsig rot, zogen in kurzem, nervösem Galopp immer engere Kreise, drängten verängstigt zusammen, jagten schrill aufwiehernd auseinander, spürten die unsichtbaren treibenden Verfolger immer härter auf ihrer Haut. Plötzlich ein wilder krächzender Schrei, das scharfe Pfeifen eines Lederlassos, der stärkste Hengst überschlug sich, wälzte sich am Boden. Sitting Bulls braune Gestalt, vom Ruck des Sturzes emporgerissen, wirbelte durch die Luft, fuhr hoch, hing eine Strecke wie ein Stück Holz hinschleifend am Riemen, sauste vorwärts, duckte sich, sprang und klammerte beide Beine wie Schraubstöcke um die Rippen des Tieres. Das schrie, keuchte, schnob Schaum und Blutflocken, ging hoch, krachte zu Boden, zerbiß Erde mit Lederfasern und eigenem Mähnenhaar, wälzte sich, feuerte die Hufe ziellos in die Luft, rollte blutunterlaufen angstweiße Augen, raste los, wirbelnd in wahnsinnigen Kreisen, immer wieder besprungen, besessen, gepackt von der furchtbaren Übermacht in seinem Rücken. Plötzlich stand es mit einem tödlichen Ruck, als sei ihm der Blitz mitten ins Herz gefahren, die Beine steif nach vorne gestemmt, die schweißige Haut bebend, die Zähne entblößt, alle Haare gesträubt: langsam schob sich eine dunkle Hand über sein Auge, von der starren Pupille hundertfach vergrößert, wie ein riesiger Block, wie ein zerschmetternder Bergsturz kam diese Hand über sein Haupt und legte sich sanft, heiß, beruhigend auf Stirn und Lider. Zitternd, mit kurzem pfeifenden Atem, sank der Hengst zu Boden. Sitting Bull kniete mit gespreizten Schenkeln darüber, klopfte und streichelte ihn, sprach halblaute Worte gurgelnd in seine Ohren. Nach einer Stunde führte er das Pferd in ruhigem Schritt zum Ausgangspunkt ihrer Jagd zurück. Noch zwei seiner Gefährten hatten Tiere erbeutet. Einem hing der Arm gelähmt und zerschlagen herab, einem rann Blut von einem Hufschlag über die Stirn, alle waren erschöpft und wie betrunken, ihre Augen glänzten fiebrig, ihre Pulse jagten, auf ihren Stirnen glomm Freude, Stolz.

Zurückreitend zum Gebirg, über die abendlich flammende Prärie, die nackten Gäule zwischen gespannten Schenkeln, deren schmerzende Haut noch köstlich von Jagd, Sieg und Kampfeslust brannte, kamen sie plötzlich ins Jagen, dem die bezwungenen Wildpferde sich freudig fügten – schwenkten die Leiber von rechts nach links auf die Flanken der Tiere, schlugen einander im Vorbeikreuzen mit der flachen Hand, ließen sich von den Unberittenen umstellen, hetzen, vom Pferd werfen, schmissen mit Schnee und Erdbrocken auf nackte Rücken. Schwarzflatternde Haarsträhnen wurden wie Taue gepackt, gezerrt, zerrissen; rauh und trillernd, zerhackt und gezogen, bellend und kreischend juchzten junge Männerstimmen auf, kupferne Leiber tobten, als gäbe es keinen Hunger, keine Not, kein Ermatten, in der Spannkraft und im achtlosen Überschuß ihrer Jugend, im tollen, fauchenden, zähnefletschenden Ansprung dieses harten, hagelbissigen Frühjahrs.

Bei der Verfolgung eines grauen Bären, tief in eine Felsschlucht hinein, hatte Florymont die Spur eines einzelnen Mannes gefunden. Eine halbverwischte, müde, stolpernde Stiefelspur, die sich kaum noch erkennen ließ. Nach langem Hin und Her fand er in einer Art Steinhöhle einen zerlumpten Mann, im Delirium des nahenden Hungertodes. Florymont flößte ihm den Saft ausgekochten Fleisches und einige Tropfen Whisky ein, dann schleppte er ihn wie ein erlegtes Wild auf seinen Schultern ins Dorf. Der Mann fiel in einen mehrtägigen starren Schlaf, sah und hörte nichts, wenn man ihn fütterte, stöhnte nur manchmal, sein Atem ging schwer und rasselnd. Das Gesicht, von mehreren rotgrindigen Schnittwunden entstellt, hatte eine sumpfgrüne Haut, der Bart wuchs ihm erschreckend, leichenhaft – unten dunkel, doch an den Haarwurzeln schon farblos, wasserbleich, wie abgestorbene Baumflechte. Die ersten paar Stunden nach seinem schweren Erwachen lag er noch halb betäubt, glotzte stumpfsinnig zur Zeltwand, kaute an seinen Fingern.

Dann begann er, ohne Übergang, hastig und laut zu reden, zu fluchen, zu schwadronieren, aus einer bös verrosteten Kehle und mit prahlerisch drohendem Tonfall.

Für die Tatsache, daß und wie er gerettet worden sei, auch für die Person, die ihn aufgespürt und gepflegt hatte, für nähere Erklärungen über Ort und Umstände seines jetzigen Aufenthalts interessierte er sich kaum. Mit weinerlicher Stimme und gekränkten Mienen verlangte er von Zeit zu Zeit Brandy, da man einen Sterbenden nicht solle verdursten lassen, dann wieder flüsterte er unverständliche Redensarten, nannte sich »den reichen Mann der Neuen Welt«, versprach jedem Anwesenden eine halbe Million Dollar und schloß gewöhnlich mit einer freundlich lächelnden, doch über alle Maßen unflätigen Verwünschung des gesamten Erdballs, in die er je nach Laune und Zuhörerschaft noch den oder jenen Fixstern, Planeten, Himmelskörper, auch Gott, Engel oder Teufel mit einbezog.

Von sich selbst sprach er, nach Art mancher Indianerstämme, in der dritten Person, er nannte sich »Bloody Sam« und gebrauchte diesen Namen nie ohne Feierlichkeit, als rede er von einem großen, erhabenen Manne, dem jeder Respekt zollen müsse. Sein erster Spaziergang im Dorf – noch ging er wankend und mit zittrigen Knien daher – nahm fast ein böses Ende. Kaum sah er einige Indianer beim Waffenputzen, als er ihnen bereits mit herrischer Gebärde seine alte, verdreckte Pistole hinhielt und unter Fluchen und Drohungen verlangte, man solle sie vom Rost reinigen. Als die Männer nicht gleich begriffen, was er von ihnen wollte, schrie er sie furchtbar an und stieß einen in die Seite. Der riß sofort sein Messer aus dem Gürtel, Bloody Sam knickte in die Knie und wurde im nächsten Moment von Florymont, der in der Nähe gestanden hatte, am Kragen gepackt und zurückgerissen. Während der Jäger den zitternden, aber bereits wieder leise schimpfenden Rowdy unsanft ins Zelt zurückstieß, sah er deutlich, wie der Sioux sein Messer bis zum Heft in die Erde bohrte, während die andren ihn finster und mit geballten Fäusten umstanden.

Das ist ein lauer, graugrüner Spätnachmittag, die Luft weich und quallig, viel zu warm für die Jahreszeit, manchmal von schwarzen eisigen Wolkenschauern durchrieselt. Im Zeltinnern schwül und schweißig wie in den Maschinenräumen eines Dampfschiffs. Die Jäger liegen untätig herum, einer versucht mühselig, aus Holzscheiten einen Turm zu bauen, der immer wieder umfällt – Larry Jeats, der jüngste, schläft mit offenem Mund – Mr. Webbs stochert mit dem Messer in seinen Zähnen. Bloody Sam hat sich knurrend in die Ecke verkrochen und schielt verbissen zu Florymont, der unruhig am Eingang steht. Eine Zeitlang herrscht Schweigen, es wird einen Schatten dunkler, einer pfeift durch die Zähne. Plötzlich sagt Bloody Sam ganz laut, aber in einem Tonfall, als ob er mit sich selber rede: »Elende Schlappschwänze sind mir das, die den Rothäuten am Arsch lecken.« Dann, nach einer Pause, in der es noch stiller wird (denn der Jäger Smith hat aufgehört zu pfeifen): »Keine Männer sind mir das. Einfach kastrierte Ochsen. Jawohl.«

Keine Antwort. Mister Webbs zieht eine große altertümliche Repetieruhr auf, läßt Stunde um Stunde schlagen. Es tickt und läutet dünn, verlegen. Florymont schiebt den Zeltvorhang zurück. Die westlichen Wolken starren in einem sonderbar bösen schwefligen Licht. Es wird immer wärmer. Schmelzender Schnee ächzt und gurgelt.

Plötzlich haut sich der Jäger Rollins mit der flachen Hand auf den Oberschenkel. Alle fahren zusammen, es klingt wie Donnerschlag. »Das muß ich sagen«, schreit Rollins und spricht plötzlich halblaut weiter, als erschrecke er vor seiner eigenen Stimme, »der Mann da ist ein Waschweib. Aber was die Rothäute anlangt, und den ganzen Jammerstall, das paßt mir schon lange nicht, da muß einiges anders werden. Es liegt an der Führung.« – »Kastrierte Ochsen«, brummt Bloody Sam mit eigensinnig kindischer Betonung. – »Wems nicht paßt, kann seine Entlassung haben«, spricht Mister Webbs plötzlich, als falle ihm längst Verschwommenes erleuchtend wieder ein, und der Satz klingt so dünn und fremd im Zelt wie das Ticken und Läuten seiner Uhr. Einer lacht leise. Bloody Sam spuckt durch die Zähne. Rollings stampft auf: »Entlassen Sie Ihre Kleiderläuse, Herr!« ruft er. »Glauben Sie, ich bin hier ein Hosenschisser auf einem Schulausflug? Machen Sie sich doch nichts vor! Ihnen paßts genau so wenig wie uns.« Wieder keine Antwort. Rollins beginnt hastig eine Pfeife zu stopfen, schüttet den Tabak auf die Erde, flucht erbittert. »Sauwetter«, sagt der Jäger Laurent nach einer Weile schwer und bedächtig. »Man weiß nicht, ists nun Sommer oder Winter. Das ist nicht mein Fall, sowas. Entweder Sommer oder Winter, so meine ich, und nicht anders.« – «Gerade so«, antwortet Bloody Sam grinsend – und ohne Zusammenhang weiter: »An euch liegts, an euch selbst, weil ihr keine Männer seid. Da hockt ihr herum und kratzt euch die Haut blutig. Wie die kastrierten Ochsen.« – »Zum Teufel, halt's Maul«, brüllt Rollins. »Wir wissens jetzt! Geh hin und machs anders, wenn du kannst.« – »Wir waren einmal zwölf Mann auf einer Holzfällertrift«, predigt Sam unbeirrt. »Sieben gingen unterwegs drauf, ersoffen, vom Blitz erschlagen, skalpiert und so weiter. Fünf Stück blieben zusammen, aber Kerle wie Pulver und Blei.« Er schnalzt mit der Zunge, schnippt mit den Fingern, wiegt den Körper hin und her. »Lauter Prachtkerle wie du, was?« spottet Rollins. – »Kerle wie Pech und Schwefel. Wie Rum und heiß Wasser, Junge. Wie Pfeffer und Salz, sag ich dir! Fünf Stück! Kommen da bei Nacht und Nebel in ein Indianerdorf, holen den Häuptling heraus, setzten ihm die Pistole ans Ohr: Hier heißts pariert, Rothäute, oder Blei gefressen! Einer von uns nimmt die Brandybottel heraus, hält sie ihm unter die Nase. Der zieht ein Maul wie Sankt Sebastian beim Flohfangen. Schluck, Alter, schrei ich, großer Zauber, guter Zauber! Das muß man nur heraushaben, wie mans rollt mit den Schuften.

Der klappt die Zähne auf, gurgelt wie wenn er den alten Missouri austrinken wollte, schluckt, schluckt, schluckt – wir haben die Finger am Hahn bis die Flasche leer ist. Dann aber – Jungens – ein Fest, sag ich euch! Die Rothäute kriechen um ihren besoffenen Häuptling herum wie die Totenkäfer um einen verreckten Maulwurf. Wir in die Hütten, Revolver in der Hand, zünden ein paar Streichhölzer an: großer Zauber! dicker Zauber! Ein alter Medizinmann will uns was vorbrabbeln. Wir stecken ihm einen Priem Kautabak ins Maul, er spuckt und schluckt, daß ihm das Wasser übers Kinn und aus den Schlitzaugen läuft. Ein altes Weib macht laut, wir binden ihr eine Decke um den Kopf, schmeißen ein paar Felle über sie, treten ihr ins Kreuz. Dann die jungen Weiber am Schopf genommen, wozu hat die Kreatur ihre langen Pechhaare, ums Handgelenk gewickelt und raus wie der Teufel in den Hochwald, hinter die Büsche; gekratzt und gebissen haben sie zuerst wie die Wildkatzen, wir immer die Faust um die Gurgel, grad so viel Luft, daß sie noch piepsen konnten, wie's losging, dann hielten sie still. Die haben gesungen, sag ich euch, wie die Mäuse, wenns Stroh brennt. Wie's hell wurde, waren wir zehn Meilen weiter. Hatten ein Floß im Schilf liegen.«

»Quatsch«, sagt Mister Webbs nach einer langen Pause.

Seine Stimme klingt matt und zittrig.

»Soll ich euch zeigen, wie mans macht?« krächzt Bloody Sam. »Das ist noch zu viel Ehre für ein farbiges Weib, zuviel Ehre für eine rote Bestie, wenn man sie umlegt, meine Herrn!« Ein paar Stimmen zugleich, höhnisch, verärgert: »Zeigs doch, Waschweib. Das Maul soll er halten. Quatsch!« – »Ein rothäutiges Weib, das ist geringer, als wenn du's mit einem Tier machst«, schreit Sam dazwischen. Ein scharfes Rascheln. Alle fahren zusammen. Der Zeltvorhang wird zurückgeschlagen.

Den verrußten Kochkessel der Jäger am Arm, in dem ein paar große Fleischbrocken schwimmen, tritt ein junges Indianerweib ins Zelt. Lautlos auf ihren vertretenen Mokassins. Langsam trottet sie in die Ecke, wo zwischen großen Steinen ein Feuer glimmt, setzt den Kessel auf, steht einen Augenblick still, die nackten, mageren Arme in die Seiten gestemmt, den Kopf leise wiegend, schielt mit runden weißbraunen Tieraugen ins Feuer. Dann bückt sie sich langsam, legt ein Scheit Holz auf, sticht mit einer angekohlten Astgabel in die Asche, bleibt gebückt stehen, die Hände rechts und links auf den Schenkeln, bläst mit leisem Zischlaut die Flamme an. Der fasrige Wollfetzen spannt sich über ihre Hüften, rutscht hoch übers Knie hinauf. Ihre Beine sind nackt, erdbraun, matt schimmernd, wie mit dünnem Fett überzogen.

Die Flamme schlägt hoch, wirft einen hastigen gelben Schein auf ihr Gesicht, die Zähne blinken auf hinter schwärzlichen Lippen. Sie hebt sich hoch, langsam, schleppend, müde. Schleicht hinaus mit hängenden Armen, den Nacken etwas gebeugt, als wären ihr die Kniekehlen sehr schwer, die Brust kaum bedeckt, leise schaukelnd.

Das Zelttuch fällt rasch hinter ihr. Ein leichter fauliger Waldgeruch steht im Dämmer. Dann beizender Holzrauch. Das Scheit knackt, seufzt im Feuer.

Einer hustet.

»Gebt doch wenigstens einer armen Seele was zu trinken«, stöhnt Bloody Sam nach langer Zeit. »Alter Saufmagen«, sagt Larry Jeats, der Junge, der gerade wach wird, gähnend. »Jetzt hat er recht«, meint der Jäger Smith, »man kann ja verfaulen hier. Macht eine Lage frei, Mr. Webbs.« – »Zwei Lagen«, sagt Bloody Sam mit Nachdruck. Rollins steht auf, reckt die Arme, daß man die Knochen krachen hört. »Es wird am besten sein«, spricht er gedehnt, »wenn wir uns aufs Ohr legen.« – »Wieso, Alter«, ruft Laurent und tritt zu Mr. Webbs – »es ist ja noch taghell.« – »Halb sechs«, meldet Webbs und läßt die Uhr schlagen. »Also raus mit der Lage«, fängt Smith wieder an. »Mit den zwei oder drei Lagen«, knurrt Bloody Sam. »Rollt mal das Fäßchen unterm Lager vor«, befiehlt Webbs, ohne sich zu rühren. »Es ist der Rest«, läßt sich Florymont vom Eingang her vernehmen. »Ihr sollt mit dem Zeug sparen. Man weiß nicht, wozu mans braucht.« – »Sparen«, faucht Rollins. »Jetzt, wo es warm wird!« – »Er will Klapperschlangen drin einmachen«, grinst

Bloody Sam. »Das möchte ich auch wissen«, sagt Smith unentschlossen, »wozu wir noch Schnaps brauchen, wenns Frühling ist und in einer Woche Abmarsch.« – »Wenn er alle ist, ist er alle«, spricht Mr. Webbs gelassen. »Mir kanns gleich sein. Sauft ihn aus, wenn ihr müßt, aber kommt mir dann nicht mit Beschwerden, wenn einer krank wird.« – Inzwischen haben Rollins und Smith bereits den Spund eingetrieben, halten ihre Becher unters Loch. Sam kriecht gierig dazu, auch Webbs, Jeats und Laurent holen ihre Becher heraus. – »Huz-za!« ruft Sam –, »gute Jagd, hols der Teufel!« Die erste Lage rollt wie Feuer herab, hinterläßt einen rauhen Brand in der Kehle und einen scharfen Fuselgeschmack. Alle stehen eine Minute still herum, wie leicht erschreckt, einer schüttelt sich.

»Mit dem ersten Schnaps ists immer dieselbe Sache, wie mit dem ersten Messerstich«, grunzt Bloody Sam. »Man muß sich dran gewöhnen, das ist es.« Und läßt seinen Becher zum zweiten Mal vollaufen. »Trink, Alter!« schreit er Florymont an und hält ihm den Becher unter die Nase. »Spül dir die Mücken aus dem Schädel, du hast es nötig!« Florymont sieht ihn an, nimmt ihm den Becher aus der Hand, schüttet den Schnaps hinunter, wischt sich den Bart, lacht leise, glucksend: »Jedenfalls ist er bei mir besser aufgehoben als in deinem Jammerstück von einem Leichnam«, sagt er so scharf, daß alle aufschauen. Dann tritt er plötzlich in die Mitte, stößt den Kolben seiner Büchse hart gegens Holz, macht mit der linken Hand das indianische Zeichen der Rede, spuckt aus, spricht langsam und laut:

»Einige haben da gemault vorhin, ich hab's gehört und geschwiegen. Jetzt saufen wir miteinander, ich bin kein Spielverderber, aber ich meine, da muß Klarheit hinein. Ich werde bezahlt von der Nord-Compagnie, dafür bring ich euch sicher durchs Gebirg, das mach ich seit zwanzig Sommern und hab schlimmere Wetter gehabt. Will aber niemals einen Trupp führen, der mault und maulwurft gegen mich, das tut kein gut. Also raus damit.« Er schweigt, stopft seine Pfeife, zündet sie langsam an. Es ist jetzt unerträglich heiß im Zelt. Die Luft siedet und singt in den Ohren. Florymonts Pfeife röchelt wie ein Sterbender. Schnaps gluckert aus dem Faß in die Blechbecher. Einer schlägt mit dem Knöchel gegen die Faßwand. Es klingt schon recht hohl. Jetzt schiebt sich Mister Webbs, den Becher in der Hand, mit krummen Schritten auf Florymont zu, klein und mickrig steht er vor der Riesengestalt des Jägers, wippt in den Kniekehlen, tippt mit dem Fingernagel gegen seine Gürtelschnalle.

»Da es meinen Leuten die Rede verschlägt, wenn du so indianisch salbaderst, so gottverdammt rothäutig« – sagt er und wird immer sicherer im Reden, vom Brandy bis in die Fußzehen durchfeuert – »muß ich als Chef die Sache ins Lot bringen. Du bist ein tüchtiger Pfadfinder, Florymont, daran wird nicht gerüttelt, keinerseits, verstehst du. Aber was das Innenleben betrifft, alter Holzbock, darin bist du nicht zuständig. Schau dir doch unsere Kerle an! Sie liegen herum wie die nassen Sacktücher. Ich sage dir, ein Mann verschrumpft ohne das, man braucht es, jeder Hund hat sein Innenleben, und es gibt junge Weiber genug im Dorf. Jetzt weißt du Bescheid.«

»Bravo!« brüllt Sam. »Jetzt weiß er Bescheid!« – »Es ist überhaupt schon viel zu viel Wirtschaft um ihn«, ruft Rollins. »Mister Webbs hat ja gesagt, daß er nichts davon versteht.« – »Vom Innenleben, Kerl«, ruft Webbs dazwischen. »Mister Webbs ist unser Chef, und sonst haben wir keinen zu fragen.« – »Das ist ein ganz geriebener Grizzly, der Florymont«, gibt Smith dazwischen. »Der tut nur so. Das weiß jedes Kind am Red River, daß er bei den Pawnees ein Weib hat, ein ganz junges Ding, aber schon hat sie ihm einen Mischling geworfen.« – »Junge«, brüllt Bloody Sam und boxt den blassen Larry Jeats in die Seite. »Ich wette meine alten Filzstrümpfe gegen drei Faß Brandy, du hast es überhaupt noch nie mit einer Frau gemacht!« – »Laß mich in Ruh!« ruft Larry, will ihn wegstoßen. Bloody Sam schlingt ihm die Arme um den Hals, redet ihm fast in den Mund hinein: »Ich will dich in die Lehre nehmen, Freundschaft, du sollst was erleben! Auf die Technik kommts an, mein Sohn, darin kann dir ein alter Präriebüffel was vormachen, verlaß dich darauf!« – »Mach, vor wem du willst«, holpert Larry heraus, in schwerer Bedrängnis durch das fuseldünstende Maul des Tramps, der ihn zu küssen versucht. »Mir spuckst du zuviel durch die Zahnlücken!« Brüllendes Gelächter. Bloody Sam läßt ihn los, beleidigt. Stolpert, kracht zu Boden. Geschrei, Gewieher. Einer klopft seine Pfeifenasche auf ihm aus. Alles grölt durcheinander. Plötzlich das harte Aufstampfen von Florymonts Gewehrkolben: »Ruhe! Ihr sagt, ich verstehe nichts davon, die Sache geht mich nichts an. Gut! Aber ich sage euch, und das ist mein letztes Wort, Rothäute sind keine Nigger, mit Prügel oder einem Bissen Schokolade ist da nichts zu machen. Seht euch vor, daß keinem die Kopfhaut juckt, sie wächst nicht wieder nach, jetzt wißt ihrs.«

»Ein Schlappschwanz bist du«, schreit Bloody Sam, immer noch lang ausgestreckt am Boden. »Ein Kerl ohne Murks in den Knochen! Ich hab den Hungertyphus im Gedärm, und die Zähne, worüber ihr spottet, hat mir der Skorbut herausgefressen! Aber wenn ich mit einer Rothaut richtig rede, dann kniet sie nieder, dann kriecht sie auf dem Bauch, oder sie fällt auf den Rücken, wenns ein Weibstück ist! Laßt euch doch nichts vormachen von dem alten Filzraben! Der hat die Hosen voll, weil er selbst eine halbe Rothaut ist! Auf den Ton kommts an, zum Teufel, auf den Ton, verstanden?!« Er stützt sich halb hoch, fällt wieder um, schimpft weiter, wirr, unverständlich.

»Recht hat er«, brüllt Rollins dazwischen, »auf den Ton kommts an! Mister Webbs soll mit dem Häuptling reden, sonst machen wirs selbst! Parieren müssen die Hunde!« – »Bravo! Parieren! Strammstehen! Auf dem Bauch rutschen! Auf den Rükken fallen!« – »Jungens!« schreit Webbs – (seine Stimme kippt über, er lacht mit weibischen Kopftönen, er klettert aufs Brandyfaß, schwenkt die Arme, seine Augen sind naß, sein rasiertes Kinn trieft von Schnaps und Speichel) –: »Ich hab's, ihr Burschen – ich hab's!! Wir müssen ein Gesetz machen! Ein richtiges feines Gesetz! Wozu haben wir unseren Regierungspaß mit drei dicken roten Stempeln! Davor haben die Rotfratzen Respekt, das hat sie schon oft genug auf die Strümpfe gebracht, so ein

Regierungsstempel! Also: wir machen ein Gesetz, daß jedem Weißen ein rotes Weib zusteht! So wars in Mexiko bei den Pueblos, so wars im alten Texas, so ist es heute noch in den Südstaaten! Versteht Ihr? Ein Gesetz!!« Jetzt brüllen alle zugleich, johlen, toben, kreischen: »Ein Gesetz! Ein rotes Weib – zwei rote Weiber für jeden! Jungfrauen! Dick müssen sie sein! Ein Prachtgesetz! Ein Viechgesetz!« Larry Jeats hält sich die Seiten vor Lachen: »Ihr Narren! Ihr Spaßvögel! Ihr alten Kaffern!« stößt er wiehernd hervor. Webbs schwenkt den Stempelpaß überm Kopf, grölt das Yankeelied, einer fällt ein mit heiserem Baß, noch einer, dann alle. Rollins hat einen Brand aus dem Feuer gerissen, wirbelt ihn, daß die Funken spritzen, stampft einen wilden Tanz auf der Stelle, die braunen Haarzotteln fliegen um seinen eckigen Schädel, das Zelt bebt und zittert.

Plötzlich verstummen alle, nur Rollins, der mit dem Rücken zum Eingang steht, tanzt noch ein paar Stampfschritte, dann fährt er zusammen, schielt über die Schulter rückwärts, sein Mund bleibt offen stehen. Das junge Weib ist wieder da, lautlos. Keiner weiß genau, wann sie eingetreten ist, aber alle spüren plötzlich ihren Geruch, etwas von Tierschweiß, etwas von feuchtem, fauligem Waldboden. Keiner atmet. Sie hat einen Arm voll Kleinholz, geht zum Feuer, legt nach, nimmt den Kessel herab, kniet nieder.

Bloody Sam steht hinter ihr. Wie er vom Boden hochkam, hat niemand gesehen. Sein Gesicht ist schimmelfarbig, mit Asche und Stiefelfett verschmiert, seine Augen quellen glasig, eine alte Messernarbe auf seinem Kinn ist aufgescheuert, dünne Bluttropfen sickern heraus. »Jetzt! Jetzt!« brüllt er plötzlich. »Aufgepaßt!« – wirft sich von hinten über die Knieende, stürzt mit ihr mitten ins Feuer, das schwarz aufraucht, wälzt sich am Boden mit ihr, in die Stiefel, Beine, Schenkel der andren, die dazu springen, ihn anpacken, stolpern, treten, in die Luft greifen. »Loslassen! Loslassen! Einer nach dem andren!« brüllt Sam – dann schreit er auf, wirft sich gegen die Zeltwand, daß eine Stange aus dem Boden springt, taumelt hoch, seine Hand blutet wie von einem Hundebiß. Das Weib ist verschwunden. Der Zeltvorhang flattert in einem kurzen plötzlichen Windstoß. Totenstille.

Der Zeltvorhang hängt schlaff herab. Die Luft ist reglos, geronnen. Aber schrecklich erfüllt von einem unheilvollen heiseren Geheul. Florymont tritt hinaus, blickt zum Himmel: dort jagen gespenstisch graugelbe Wolken, jagen gehetzt, wirbelnd, kreisend, es ist der Sturm, den man heulen hört, aber wie durch eine Glaswand von den unteren Luftschichten getrennt, hoch oben, in eisiger, unheimlicher Ferne. Viel tiefer unten, hart über der Bergkuppe, lagert dick und gefährlich eine unbewegt schwarze Wolkenwand, dann und wann von zuckenden Lichtschimmern umspielt, auch in der fahlen Dämmerung über den breiten, dunkelschweren Bäumen flammen plötzlich kleine irrende Blitze auf, bläulich und schwefelgelb, lautlos, doch deutlich fühlbar in einem angstvollen Zittern und Schwirren der Atmosphäre, es riecht nach glimmendem Zunder, nach Schlamm, nach Moder, nach Schweiß. Ein Hund kriecht durch die Dorfgasse, zitternd an allen Gliedern, leise winselnd, die Augen verdreht, den Schwanz eingekniffen. Ein Rabenvogel streicht niedrig vorbei, taumelnd in der Luft, flieht heiser kreischend, in ziellosem Irrflug. Jetzt wird das Sturmheulen in der Ferne stärker, ein wilder, eisiger, schrill pfeifender Stoß fegt plötzlich vorbei, ein zweiter, Tauwasser und Schneeschlamm wirbelnd – dann bleierne Stille, auch das Jagen am Himmel hört auf, dumpf tückisches Schweigen, beklemmend. Florymonts Blick gleitet suchend, erregt, durch das dämmrige Siouxdorf: hinter den Hütten spürt er lauernde Gestalten, schattenhaft, überall auftauchend, verschwindend. Eine dunkle Masse drängt sich fern, hinter der letzten Hütte, um einen ragenden Holzpfahl zusammen. Der hohe Kahlschädel des alten Medizinmannes Rain-in-the-face ist deutlich zu erkennen. Seine mageren Arme sind steif in die Höhe gereckt, die Finger gespreizt, von den irrenden Funken der Elmsfeuer umsprüht. Plötzlich ein hohles Gerassel, dumpf wildes Gedröhn: Knochenwirbel, aneinander schlagend, stampfende Füße, Fäuste gegen

Holz und Stein, Eisen an Eisen, rauhe Schreie flackern, zerbrechen.

Florymont tritt ins Zelt zurück.

Es ist fast dunkel geworden, die Männer stehen schweigend, lauschen verstört.

Bloody Sam hockt am Boden, sein Atem geht laut. Florymont entzündet den Kienspan, hält ihn hoch, leuchtet umher, nimmt seine Waffen, lädt sein Gewehr, die Revolver. Alle reden plötzlich auf ihn ein. Er schüttelt den Kopf, hebt die Hand, es wird wieder still, der Kienspan erlischt plötzlich, ein neuer Windstoß schrillt. Gleich darauf ein greller flammender Schein – ein Aufschrei draußen wie von tausend Kehlen, dann ein harter, schmetternder Donnerschlag, ein langes rüttelndes Rollen, eisiger Sturm faucht los, peitscht über die Bäume, klatscht auf die Zeltwand.

Ein trockenes Märzgewitter entlädt sich überm Gebirg.

»Die fürchten sich!!« – kreischt Bloody Sam plötzlich auf. »Die Rothäute fürchten sich vorm Gewitter!!« Er schlägt sich auf beide Schenkel, lacht johlend, wiehernd. »Wahrhaftig, sie fürchten sich! Sie haben Angst vorm Donner! Und Florymont macht sein Gewehr fertig, weil sie vor Angst mit den Knochen klappern!«

Als sei ein Bann gebrochen, schreit, lacht, brüllt wieder alles durcheinander. Holz wird aufs Feuer geworfen, dürre Rindenstücke, es flackert hell auf, brennendes Harz knistert. Das Brandyfaß, schräg auf die Seite gelegt, gibt gurgelnd seine letzten Tropfen.

»Hol den Häuptling her, Bloody Sam! Wir müssen den Häuptling zum Schnaps einladen!« Bloody Sam, stier, krampfhaft steif die Beine, stampft hinaus.

Neuer Blitz, neuer Donner. Wütender Hagel knallt, prasselt, trommelt aufs Zelt, haut Baumäste und Hüttendächer in Fetzen.

Stockdunkel draußen.

Durch den Hochwald, der das Tal nach Osten abschließt, arbeitet sich mühsam Schritt vor Schritt der Trupp junger Rothäute, der in der Prärie auf wilde Pferde gejagt hat, Sitting Bull an der Spitze. In der einen Hand hält er das Ende des Lassos, den er um den Hals des Pferdes und um seine Schulter geschlungen hat – die andre tastet in der Dunkelheit von Baum zu Baum, Ast zu Ast, und legt sich beruhigend auf die Nüstern des Mustangs, wenn er, stolpernd über einen Stein, eine Wurzel, einen vermodernden Strunk, angstvoll schnaubt.

Stundenlang lagen sie vorm tobenden Wetter verkrochen im Unterholz, jetzt schweigt der Sturm, längst hat der letzte ferne Donner ausgebebt, es friert wieder, die Hagelkörner sind zu zackigen Eisbergen zusammengefegt, verwachsen hart mit Erde und Gestein, der Himmel ist klar, schwarzgrün, von Sternen ruhlos überblitzt. Orion, der große Jäger des nördlichen Winters, steht schräg mit gespreizten Beinen, beugt sich in der Hüfte. Scharfe, gereinigte Luft.

Jetzt der letzte Anstieg, die Lichtung, der schmale, vom Wildwasser durchbrauste Ausgang des Tales. Rötlicher Feuerschein zuckt, flattert hinter knochigem Weidengesträuch. Die Hütten des Dorfes hocken dunkel, vom Wetter zerfressen, zwischen frierendem Schneeschlamm und Eishaufen. Dumpfes Gebrodel im Lager. Die Männer des großen Rates stehen schweigend, mit geduckten Stirnen, ums Feuer. Abseits, am hölzernen Pfahl, unbeweglich Rain-in-the-face, erstarrt, mit nacktem Oberkörper – umringt von bewaffneten Kriegern. Einige wiegen die Leiber schnaufend, gefährlich, als wollten sie im nächsten Atemzug in den rasenden Kriegstanz ausbrechen, offene Messer blitzen in ihren Fäusten. Vom Ende des Lagers, wo das Zelt der weißen Jäger steht, wirres Grölen, dumpfes Gelächter, das monotone Quäken einer redenden Stimme, dann wildes Gejohl, Gestampf von Füßen, ein Pistolenschuß knallt dazwischen, ein Feuerbrand wirbelt, Kienspäne schwanken heran, Gestalten tauchen aus der Dunkelheit, nähern sich langsam dem Beratungsfeuer. Zuvorderst Bloody Sam, die rauchende Pistole in der Hand, dann, inmitten der Jäger, Standing Elk, der Häuptling, fast wie ein Gefangener umringt, unsicher, mit geblähten Nüstern. Als letzter Mann, auf den Schultern des Tragburschen Larry Jeats reitend, Mister Webbs – schwingt ein fahles Pergament in der Hand, schreit mit überkippenden Fisteltönen, die Augen überquellend von Angst, Fusel, Rauch, Kälte, Wahnsinn: »Ein Gesetz! Im Namen des Präsidenten! Ein Gesetz!!« Sitting Bull und seine jungen Männer, noch nicht bemerkt von den andren, starren aus dem Dunkel, erfassen alles im Blick, ohne zu begreifen. Den Häuptling sehen sie unter die Männer seines Rates treten, und plötzlich wanken, wie ihm der Feuerschein ins Gesicht schlägt, taumeln wie im Fieber, dann reden, reden mit schwerer torkliger Zunge. Dazwischen, im Rotwelsch der Grenzer, schreit Bloody Sam. Alle Worte sind fremd, unbegreiflich, aber sie bohren sich langsam ins Gehör und Hirn der jungen Rothäute im Dunkel, erfüllen sickernd ihr Bewußtsein mit wühlender Angst, Wut, Empörung – ihre magren, erschöpften Leiber werden hart und heiß, ihre Augen flackern, ihre Hände klammern sich am Beilgriff, Lassoriemen, ihr Atem schnaubt und faucht wie der ihrer Stammesbrüder, die sich immer dichter, drängender, beschwörender um Rain-in-the-face am Kriegspfahl scharen. Der durchbricht plötzlich die Massen, fast hüpfend setzt er durchs Dorf, rennt zum Beratungsfeuer, steht da groß aufgerichtet, dem Häuptling entgegen, mit einer Bewegung seines nackten Arms, an dem die Zauberknochen rasseln, scheucht er die Weißen zurück. Sein Schatten fällt scharf zwischen ihre Gruppe und die Rothäute am Feuer, wie eine unüberschreitbare Grenze. Gleichzeitig tritt von der andren Seite ein Mann aus dem Dunkel, den man bisher nicht sah, mitten unter die weißen Jäger, die er um Kopflänge überragt – je zwei von ihnen packt er rechts und links an den Schultern, stößt sie zusammen wie Reisigbündel – den fünften schleudert er mit dem Knie vor sich her, in Richtung aufs Zelt zurück, wortlos, mit zusammengepreßten Lippen und wütend gefurchter Stirn. Es ist, als ob die wüsten, betrunkenen Männer sich gern und willig, wie verlaufene Kinder, von ihm so gewaltsam zurückschleppen lassen – als spürten sie Hilfe und Rettung aus einer

Lage, in die sie ahnungslos, ohne Kenntnis der Gefahr, hineingetappt waren. Nur einer, Bloody Sam, reißt sich los, stolpert rückwärts, bleibt stehen, schimpft und faucht hinter ihnen her. Florymont beachtet ihn nicht, dreht sich nicht um, drängt fort, ins Zelt zurück. Bloody Sam verschwindet stolpernd zwischen Indianerhütten. Der Häuptling Standing Elk geht langsam rückwärts, gesenkten Hauptes, in den Schatten. Rain-in-the-face, der Alte, steht an seinem Platz. Die Männer um den Kriegspfahl beginnen mit kurzen, breitbeinigen Schritten im Kreis zu stampfen. Einer reißt plötzlich sein Beil hoch, haut es mit rauhem Kehlschrei ins Holz. Jäh fallen die andren ein, der Tanz wird wild, besessen. Plötzlich, ohne Kommando, vom gemeinsamen Drang wie mit elektrischen Schnüren verkettet, verstummen alle, wenden sich dem Feuer zu, schieben sich langsam, Körper an Körper, heran, ihre Gesichter sind schweißüberglänzt, ihre Augen trüb flackernd. Vom Zelt der Weißen kein Laut. Sitting Bull hat das Pferd mit dem Lasso an einen Weidenstrunk gebunden, er hockt mit gekreuzten Beinen am Boden, sein Gesicht ist starr, unbewegt, seine Arme hängen schlaff herab. Minuten dehnen sich bös, verzehrend.

Wie frisch kupierte Bulldoggen, ums Feuer gedrängt, hocken die Weißen zusammen, ihre Gesichter sind bleich und in plötzlicher Ernüchterung eingefallen, ihre Augen schweifend, angstverdreht. Florymont macht sich in der Ecke zu schaffen, plötzlich bemerken die andren, daß er Proviant in einen Sack steckt, Munition, ein paar herumliegende Decken.

»Was gibts, was treibst du?« fragt Webbs mit unsicherem Stimmklang. »Schwatzt nicht, nehmt euer Zeug, eure Waffen, in drei Minuten müssen wir den Hochwald haben«, faucht er leise – trennt mit einem riesigen Messerschnitt die rückwärtige Zeltwand auf und wirft sich platt auf den Bauch, um kriechend das Freie zu gewinnen. »Alle mir nach!« zischt er zwischen den Zähnen hervor. Die Jäger sind aufgesprungen, starren unschlüssig umher. Jetzt kommt Leben in Mister Webbs. Mit hastigem

Griff packt er Florymont, dessen Oberkörper schon außerhalb des Zeltes liegt, am Bein, versucht ihn zurückzuzerren: »Bist du übergeschnappt? Auskratzen, wo gar nichts passiert ist; unser Zelt, unsere Kisten im Stich lassen, unsre Falle, unsre Pelzladung? Zum Teufel, für dreitausend Dollars Pelze stecken im Lager! Für zehntausend sind noch zu holen! Hier geblieben wird! Geschäft ist Geschäft!«

Florymont schüttelt ihn mit dem Bein ab, daß er zu Boden fliegt. »Fort«, stößt er hervor, heiser vor Wut und Hast. »Hört ihr nicht, was hier vorgeht? Es riecht nach Blut, sag ich!« – »Er ist verrückt geworden«, plärrt Webbs, »wir haben Vertrag, der Häuptling ist auf unserer Seite! Er läßt uns kein Haar krümmen, hat er gesagt, für ein Faß Brandy hat er uns Weiber versprochen, zum Teufel, wir pfeifen auf die Weiber, aber wir können nicht ohne die Pelze zurückkommen, der Chef schmeißt uns hinaus, wir werden alle entlassen, ihr müßt ans Geschäft denken, Jungens!« – Florymont steht eine Sekunde wartend, dann spricht er mit einem ruhigen nüchternen Ton, der fast gleichgültig klingt und allen eisig ins Gebein fährt: »Tote Männer machen keine Pelzgeschäfte mehr.« Wendet sich ab, steckt witternd den Kopf ins Freie.

»Mister Webbs«, stottert der Jäger Laurent – tritt dicht zu ihm, flüstert ihm plötzlich scharf ins Ohr: »Der Alte hat recht! Fort!!« Rollins und Smith haben schon ihre Büchsen übergeworfen, die Mäntel umgeschnallt, Larry Jeats zerrt stöhnend an seinen eingeschnurrten Lederstiefeln, seine Finger versagen vor Angst und Erregung, seine Kehle schluckt, seine Augen sind naß, tödlich entsetzt, hilfeflehend.

Webbs kneift die Lippen zusammen, schlägt mit den Armen wütend wie ein Rabe mit magren, verschnittenen Flügelstümpfen. Da wird das Zeltleder von vorne zurückgeschlagen, Bloody Sam erscheint, grinsend, betrunken, vertiert. »Alles in Ordnung« – lallt er – »die Rotfratzen haben Krach untereinander. Sturen ums Feuer, alle Mann, die Weiber sind allein in den Hütten! Um die und uns schert sich kein Teufel! Drauf!!« Er macht kehrt, lacht glucksend, rennt ins Dunkel. »Jetzt ist's aus«, sagt

Florymont mit dem gleichen eisigen Stimmklang. »Der macht noch Dampf dahinter.«

Aber Webbs, mit dem Rücken zum Ausgang, keift wütend los: »Wollt ihr euch von dem besoffenen Tramp beschämen lassen? Der macht sich lustig über die Rothäute, und wir sollen ausreißen?« – »Mein letztes Wort«, sagt Florymont. »Mitkommen oder Verrecken!« – »Keinen Penny Gehalt, wer mich jetzt im Stich läßt!«, kreischt Webbs »Boykottiert von allen Händlern, wer jetzt das Geschäft verrät!« Larry Jeats, immer noch ohne Stiefel, heult plötzlich auf wie ein geschlagenes Kind. Verstummt schluckend, hustend. »Hiergeblieben!!« – schreit Webbs, packt Florymont wieder an. »Verfluchter Desertierer!« Mit einem Sprung ist der Jäger draußen. »Krepiert wie die Stinkwölfe!« faucht er zurück – verschwindet. Dunkelheit stürzt hinter ihm. Gleichzeitig im Dorf ein Schrei, schrill, trillernd, langgezogen – abbrechend – wieder aufflackernd in wilden, verzweifelten Stößen – der Schrei eines Weibes in letzter, furchtbarster Not – dann erstickend in grausigem Würglaut – und brüllend übertönt, begraben, verschüttet in einem Orkan tobender Stimmen, stampfender Füße, die näher kommen, heranbrausen, von allen Seiten rasend, schwellend – »Fort!! Hinaus! Licht!! Licht!!« Die Jäger stürzen in wahnsinnigem Schrekken durcheinander, einer hat den Kienspan heruntergerissen, der dampfende Wasserkessel schmettert vom Rost, verzischt im Feuer, Finsternis, schwarzer Rauch, alle rennen durcheinander, versperren sich gegenseitig den Ausgang, klammern sich an Arme, Schultern, Gewehre, schlagen, treten einander, fallen, brüllen, ein Revolver geht los. Mister Webbs liegt am Boden, ein Stiefel quetscht sein Gesicht, er schreit mit winselnd hysterischer Sopranstimme. Larry Jeats gewinnt den Ausgang, er reißt das Zeltleder hoch, springt ins fahle Licht, ruft hilflos, verzweifelt: »Florymont! Florymont!« Da trifft ihn ein fliegendes Messer quer durch die Kehle, Blut gurgelnd stürzt er aufs Gesicht. Nackte Indianergestalten, schwärzlich, erscheinen im Eingang, überstürzen sich, rasen wie eine Brandungswelle aufspritzend über die Jäger her. Ein Todesschrei krächzt, ein Schuß kracht, Rollins hat die Büchse hochgerissen, zu spät, eine Beilschneide fährt ihm in den Schädel.

Mitten in der Hütte steht Sitting Bull, die Beine gespreizt, die Augen halbgeschlossen, mit hängenden Armen, waffenlos. Seine Nüstern atmen bebend den Blutgeruch. Plötzlich fährt er herum: in einer Ecke hat sich Webbs verkrochen, mit einem Stich im Bauch, einem Hieb quer übers Gesicht, lebt noch, dreht sich wie eine vergiftete Ratte, wimmert, winselt, erbricht Blut, Galle, Brandy.

Mit einem Ausdruck ungeheuren Ekels tritt Sitting Bull hinaus. Hinter ihm schrillt das Siegesgeschrei seiner Brüder, die den Toten die Kopfhäute vom Schädel reißen.

Als das Weib schrie, war Sitting Bull wie ein Panther hochgesprungen, in mächtigen Sätzen jagte er durchs Dorf, der Stimme nach, das Messer zwischen den Zähnen, das Beil in der Faust, von der aufbrüllenden Meute junger Krieger gefolgt. Längst hatte er begriffen, was vorging im Lager, während er noch halberstarrt, benommen, vom Fieber der Entscheidung befallen, im Weidengestrüpp hockte: daß Standing Elk, der Häuptling, mit Schnaps, Geschenken und Versprechungen kirre gemacht, die Partei der Weißen hielt, sie in den Stamm aufnehmen wollte, um ihrem Verlangen nach Weibern stattzugeben, daß er die älteren Krieger von dem Vorteil dieser Verbrüderung zu überzeugen versuchte und von einem Beutezug gegen benachbarte Siouxstämme sprach, zu dem die Weißen ihm Gewehr und Munition liefern wollten. Daß Rain-in-the-face warnend seine Stimme hob, trennen wollte, niederhalten, beruhigen. Daß ein Teil der Männer, von einer dumpfen Empörung des Blutes besessen, zum Kampf rief, aber ohne Führer blieb. Jetzt stürmte er durch die Schatten der Hütten, sein Körper prallte im Ansprung auf den Rücken des Mannes, der das junge Weib an den Haaren hinter sich herzuschleifen versuchte – dann wälzten sich beide am Boden, das Messer entfiel ihm, Bloody Sam versuchte, seinen Revolver freizumachen, aber Sitting Bulls Beil war rascher, krachte ihm über die Stirn, daß er, die Finger spreizend, das Gesicht von einer Welle Blut verdunkelt, bewußtlos zurücksank. Mit einem halben Blick sah Sitting Bull das Weib, in der Nähe kniend, atemlos, die Hand an den Hals gepreßt, von den Augen ein Schimmer, dunkel, ein Mund, ein junges Gesicht: Tusaghe, die Tochter Standing Elks. Dann raste er weiter, sein gellender Kriegsschrei scharte die jungen Männer um ihn, seine Hand hieß Sturm, Empörung, Gewalt, Aufruhr, Bruch des Gehorsams, des Zauderns, der Häuptlingsmacht, Ausbruch der fessellosen Natur, der Kampfwut, des unterdrückten Blutes. Vielleicht wäre auch ohne seine Rückkehr in dieser Nacht die Rebellion ausgebrochen. Sicher hätte der wüste Überfall Bloody Sams, der Schrei des angepackten Weibes auch ohne ihn die Ermordung der weißen Jäger beschworen. Aber sein Ruf war es, sein Auge, seine Stirn, seine Hand, von der der Funke sprang, die Flamme überschlug, die Entscheidung lohte – und an ihm hingen alle Blicke, als gegen Morgen die Rebellen dem Häuptlingszelt nahten, wo sich ein Teil der stärkeren Krieger um Standing Elk und seine Unterführer scharte.

Rebellion bei den Indianern ist ein Ereignis wie Erdbeben oder Überschwemmung – eine Gewalt, die im Vorgang ihres Lebens nur Zerstörung wirkt – ein vulkanischer Ausbruch, so wesensfremd und wider die Natur, wie ein Verlieren der Richtung im Flug herbstlicher Zugvögel.

Bullen und Hirsche senken die Hörner gegeneinander, Hengste bekämpfen sich mit Hufschlag und Gebiß in den Zeiten der Paarung.

Der Führer eines Wolfsrudels fällt und wird zerrissen, wenn einer auftaucht, der stärker, klüger, gewaltiger ist im Kampf und gewitzter in der List als er.

Der Stärkere siegt, die Gemeinschaft der Herde, des Rudels, bleibt unberührt von diesem Wechsel der Kräfte.

Ein Volk, in dem der Jüngere zum Älteren »mein älterer Bruder« sagt –, aber der Ältere zum Jüngeren »mein gleichaltriger Gefährte«. Ein Volk, in dem der Mann in jedem betagteren Stammesgenossen den Vater ehrt, und die Väter den jungen, stärkeren oder klügeren Söhnen Befehlsmacht, ja die Macht über ihr eigenes Leben verleihen.

Ein Volk, in dem, wenn einer lügt, der Belogene wegschaut, um den Lügner nicht zu beschämen.

Ein Volk, dessen Männer und Frauen stark und brennend sind in der Liebe, das aber Zwietracht der Männer um eine Frau nicht kennt.

Ein solches Volk, ein männliches Volk, lebt und wächst, ohne zu altern, im Zeichen der Eintracht, der Herrschaft des wahrhaft Starken.

Als der Morgen dämmerte, hatte sich die Ratsversammlung des gesamten Stammes gegen Standing Elk entschieden, aber auch gegen Sitting Bull, der voll Trotz und Verachtung den Führern Gehorsam verweigerte. Red Snake, einer der erfahrensten Krieger, wurde zum Häuptling gewählt – er sprach, von Rain-in-the-face unterstützt, die Ausstoßung Sitting Bulls aus dem Stamme der Sioux-Ponkas aus. Noch in derselben Stunde verließ Sitting Bull, auf seinem wild gefangenen Gaul reitend, nur mit Lasso, Messer und Beil versehen, das Dorf. Einige Dutzend junger Männer folgten ihm, nannten ihn Häuptling, zeigten ihm Gehorsam. Die Zurückbleibenden, von Red Snake und Rain-in-the-face befehligt, verscharrten die Leichen der getöteten Jäger in einer nahen Schlucht. Als man zwischen den Hütten, wo Sitting Bull ihn niedergeschlagen hatte, nach dem Leichnam Bloody Sams suchte, fand man da die breite Spur eines Körpers, der sich am Boden hingeschleppt hatte, von Blutflecken gezeichnet, die sich im Hochwald verloren.

Wie ein Schwarm wilder Bienen, deren Baum vom Sturm gefällt wurde, umkreiste der Stamm der Ausgestoßenen die Stätten seiner Heimat, zornig, drohend, gefährlich für jeden, der ihren Weg kreuzte. Aller Hilfsmittel beraubt, von den verwandten und fremden Völkern gleichermaßen verfolgt und gemieden, nur auf die Kraft ihrer Arme und die Sicherheit ihrer Waffen gestellt, kämpften sie zäh und erbittert ums nackte Leben, jeder Mensch war ihr Feind, jedes Tier ihre Beute, jede Begegnung Todesgefahr, Bluthaß und Kampfwut stachelnd.

Florymont, auf der Flucht nach Osten, mußte sich tagelang in hohlen Bäumen, Erdhöhlen, Felsschluchten versteckt halten, um ihren Spähern zu entgehen.

Plötzlich, am vierten Tage nach der Mordnacht, vernahm er aus einem dornverwachsenen Gestrüpp seltsames Röcheln, Stöhnen, das er nicht bestimmen konnte: es hatte nichts Menschliches, aber es schien auch kein Tierlaut zu sein, es erfüllte ihn mit einem Schauer von Abscheu und Entsetzen; er zögerte lange Zeit, bevor er sich entschloß, das Dickicht Schritt für Schritt zu untersuchen.

Unter krummen Baumwurzeln verkrochen, im warmen Moder verwesender Pflanzenreste, lag Bloody Sam, die Stirn mit geronnenem Blut verklebt, das Wundfieber warf seine Glieder hin und her, mit dunkel verschwollener Zunge leckte er mühsam die Feuchtigkeit, die von den Wurzeln herabtroff.

Florymont beobachtete ihn eine Weile, ohne sich ihm zu zeigen, von Haß, Ekel, Verachtung ingrimmig geschüttelt. Dann machte er sich lautlos, rückwärts kriechend, davon.

Der Mann unter den Wurzeln wälzte und wand sich noch eine Zeitlang wie eine zertretene Schlange, dann wurde er stiller, sein Atem ging nur noch in schwachen, zuckenden Stößen, seine Arme erstarrten, seine Finger zogen sich krampfhaft zusammen, wurden steif wie die Krallen toter Vögel. Würmer und kleine Käfer krochen über sein kaltes Gesicht. Als es dämmerte, teilten sich die Wurzeln über seinem zerwühlten Lager.

Florymonts Kopf erschien, unbewegt, zerfurcht wie ein altes Rindenstück. Hastig, fast scheu, als tue er Verbotenes, breitete der alte Jäger eine Decke über den armseligen Leib, dessen Herzschlag schon hart vorm Erlöschen flackerte, quetschte den Saft einer Wurzel auf die eitrige Stirnwunde, band einen Fetzen Tuch um den verwüsteten Schädel, grub eine alte Konservenbüchse voll frischen Wassers in die Erde, legte ein paar Streifen Dörrfleisch daneben, verschwand lautlos.

Es war eine helle Nacht. Das Balzen der Birkhähne knurrte und trommelte von allen Seiten aus den Mooren.

Florymont stieg zu Tal. Fern ein verworrenes Rauschen, Brausen: der Strom, der aus dem Gebirg in die Ebene brach, von den Frühlingswässern mächtig geschwellt.

Der Strom, der nach Osten rollte.

Der Strom. Die Rettung.

Einmal blieb Florymont kurze Zeit stehen, es war, als wittre er rückwärts. Seine Kiefer bewegten sich grübelnd. »Leb oder krepier!« sagte er plötzlich laut. Dann schritt er kräftig aus.

In dieser Nacht schweifte der Stamm der Ausgestoßenen ziellos, von einer tiefen entnervenden Unrast hin- und hergetrieben, durch die lichteren Wälder der Südhänge. Auerhähne tanzten rüttelnd auf breiten Tannenzweigen, auf den Wiesen sprangen im ersten Frühlingsrausch achtlos und ohne Scheu die wilden Kaninchen, ein Rudel junger Rehe stand in der Lichtung vorm Wind.

Die Rothäute strichen vorüber, ohne die Beute anzunehmen, die ihre Nüstern riechen, ihre Hände fast greifen konnten.

Sie jagten nicht, spähten nicht.

Es trieb sie umher, ruhlos, mit betäubten Sinnen, schmerzender Haut. Lange hockten sie dann, dicht zusammengekauert, im triefenden Mondlicht unter gewaltigen Lebensbäumen, kaum ein Wort wurde gesprochen, aber als der Morgen fröstelte, war Großes beschlossen: ein Ort des Wiedertreffens, ein Tag, nach dem Sonnenstand. Dann löste sich die Horde in viele kleinere Trupps auf, schwärmte nach allen Seiten auseinander. Allein oder mit einzelnen Kameraden gemeinsam umkreisten sie jetzt die Lager der verschiedenen benachbarten Indianerstämme, einem Ziel nachjagend, zu dem sie die Not zwang: Frauenraub.

Sitting Bull ging allein. Die Nase tief auf einer unsichtbaren Fährte, steuerte er langsam und ohne anzuhalten dem Lager seines alten Stammes zu. Zwei Tage umschlich er die Hütten, zwischen denen ein lebhaftes Treiben herrschte: Vorbereitungen zur großen Wanderung in die Prärie. Unter den Weibern, die Zeltstangen zurechtschnitten, an Waffen herumbastelten, große Tierfelle mit Hirn und Asche gerbten, aus Wolfsrippen und Büffelhäuten leichte Indianersättel machten, sah er Tusaghe, die Tochter Standing Elks, die, jünger als er, im gleichen Herbst mannbar geworden war, aber noch in der Hütte ihres Vaters schlief. Sitting Bull hatte noch keine Frau berührt. Als er im Herbst aus den Wäldern kam, war Büffeljagd, Wanderung, dann kam der Winter mit seiner Not und seinen Kämpfen, die roten Männer hatten keine Zeit und keine Kraft übrig für die Weiber, und da sie gewohnt sind, auf nichts zu hören als auf die Stimme ihrer Natur, vergaßen sie in solchen Zeiten den Unterschied der Geschlechter.

Zwei Tage und eine Nacht lag er jetzt, ohne Essen oder Trinken, auf einem Felsblock lauernd – und verfolgte mit brennenden Augen jede ihrer Bewegungen, und stierte nachts auf die Rückwand ihrer Hütte, als sehe er sie atmend im leichten Schlaf durch Holz und Matten hindurch.

Am Abend des zweiten Tages kamen drei Weiber an dem Dikkicht von Buschbirken und Erlengestrüpp vorbei, aus dem der einzige klare Quellbach ins Tal floß. Sie schleppten große Steinkrüge, um frisches Wasser zu holen. Die beiden alten Weiber wateten im Bach voran, die Junge war etwas zurückgeblieben und hob ein faules Stück Holz auf, das gut zum Feuerreiben war. Da schnellte sich lautlos eine Gestalt aus den Büschen, eine Faust packte ihre Gurgel, ein sehniger Arm schloß sich um ihre Hüften und riß sie hoch. Eine der alten Weiber hatte das Niederfallen des Steinkrugs gehört, drehte sich um, stieß einen rauhen, eulenartigen Schrei aus. Die andre, Tusaghes Mutter, warf sofort die Arme hoch und rannte mit schrillem Gejohle ins Dorf zurück. Sitting Bull war mit seiner Beute, die reglos, mit erblaßten Lippen und kühler Haut, in seinen Armen lag, einige hundert Meter gerannt, dann legte er sie nieder, behielt die Hand in ihr Haar verstrickt, wandte den Kopf zurück, das Ohr fast am Boden, und lauschte. Schwache Rufe hallten vom Lager herauf, die sich rasch nach allen Seiten im Wald verloren. Er wurde verfolgt. Eine Sekunde sah er die Augen Tusaghes, die weniger angstvoll als benommen, trübe, fast schläfrig in seinen Blick tauchten. Dann wand er ihr sehr leicht einen Lederriemen um den Leib, warf sie über seine Schulter und schritt voran, alle Sinne gespannt auf die Geräusche der Verfolger. Der Gedanke, Tusaghe könnte ihn durch Rufe verraten, kam ihm nicht. Einmal duckte er sich mit einer wilden Bewegung ganz zu Boden, gleich darauf glitt der Schatten eines Indianers über die Lichtung, die vor ihnen lag. Sitting Bull blieb minutenlang unbeweglich und fühlte, wie das Weib mit ihm den Atem anhielt.

Obgleich er die Jagdgrenze der Ponkas längst hinter sich hatte, trieb es ihn immer tiefer in die Wälder. Das Weib auf seinem Rücken rührte sich kaum, hing wie ein erlegtes Reh in der starken Tragschlinge, beide Hände in Sitting Bulls blauschwarze Haarsträhne vergraben. Zwischen den Stämmen war dicke Finsternis. Faule Baumstrünke glommen verwirrend. Die Moose waren wie Schwämme voll Tauwasser gesogen, gierig und aufgequollen. Die Erde, erst halb getaut, ein zäher klebriger Schlamm. Sitting Bull stand, witterte in die Richtung des lau verebbenden Windes. Langsam ließ er die Last von seinen Schultern gleiten. Ihr leichtes Gewand war auf der Flucht vielfach zerrissen, sie stand in der Finsternis von ihm abgewendet, mit dem Gesicht an einen Baum gepreßt, Sitting Bull sah nichts von ihr als ein mattes Schimmern ihrer Haut über den Hüften. Es war in den Wäldern ungeheuer still, doch die Luft war erfüllt von einer flirrenden Unrast, die wie Mückenschwärme in seinen Ohren sang. Er lauschte mühsam, aber es gelang ihm nicht, ihren Atem oder ihr Herz zu hören. Er hockte sich nieder. Die Erde war trocken und warm an dieser Stelle, vielleicht hatte ein Tier da gelegen. Seine Augen waren starr auf die matte Ahnung eines bronzenen Glanzes gebannt, der aus der Senkung ihres Rückens kam. Seine Hände waren ins Moos vergraben. Sein Atem ging schwer, aber leise. So saß er lange, es durchflutete ihn, wie beim Erwachen die Erinnerung eines Traumes unklar durch unsre

Stirn flutet, er sah goldbraune Leiber jagend und schnellend im See, er hörte ein dumpfes Läuten und Glucksen tief aus der Erde, er spürte den Wirbel unzähliger Wildvogelschwärme über seinem Haupt. Der flimmernde Glanz vor seinen Augen erlosch. Es war nicht anders, wie wenn ein Stück Rinde, ausgemorscht, aus dem zerfurchten Körper eines alten Baumes glimmt. Er löste die Hände, seine Nägel hingen voll Moosblüten und Erde, er fühlte sich an, stand auf, machte zwei Schritte voran, da drang der Duft und die Körpernähe des Weibes in alle Poren seiner Haut und erfüllte ihn mit einem großen, schwellenden Kraftgefühl. Und doch wußte er nicht, wenn er die Hand ausstreckte, ob er ein Weib anfassen werde oder die Rinde eines Baumes. –

Dann begann ein ungeheures, tiefgelbes Licht mit dem warmen, tastenden Wind, der die klebrige Feuchte junger Baumknospen hatte, tief unten am Himmel aufzugehen. Es sah aus, als werde der Mond aus den erstarrten Umarmungen der Wurzeln geboren. Langsam glomm er an den verschlungenen Ästen hoch, hing eine Weile lautlos im Gewirre der Wipfel, und schwamm dann ruhig und riesenhaft in die meerblaue Nacht. Die schmale, bronzene Gestalt löste sich von der Hülle des dunklen Baums, wie sich ein Falter aus der Puppe zwingt, schmerzhaft, aber in mächtigem Drang. Stand übergossen vom gelben Mond ganz frei, die Hände am Leib, den Blick still und klar im Gesicht des Mannes. Der blieb noch unbewegt, dann ging ein Ruck durch seine Gelenke, sein Körper spannte sich, das Weib schrak auf, bog sich zurück, sah den Mond über den Himmel rollen, wie eine Frucht über bewegte See, fühlte einen Stoß, ein rasendes Strömen, das sie mitriß, wie ein Rindenboot über die ungeheuren Strudel der Wasserfälle.

Dies war an jenem kleinen See, der von Schilf und Röhricht umstanden war, von den Wänden uralter Bäume gesäumt. Sitting Bull hatte das Weib tief in den Schatten des Waldes getragen. Der Mond war langsam blaß, eine grüne Welle Wind strich übers Wasser. Da raschelte es scharf im Schilf. Zwei kleine starkpelzige Tiere jagten an Land, die breiten Schwänze hinter sich herschleppend, die Nackenhaare gesträubt, die Köpfe in blinder Verwirrung geduckt. Bisamratten. Das Weibchen hockte plötzlich ganz stark, ein Zittern ging durch ihren Leib, der Kopf war tief eingesunken, die Krallen der Schwimmfüße gruben sich in den Schlamm. Das Männchen richtete sich fast senkrecht auf, fauchte wild, fiel wieder zusammen, hatte die starken gelben Zähne bloß, schlug mit den Vorderfüßen die Erde, starrte vor sich hin. Ward still. So saßen sie lange. Die lautlose Unrast dieser Nacht fieberte über dem See. Plötzlich machte das Weibchen eine wilde Bewegung zur Flucht. In diesem Augenblick spürte es die scharfen Zähne im Genick, den harten, gespannten Bauch auf seinem Rücken, die stählernen Krallen der Hinterfüße auf seinen Beinen, und das ersehnte, wilde, reißende Durchbohrtsein.

Bruchstück aus dem zweiten Teil: ›Ermordung einer Farmerfamilie durch Tramps‹

Dieser Bund wurde geschlossen, zwei Tage vor Nelsons Rückkehr. Am Morgen nach dieser Nacht lag seine Farm noch unversehrt und friedlich im ersten Tageslicht. Die junge Frau, in deren Adern weißes und indianisches Blut floß, war gerade dabei, hinter der Fenz die Pferde zu tränken, als sie vom Fluß her zwei verwilderte Gestalten zum Blockhaus heraufschreiten sah. Sie rief ihnen ein kräftiges Halloh entgegen, das mit schwachen, zittrigen Stimmen beantwortet wurde. Zwei Fallensteller, von Indianern überfallen, beraubt, mit Mühe entkommen und halb verhungert, so stellten sich die Ankömmlinge vor, und wurden von Nelsons Weib bereitwillig mit Milch, Fleisch und Maiskuchen bewirtet. Nach dem Essen äußerte Lennox den Wunsch, sich die Farm anzusehen. Obwohl die Banditen bereits in der Frühe das Blockhaus umspürt hatten, wollten sie sich doch genau überzeugen, ob ihnen keinerlei Gefahr drohe. Die junge Frau führte sie in den grobgebauten Kuhstall, zu den Gäulen in die Fenz, auf die Lichtung, die Nelson in den Wald gerodet und wo er Maisfelder angelegt hatte, sie zeigte ihnen stolz ihres Mannes Vorarbeiten zu einem Sägewerk, seinen selbstgebauten Pflug, seine Waffen. Durch die seltene Gelegenheit, mit anderen Menschen sprechen zu können, hatte sie sich so in die Hitze geredet, daß sie fast ihre Sorge um ihn, der jetzt schon einige Tage länger als vereinbart ausgeblieben war, vergaß. Das sonderbare Heulen ihres Hundes, der in den letzten Tagen unruhig war und nicht fressen wollte, erinnerte sie plötzlich wieder daran. Das Geheul hatte sie, seit ihr Mann fortgeritten war, bis in den Schlaf hinein verfolgt und gepeinigt. Als sie jetzt mit den beiden Männern am Hundestall vorbeischritt, kroch der große Köter mit gesträubten Haaren in die Hütte und ließ ein langgezogenes, stöhnendes Winseln hören, vor dem sie sich so entsetzte, daß sie aufhörte zu reden und in trübe Gedanken verfiel. Sie merkte nicht, wie die beiden Kerle sich verstohlene Zeichen machten, offenbar einander zur Eile mahnend, und trat vor ihnen in die Tür des Blockhauses. Ihr kleines Kind, das mit einem von Nelson geschnitzten Holzgaul und einem alten verrosteten Zaumzeug gespielt hatte, lief ihr lachend entgegen – blieb plötzlich einige Schritte vor ihr wie angewurzelt stehen, riß die Augen auf, als erblicke es etwas Grausiges, öffnete den Mund zum Schreien, ohne einen Ton hervorzubringen und ward totenbleich. Die Mutter, von der plötzlichen Veränderung des Kindes erschreckt, machte einen hastigen Schritt auf es zu, da fuhr ihr von hinten die Schneide des Hackbeils, das neben der Tür gelehnt hatte, mit solcher Wucht in den Schädel, daß sie lautlos, wie vom Blitz gefällt, aufs Gesicht stürzte. Bloody Sam, der den Schlag geführt hatte, war mit einem Sprung über die Leiche weg und stand bei dem Kind, dessen Entsetzen sich jetzt in wildes Geschrei löste. Eine Sekunde zögerte er, dann stieß er einen Fluch aus und ließ das Beil zum zweiten Mal niedersausen. »Was Teufel, ob heute oder in siebzig Jahren«, schrie er, als das Kind mit zuckenden Ärmchen zusammensank. »Das Leben ist weniger wert als eine alte Hure«, sagte er, plötzlich gebeugt, leise nach unten, als wolle er sich bei dem toten Kinde entschuldigen. Lennox, der sich während des Mordes draußen gehalten hatte, begann jetzt hastig wie eine Ratte in die Vorräte zu fallen. Er sattelte die Pferde, stopfte die Taschen voll Lebensmittel, suchte die besten Waffen heraus, all das ruhlos drängend, voll Angst, während Bloody Sam auf der Bank vor dem Haus saß und einer Whiskyflasche den Hals brach. »Schad um das junge Weib«, sagte er, »man hätte vorher allerhand Spaß mit ihr haben können, aber du hattest es ja so eilig, wie ein Coyote beim Aasfressen.« Lennox, aufgeregt bis zur Hysterie, zerrte ihn von der Bank auf. »Du willst wohl warten, bis uns die Ansiedler auf den Fersen sind!« schrie er. Plötzlich legte sich sein Gesicht in verschlagene Falten, er hatte einen Plan: »Wie wärs, wenn wir die Leichen skalpierten, um den Verdacht auf die Rothäute zu lenken?« Aber in diesem Punkt stieß er auf energischen Widerstand bei Bloody Sam. »Skalpieren«, meinte der, »ist eine ernste Sache. Aus Ulk mache ich das nicht. Aber wenn du meinst, es müßte sein, dann zieh ihnen die Kopfhäute runter, ich will meine Finger sauber halten.« Lennox wandte sich ab, als hätte ihn einer vor den Magen getreten. Der Gedanke, es selbst zu tun, machte ihn fast krank. So blieb der Vorschlag unausgeführt. Statt dessen schichteten die Mörder alles Holz, das sie fanden, um das Wohnhaus, gossen einige Kannen Petroleum darüber aus, zündeten es an, überzeugten sich, daß der Wind gut in die Flamme blies, löschten ihre Spur sorgfältig aus und verschwanden auf der anderen Seite des Flusses. Der Hund, den sie ganz vergessen hatten, heulte noch eine Zeitlang machtlos aus den Rauchwolken, plötzlich bellte er laut auf, es war ihm gelungen, seinen Strick zu durchbeißen, er kam wie ein Pfeil durch die ringsum aufleckenden Flammen mit versengtem Pelz und rannte laut jaulend in den Wald. Als am übernächsten Tag Shop Nelson in den Trümmern seines Hauses wühlte, wie ein Wahnsinniger, und über einigen verkohlten Menschenknochen zusammenbrach, kroch das Tier plötzlich abgemagert und halb verhungert aus dem Schatten und leckte dem starr am Boden liegenden Mann Hände und Gesicht. So fand ihn der Scout Harry Corner, der mit einer Patrouille der Gibsontruppen unterwegs war. Bald kamen Soldaten nach, die die Gegend absuchten. Nicht weit von der Farm fand man die Spuren eines Indianertrupps, der zufällig einige Tage vorher in den Wäldern gejagt hatte. So war die Absicht des Mister Lennox erreicht, obwohl Bloody Sam sich geweigert hatte, aus Ulk zu skalpieren.

Bruchstücke aus dem dritten Teil: ›Der Büffelmord‹

Über die Engpässe des Nordfast- und Buffalocreek kamen die ersten Vortrupps der Büffelherden: lang schon wehte jener seltsame, säuerliche Geruch über die Steppen, der den Indianern das Herannahen der Herden anzeigt. Ein Gemisch von Rindermist, Salbei, saurer Milch, Tierschweiß. Zuerst erschien ein einzelner, riesiger Leitbulle auf dem gelblichen Höhenkamm, stand wie ein schwarz bewachsener Berg, äugte mit tiefem Kopf und gesenkten Hörnern südwärts, schnob lange prüfend die Luft ein, dann hob er das Haupt mit der breiten Stirn und den klaren topasbraunen Augen, preßte den Schädel rückwärts gegen den Ansatz des mächtigen Höckers, schlug den kurzen, gedrungenen Hinterleib mit dem breiten Schweif und stieß ein starkes, dröhnendes Brüllen aus, während ein leichter Hauch in der schon kühleren Frühluft vor seinem Maule stand. Dann machte er kehrt und stampfte langsam in die Prärie zurück, hinter deren Buschinseln er verschwand. Dann kam ein Trupp von etwa zehn alten Tieren, die nochmals prüfend und mißtrauisch die Steppe durchspähten. Langsam schritten sie vorwärts, dann und wann senkten sie die Häupter und rupften wie kostend einige Büschel Gras. Bald hinter ihnen kamen größere Trupps, bei denen schon Kühe mit jungen Tieren waren, und endlich die Herde: wie sie in endloser Kette, Kopf hinter Kruppe, über die Engpässe schritten, so bildeten sie jetzt in der freien Prärie eine regellose, bewegte Masse von berghaften, schwankenden Körpern, schwärzlichen Hügeln, tief dunkelbraun wolligen Leibern, felsspitzenhaftem Gehörn. Schnaubende Bullen, Kühe, deren ruhig mahlende Mäuler käuten, halbjährige Kälber, die noch spielten, sprangen, stolperten, uralte Tiere, die schon abseits gingen, um bald ihre Wege vom großen Herdenweg zu trennen. Plötzlich setzte sich die ganze Herde, von irgendeiner geheimen Aufregung ergriffen, in kurzen, schaukelnden Trapp, Erdwolken und Landfetzen hinter sich hochschleudernd. Dann blieben die Vordersten stehen, und bald stand die riesige Masse mit vorgestemmten Beinen, bereit, in wildem Kehrt die Leiber herumzuschleudern und in donnerndem Galopp auf der Fährte zurückzubrausen. Aber der Alarm schien blind, die Erregung legte sich, und bald verteilte sich wieder die Herde harmlos grasend und langsam wandernd über die weite Prärie, eine heilige Schar ruhig schreitenden wachsamen Lebens. Als die ersten Vorläufer den Nord fast erreicht und die letzten den Buffalopaß überschritten hatten, begannen aus den Buschniederungen am Fluß, aus den Steilhängen oberhalb des Passes, hinter den östlichen Wellentälern hervor kleine scharfe Blitze aufzuzucken und Rauchwölkchen zu flattern. Die ersten Knalle gingen fast unter in dem Geräusch der Hufe und Mäuler. Dann griff eine wilde Verwirrung um sich: die Leitstiere machten kehrt, wurden von Schüssen verfolgt, aber die rückwärtigen Teile der Herde drängten nach vorne, weil hinter ihnen und an ihren Seiten Massen berittener Männer auftauchten, die mit wüstem Gejohl ihre Karabiner abschossen. Nach verschiedenen Richtungen brachen die massigen Tiere aus, drängten durcheinander, überstürzten sich, verlegten sich selbst die Wege, gerieten in sinnlose Kreisflucht, überrannten schwächere Tiere, trampelten sie nieder. Wildes verängstigtes Gebrüll, stiere rollende Augen, hilfloses Entsetzen, vom Rand des Horse-cannon herab ratterte ein Maschinengewehr. Reihen anstürmender Büffel brachen in die Knie, gemäht wie Soldaten beim Sturm. Andere tosten über die Leichen, bäumten sich auf, überschlugen sich, wälzten sich, sprudelten dunkles Blut, brüllten, stöhnten, verreckten. Verzweifelte Ausbrüche trieben kleinere Trupps bis in die Stellung des tückischen Feindes. Ein Unteroffizier der rückwärtig treibenden Schwadron wurde plötzlich von einem Bullen verfolgt, trotz rasenden Galopps erreicht, vom Pferd geschleudert, das mit zerrissenen Flanken lag, in die Luft gewirbelt, mit Hörnern gepflügt, zu Brei zertrampelt. Sechs Kavalleristen, die abgesessen waren und unter Gebüsch und niederen Bäumen einen Anstand bezogen hatten, den sie für sicher hielten, wurden samt Bäumen und Buschwerk von einem seitlich ausbrechenden, vor Angst und Verzweiflung halb wahnsinnigen Trupp zusammengestampft, in eine unbestimmbare Masse von Blut, Lehm, Holz, Pflanzen und Leiberresten verwandelt. Aber die große Masse der Büffel erlag dem mörderischen Feuer, ehe sie imstande war, aus der Arena ihres Todeskampfes zu entfliehen. Bis zum Abend war der bedeutendste Teil dieser Herde vernichtet, dasselbe geschah fast gleichzeitig zwischen Horse-creek und Windriver, zwischen dem Schlangenfluß und den Gebirgsausläufern. Dort zündeten die Soldaten, um den Herden die Rückzugsmöglichkeit zu nehmen, die Prärie an und entfachten einen Sturmbrand, der viele Tage lang wütete und unendliche Grasstrecken mit all ihrem Leben verkohlte. Die Leichenfelder boten ein grausiges Bild. Steif in den Himmel gereckte Beine, im Tod gequollene Bäuche, übereinander getürmte berghafte Höcker, in den Staub verwühlte Häupter mit blutigem Schaum vorm Maul, überall Blut, schwarzes, geronnenes Blut, schwarzrote Pfützen, rieselnde Blutbäche, Sümpfe von Blut, Geifer und Urin. Der Abend rauchte schweflig über der Schädelstätte. Unzählige Geiermassen kreisten in kreischenden oder lautlos lauernden Paaren im Himmel, ringsumher klang mit einbrechender Dämmerung das gierige Belfern und Knurren der Wolfsrudel. Dazwischen tönte noch das Brüllen und Stöhnen vereinzelter, sterbender Tiere. Ein schwärzlicher Mond stand in diesen Nächten zwischen starrem Gewölk. Der Verwesungshauch war viele Meilen weit zu spüren.

Florymont hatte nicht die Absicht, sich in den Regionen des Büffelmordes sehen zu lassen. Er wandte sich vom Fort aus westwärts, versuchte, in direkter Linie seine Jagdgründe im Gebirg zu erreichen, aber ein Zusammentreffen mit den Assiniboins, die seit Custers Überfall für Weiße gefährlich waren, und mit Streifpatrouillen der Besatzung, denen er gleichfalls aus dem Wege gehen wollte, zwang ihn nach Norden auszubiegen. Die Assiniboins fanden seine Spur und jagten ihn zwei Tage. Er mußte den Windriver überschreiten, um ihnen zu entgehen, und geriet auf eine ungeheure, dürrgrasige Prärie, die er im Bogen durchreiten wollte, um wieder in seine alte Richtung zu kommen. Gegen Abend, es war ein schwüler, windstiller Herbsttag gewesen, machte sich eine leichte Brise auf, und gleichzeitig begann sein Pferd unruhig zu werden. Florymont selbst wurde von jenem enervierenden Gefühl einer unbestimmt drohenden Gefahr ergriffen, das den Menschen, die lange in der Wildnis leben, so stark wie den Tieren eigen ist. Prüfend zog er die Luft durch die Nüstern, und plötzlich stieß er einen wilden Fluch aus, bohrte dem Gaul die Eisen in die Flanken, warf sich mit dem Gewicht nach vorne, daß der Mustang in tollste Karriere ausbrach und schnallte seinen Lasso ab, um ihn als Peitsche zu benutzen. Im Nordwesten war auf dem Saume der Prärie ein ganz kleines verspieltes Rauchwölkchen zu sehen, ein zweites, ein drittes, da und dort neue, als zündeten viel vereinzelte Trupps in der Ferne ihre Lagerfeuer an. Gleichzeitig aber hatte sich überm Horizont ein unbeweglicher brandroter Streifen gebildet, über dem die Luft in großer Höhe zitterte und flirrte. Florymont jagte dahin, ohne sich umzusehen, sein Ziel war ein kleiner Bach, dessen Richtung er ungefähr wußte, er raste auf keuchendem Pferd über die ruhige schweigende Prärie, obwohl der Brand in gefahrloser Ferne zu sein schien, als sitze ihm der Tod unmittelbar im Nacken. Langsam breitete sich der blutrote Streifen am Himmel aus, gelbliche und violette Blitze umspielten ihn, die weiße, frierende Luft darüber wurde vom schwarzen Rauch zerfetzt, die Wölkchen am Horizont hatten sich zu einer dünnen Brandung vereint, der Wind wurde stärker, schleppte Wellen brenzligen Duftes mit, heulte plötzlich heran in einzelnen Stößen, die feine Sprühregen schwärzlicher Asche über die Steppe schleuderten, pflückte die gelben Gräser in stetig wachsendem Orkan, dessen eisige Kälte jäh vom Gluthauch und dunklem Dampf abgelöst wurde, während der Himmel jetzt von schwarzen jagenden Wolken wogte, und ein Knattern, Prasseln, Brodeln, wie Gewehrfeuer einer großen Schlacht, das Johlen des Sturms übertönte. Langsam hatte sich die einsame Steppe mit atemlos fliehenden, stolpernden, jagenden, japsenden, keuchenden, schreienden Wesen bedeckt. Antilopen, deren dünne, zitternde Beine kaum mehr den Boden berührten, Wölfe, deren Zunge heiß und trocken aus dem Schlund hing, vereinzelte Büffel, von Schaumfetzen bedeckt, kleine Mustangs mit vorquellenden blutunterlaufenen Augen, versprengtes Rotwild, jammernde Kleintiere überholten den Jäger oder blieben hinter ihm zurück. Er selbst hing mit hochgezogenen Knien vornüber auf dem Gaul, sein hagerer Leib schien mit den Sehnen des Tieres verwachsen, nur noch Gewalt nach vorne, Schnellkraft, Zerschneiden der Luft. Die Lippen fest aufeinandergepreßt atmete er selten in kurzen, heftigen Zügen, um seine Lunge nicht vorzeitig mit dem fliegenden Ruß zu verstopfen und widerstandslos zu machen. Der Gluthauch des Brandes, der zuerst Ströme von Schweiß aus seiner Haut getrieben hatte, begann bereits, seine Poren zu dörren, sein Gesicht und seine Hände blasig aufzutreiben, sein Haar und seine Kleidung zu versengen, seinen Rücken zu rösten. Der Gaul stöhnte und keuchte unter ihm. Jeden Moment erwartete Florymont, daß er zusammenbrechen und ihn den rasenden Flammen preisgeben werde. Da sah er, durch einen roten, quirlenden, flatternden Nebel vor seinen Augen, die schmale Linie eines dürren Streifs von Gebüsch, und dieser Anblick, der ihm ein Anzeichen des ersehnten Baches zu sein schien, zündete neue Hoffnung und Lebenskraft in seinem Gebein. Aber der Gaul, dessen Witterung besser war als die des Menschen, zeigte keine Spur von Belebung. Florymont beobachtete voll Entsetzen, daß kein Schnauben oder Aufwiehern die Nähe des Wassers bestätigte. Die Büsche schwankten heran, dahinter das Bachbett, kahl, trockener Lehm, zerklüftet. Mit einem irrsinnigen Fluch trieb Florymont das Tier zum Sprung, im nächsten Moment sauste er kopfüber in großem Bogen zur Erde. Der Gaul hatte zu kurz abgesetzt, sich überschlagen, Reiter und Pferd lagen eine Sekunde halb betäubt. Während sich Florymont mühsam aufrichtete, sprang der Gaul von einem tollen schmerzhaften Hitzestrahl getroffen, aufschreiend hoch und stürzte blindlings davon. Florymont sah ihm aus trüben brennenden Augen nach. Dann setzte er sich still und gefaßt auf einen Lehmbrocken im Bachbett, stützte den Kopf in die Hände. Der Kampf war vorüber. Jetzt kam das Kampflose. Die Vernichtung. Das Feurige. Der zerschmetternde Schmerz. Das Stärkere. Das Fremde. Das Unwiderstehliche. Das Element. Das Ende. Er schloß kurz die Augen, aber das furchtbare Brennen der Lider trieb sie ihm wieder auf. Er legte sich platt auf den Bauch, preßte das Gesicht in die Erde. So war es besser. Die Atmosphäre donnerte, prasselte, johlte, jaunerte, schrie um seinen Schädel. Es schrie, dröhnte, ächzte, wimmerte, knirschte aus der platzenden Erde. Rauchwolken rollten wie Sturmflut heran, wirbelten über ihn weg. Minutenlang war die Luft so klar, und so ungeheure Stille brach aus, daß er sich jäh aufrichtete. Er sah eine blendende übersinnliche Helle um sich her, doch brauchte er die Augen nicht davor zu schließen, das Schmerzen der Haut, das furchtbare Reißen und Zucken der Nerven war wie ausgelöscht. Ein unbegreifliches, unbeschreibliches Gefühl von Schweben, Fliegen, Emporwirbeln, Hinsinken, Sich-Treibenlassen, Sich-Verlieren, rieselte, flutete, wehte durch seinen verdorrten Leib. Der Flug leichter Asche, weißen schaumigen Staubes im Wind, in den Lüften, im Äther. Wie durch die schärfste Lupe sah er riesengroß und mit glasklaren Konturen die Äste des Buschwerks, die umwehenden, zitternden Gräser, die kleinen Erdbrocken in der Luft, die schwirrenden Myriaden der Staub- und Rußkörner, dahinter eine Wand von brausendem Licht, die nach oben immer heller, immer demantener, immer leuchtender, immer himmlischer wurde, als wäre sie nicht die Strahlen verbrennender Erdkörper, sondern ein Sturzbach kosmischen Feuers, herab in die schwere, irdische Finsternis. Der Jäger stand mit hocherhobenen Händen, die dürren Finger gespreizt, wie einer der alten Inkas beim Anbeten der Sonne. Die Minute oder Sekunde, in der ihn die klare Luftwelle unmittelbar vor der Brandung des Flammenmeeres zu verklären schien, war ihm später wie eine Ewigkeit im Gedächtnis. Wie ein Sturz durch die ewigen Räume aber, Absturz vom Himmel zur Hölle, gräßlichste Zerfetzung und Verzweiflung, was dann kam: Tausend glühende Messer ins Gedärm, abertausend glühende Nadeln in die Haut, glühendes Eisen in die Lunge, glühende Lava, Pech und Schwefel übers Haupt. Er mag sich zur Erde geworfen haben, wieder empor gesprungen sein, seine zuckenden, willenlosen Glieder mögen sich in einem irrsinnigen Todestanz verrenkt, verdreht, ihn um seine eigene Achse gewirbelt haben, wie die Trance zu Gott den Leib des tanzenden Derwischs dreht. Vielleicht fand seine Lunge im Übermaß des gepreßten Schmerzes noch einmal Kraft zu einem wilden Verzweiflungsschrei, der sich wie ein trillernder Siegesgesang in die Höhe schraubte. So deutete Black Horse, der junge Sioux, der sich vor dem Brand in die Erde gegraben und die dampfende Haut seines erstochenen Pferdes über sich gebreitet hatte, den Ton, der ihn im letzten Moment heraustrieb, den taumelnden Körper packen, an sich reißen, mit sich in die Erde wühlen und mit dem Gesicht nach unten in den Schutz der blutigen Tierhaut retten ließ. Im Getöse des Feuers war ihm nicht bewußt, von welcher Hautfarbe der Mann sei, dessen Sterbegesang er gehört, den er gerettet hatte. Als sich nach einer Viertelstunde unmenschlicher Spannung das Donnern des Präriebrandes verzogen hatte und einer unheimlichen luftlosen Stille wich, hob er den starren, verkrampften Körper des bewußtlosen Jägers heraus und erkannte den alten Florymont, den er als Knabe bei seinem Stamm gesehen hatte. Als der Jäger die verschwollenen, blutunterlaufenen Augen aufschlug, hatten sie einen seltsamen Ausdruck von Fremdheit und Nicht-mehr-Begreifen. Dann aber schweifte sein Blick ringsum über die verkohlte Prärie, über den Himmel, über den Horizont, an dem gelbliche Lichter spielten, er erhob sich langsam, blickte den jungen Indianer lange an und drückte ihm kurz die Hand. Nach wortloser Verständigung, denn ihre Stimmbänder waren wie von Messern zerfetzt, schlugen sie die Richtung nach dem Ausgangspunkt des Brandes ein.

Der Abschied

Über die ausgebrannte verkohlte Steppe ritt ein Mann allein.

Schwärzliche Asche wehte wie Trauerflor um seine Hufspur.

Sein rotbraunes, breites Gesicht war unbewegt, versteint, die Augen hohl, versunken. Sein Körper wuchs hart und aufrecht aus dem Rücken des Pferdes.

Als es dämmerte, sah er vor sich zwei dunkle, schwankende Gestalten, stolpernd, die Füße schleifend, Schritt für Schritt mühsam, erschöpft, durch den knöcheltiefen Aschenstaub waten. Er setzte sein Pferd in Trab, holte sie bald ein. Einer der beiden Männer, ein junger Indianer, war grade vor Durst und Entkräftung bewußtlos zu Boden gesunken. Der andere, dessen Haar und Bart vom Feuer abgesengt, dessen Haut so braungebeizt war wie die eines Indianers, kniete über dem Gestürzten, rieb seine Schläfen und Handgelenke, bemüht, seinen schwach flackernden Puls nicht erlöschen zu lassen.

Der Reiter stieg ab, schnallte einen Wasserbehälter von seinem Sattel, trat zu den Männern am Boden. Auch der Kräftigere der beiden war jetzt, im Gefühl der nahenden Hilfe, rückwärts zu Boden gesunken. Als sich der fremde Reiter mit einem Becher voll Wasser über ihn beugte, öffneten sich plötzlich seine Augen weit und schreckhaft, hafteten lange wie suchend im Gesicht des Retters, schlossen sich dann kurz, während die vertrockneten Lippen die ersten belebenden Tropfen spürten. Dann richtete sich Florymont mühsam auf, streckte dem Helfer die

Hand entgegen: »Ich danke dir, Sitting Bull.« Der nahm die Hand nicht.

Am andern Morgen, als auch Black Horse durch Trunk und Schlaf sich erholt hatte, zog Sitting Bull schweigend sein Messer, setzte sich neben Florymont zu Boden und ritzte einen tiefen Schnitt in die Erde zwischen ihm und sich. Der verstand sofort. Er erhob sich, warf sein Gewehr über.

»Leb wohl, Black Horse!« sagte er.

Der saß unbewegt, blickte nicht auf.

Langsam schritt Florymont davon. Nach einiger Zeit wandte er sich um, sah die beiden Rothäute, gemeinsam auf Sitting Bulls Pferd sitzend, verschwinden.

Den ganzen Tag über schritt Florymont mächtig aus. Gegen Abend erreichte er die Waldgrenze, schnob aufatmend den Geruch der Blätter und Wurzeln in seine gedörrten Lungen.

Dann blieb er stehen. Der Himmel ward schwarzgrün, sank tief herab, deckte die Baumkronen, machte alles ungeheuer still.

Grenzenlose Einsamkeit, mehr als ein Mensch tragen kann, breitete sich um den stummen Jäger aus.

Sein Haupt sank vornüber, seine Augen wurden matt, heiß, blicklos, von trockenem Schmerz verdunkelt.

Das währte kaum einen Herzschlag: dann nahm der Schrei eines wilden Fasanen, das ferne Röhren eines Rothirsches all seine Kraft und Sinne in Anspruch.

Das Ende

Später, als die Indianerkriege längst aufgehört hatten, hauste er hochbetagt in einer selbstgebauten einsamen Jagdhütte. Die Nachkommen der alten Redrivermen wußten keine Einzelheiten mehr von seiner Vergangenheit, die Holzfäller in den Wäldern machten sich über ihn lustig und spotteten über seinen mit Rotwelsch vermischten Dialekt. Den jungen Farmern war er unheimlich, sie begegneten ihm nicht gerne allein im Wald, sie konnten sich schwer mit ihm verständigen und nannten ihn einen alten Skalpierer. Ihm war am wohlsten, wenn er keinen von ihnen zu Gesicht bekam.

Wochenlang streifte er in den Wäldern umher, vergrub sich in Dickungen, durch deren Schweigen noch kein Holzfällerlied schallte, nur das Kreischen der Häher oder Spottvögel, das Röhren der Hirsche im Herbst, das Knarzen windgebogener Hölzer. Wo er früher nur Jagdfalke, Spürhund, Fährtenriecher, Pfadfinder war, dem die Bäume Deckung oder Orientierungszeichen, die Moose, Tierlosungen, Regenspuren, die Pflanzen, Winde, Geräusche, Stimmen der Wälder bei Tag und Nacht nur Zweck, Mittel, Hilfe oder Erschwerung seiner Jagd bedeuteten, stand er jetzt oft viele Stunden tatlos, mit leise und grüblerisch kauenden Kiefern, vor einem hellen Birkentrieb, vor einer keimzarten Wucherpflanze über Sumpflachen, vor einem toten Vogel, an dem die Ameisen zehrten, vor dem zähflüssigen Harz, wie es aus der vom Rotwild angeschälten Rinde junger Bäume quoll.

Es kam vor, daß er in hellen Nächten leise mit sich selbst sprach, plötzlich verstummte, vor dem Knacken eines Zweiges unterm scheuen Fuß einer Ricke, die ihr Junges säugte, verstummte, wegschlich und bleich in seine Hütte kroch. Es geschah, daß er, seit Tagen ohne Beute, in einer Lichtung einem riesigen Brunfthirschen gegenübertrat, mit offenem Mund zu ihm hinstarrte, zu schießen vergaß, ihn laufen ließ.

Eines Tages band er ein halb umgewehtes Bäumchen mit Bast an einer steilen Fichte hoch, besuchte es täglich, häufte Humus um seine aus dem Erdreich gezerrten Wurzeln, schnitt, auf die Wipfel schwankender Bäume kletternd, große Nadelzweige weg, um ihm Sonne zu schaffen.

Wenn er einen Luchs sah, oder einen Wildkater, wie er beutegierig durch die Baumkronen spähte, spürte er alte Verwandtschaft, Stammesbrüderschaft, Blutsgemeinschaft, und schlich leise davon, um den Kameraden die Jagd nicht zu stören. Tiefe Ehrfurcht ergriff ihn vor den falben Lichtern des aufgehenden Tages. Das Verbrennen knorziger Hölzer in seinem grobgebauten Kamin erfüllte ihn mit immer neuer Freude und Bewunderung. Er war uralt geworden, seine Haut sah aus, als ob Moose und Flechten darauf wüchsen. Die Ruhe der Wälder an windstillen Tagen war in seinem Bart und in seinen Augen. Eines Winters geriet er mit dem Fuß in ein Wolfseisen, konnte sich nicht befreien, erfror. Erst im Frühjahr fand man sein Skelett und scharrte es ein, wo früher seine Rindenhütte war, die der Tauwind zerfetzt hatte.

Zur »Menschwerdung«

Die fahle Mauer dehnte sich neben bestaubten Bäumen.

Rauchgeruch, flatternder Ruß im Winde, die rhythmischen Geräusche stampfender Maschinen trieben vom Bahnhof zur bläulich verquollenen Stadt. Aber der März zirpte und drängte sich grün aus den armseligen Knospen vereinzelter Vorgartenbüsche. Jean und Gilbert hatten einander die Arme um die Schultern gelegt und gingen vor dem biederen Bajonett des Dickbauches her, langsam, wiegend, versunken in die dunkle Melodie ihres gemeinsamen Schreitens, ihrer verlorenen, gegenstandslosen Blicke, die wie matte Perlen in das Meer der unter ihren Füßen verschlungenen Dunstkreise enger Häuser sanken. Einmal begegnete ihnen eine alte Frau, die gebückt an ihrem Regenschirm her kroch, irgendeinem noch fernen Ziel und Ruhepunkt mühsam zustrebend, hilflos, verlassen, stumpf von vielen Leiden, ohne Gefühl, ohne Tag und Blut, dämmerhaft, fast schon Gespenst ihrer müden Sehnsucht. Da fühlte Jean die Bewegung des Zu-ihr-Hintretens, schmelzende Wärme des Mutter-Sagens, Arm-Unterfassens, unerwiderte-Liebe-Schenkens, unvergoltene-Hilfe-Spendens. Vielleicht ging durch beide Freunde eine plötzliche Gebärde zu ihr hin, ein Anhalten der Schritte, Stehenbleiben vor dem schmerzlichen Wiederauftauchen verlassener, entschwundener, geraubter Dinge und Gestalten. Denn das biedere Bajonett über seinem Dickbauch wackelte und hüstelte ein vom Traben stumpfsinniges: »En avant.«

So führte man Jean und Gilbert ab, die in ihr Schicksal sehr ergeben waren, nicht murrten, still und fremd unter den Kameraden der Zivilarbeiterkompagnie einhergingen, nur stets die freien Hände einander um die Schulter legten, einander in zärtlichem Druck fühlen lassen wollten. Da gab es einen großen Hof, in der Ecke ein überwachsener, muffiger Abfallhaufen, rot einengende, fensterlos glotzende Ziegelmauern, knarrendes, gitternes Tor, roch nach Schimmel, Spätnachmittag, Speiseresten, ausgegossenem Spülwasser. In der Ecke mündete eine öde, lichtlose Tür durch den finsteren Gang im Stimmengewirr, Strohsackknistern, schlechte Luft der Schlafsäle.

Gelblich über der Stadt fiebernde Abende, Sommerabende, erregt, ziellos, faltergleich im himmlischen Schein schwirrende, fanden Jean und Gilbert oft in der trostlosen Enge dieses Hofes auf und ab schreitend, oder in einer Ecke hockend, Hand in Hand, Jean summte leise Kindermelodien, Gilbert sog an einer geschenkten Zigarette, glotzte schläfrig dem Freunde angeschmiegt und hingegeben, mit offenem Munde über die Dächer. Da geschah es, daß in das Gittertor gedrängt, der weiße Schimmer einer weiblichen Gestalt beide zugleich erbeben und auffahren ließ. Sie nannte sich Lysette und mußte nebenan, im großen Unterkunftshaus der Evakuierten, täglich unter Aufsicht Wäsche waschen und plätten. Oh, sie sprach die Picardischen Vokale, ganz wie in jenen westlichen Gegenden des Départements Somme. Oh ihr blauen Nebel der Erinnerungen. Und die blasse Schmäle ihres Antlitzes vertiefte madonnenhaft große schwarze Augen, in denen verschlossen unerweckte Feuer schlummerten. Doch man konnte durch die Stäbe ihre kleinen Hände fassen und die plötzlich aufwallenden Heimatworte in die ersehnte Süße und Weichheit dieses Mädchens stammeln. Bis der Aufsichtshabende erschien: »Il est défendu aux prisonniers civils...« Der Aufsichtshabende sprach Französisch. Er steckte bleich, bebrillt und fremd in seiner schlottrigen Landsturmuniform. Seine Worte waren nie hart, unter seinen Äußerungen bebte eine ängstlich verborgene, reine Güte, aber menschenhaft: gehemmt, eingebunden in sein schwächliches, bedrücktes Dasein. Jean liebte ihn und ward rot, wenn er ihn ansprach. Gilbert starrte ihn offenen Mundes an, aus unverhohlenen, hingegebenen, zwanglosen Augen. Jean drückte dann inniger seine Hand und beide blieben wortlos, von irgendeiner lieben Seligkeit durchdrungen, lang im Dämmer auf ihrem Bettrand sitzend, während die anderen in Kartenspiel, erregtem Gespräche, Zigarettenrauchen und müßigem Zank ihre freie Zeit hinbrachten.

Da gab es eine jämmerliche, durch regenaufgeweichte, nebelnde Felder ohne Grün langgezogen hinstöhnende Landstraße. Manchmal holperte ein Auto zornig durch die Pfützen, teilnahmslos lehnten Herren in hellgrauen Mänteln in den Kissen – wie dann der Schmutz und Schlamm unter dem Druck der Räder über die Gesichter spritzte! Da gab es einen dunkelbärtigen, stumpf Pfeife qualmenden Aufseher, der die zu langsam Arbeitenden mit dem Kolben schlug. Da gab es eine Mittagspause, während der man auf spitzen Meilensteinen fröstelnd kauerte – rieselte der Regen doch fadendünn und seicht –, gab es eine kotbeschmutzte Hacke, die im schmerzhaft bitteren Antrieb unfreier, bezwungener Glieder den dumpfen Rhythmus schwer schütternder Schläge hämmern mußte, aufsplitternd knirschenden, starrenden Stein. Knirschenden Stein.

Da gab es jenen Nachmittag, an dem die Lebensmittel verteilt wurden, alle Arbeiter wie Raubvögel im Käfig gereckten Halses vor das gitterne Tor gedrängt sich stießen und schoben, jeder gierig bemüht, seinen Eßnapf möglichst zuerst zwischen den Stäben durchstecken zu können. Der dicke Mann, der sachgemäß mit fettigen Fingern an der Waage hantierte, schnaubte manchmal ein unverständliches Wort von roh drohender Färbung hinaus in die Harrenden. Dann wichen die vordersten wie vor Peitschenhieben mit geduckten Augen ein wenig zurück, gleich aber schwoll das Murmeln wieder in hellere Töne des Gezänkes, denn andere hatten sich an erste Stelle gedrängt, und die Verscheuchten suchten sie an den Röcken zurückzuzerren. Dann kam der Mann im blauweißen Kittel mit dem großen Eimer. Nun häufte sich die Gier so vieler hungriger Mägen zu einem zuckenden Berg heiseren Geschreis. Dazwischen schnaubte und sprudelte des Aufsehers holpriger Baß. Jean und Gilbert waren oft die letzten, sie standen tieferschrocken in diesem zügellosen Sturm und waren nur beruhigt, daß sie sich fest bei den Händen halten konnten. Am Samstag, als alle hungrig und erschöpft von einer Woche schlechterer Kost und Chausseearbeit zurückkamen, mußte dem von nächtlichem Fieber etwas geschwächten Jean die Schüssel aus der Hand gestoßen werden und zur Erde fallen. Wild und unbedenklich wie Raben auf Aas stürzten sich die Gewandtesten auf die entrollenden Fleisch- oder Wurststückchen und, ehe man sich besinnen konnte, war sein Empfang in vielen Taschen verschwunden. Da warf sich Gilbert, einen dumpfen Laut ausstoßend, besinnungslos zwischen die Johlenden, Kopf vor, Fäuste wirbelnd nach allen Seiten, ohnmächtig, haltlos und heiß. Bis sie ihn unter Gebrüll und Gelächter entfernt hatten. Beide mochten nichts essen an diesem Abend. Gilbert weinte leise an Jeans Schulter. Jean aber starrte über ihn weg, starrte mit grüblerisch zerfalteter Stirn in die Ekken voll roter, schwarzer, verschlungener, hochquellender Nebel.

Nachts aber, als die Geräusche und tauben Regungen der dumpf Schlafenden den Saal erfüllten, hatte sich Gilbert neben ihm durch seinen Schmerz in lächelnden Traum gewiegt. Jean entzündete einen Stearinstummel und kauerte sich auf seinem Lager zusammen, Knie hochgezogen, Kopf in den Händen, so daß er Gilberts in Ferne und Weichheit aufgelöstes Traumantlitz sehen konnte. – Freund, du liefst abends über die Wiesen – Mutter Causette hatte Ölkuchen gebacken – oh ihr Mädchen, warm und lockend zur Dämmerung in Fensterläden geschmiegt – aber im Sommer Sonntags war Musik. Gilbert, Du schrittest unbeschwert und trübungslos, nur lachend, weinend – Yvonne hing Dir oft im Arm, Du warst sechzehn Jahre, wie ich Dich liebe – –! Ich, Jean Nobbécourt, allein in dem abseitigen Häuschen der Witwe. Aber die Weide wiegte sich davor, morgens manchmal wippten ihre Zweige leicht und lieblich über Gold und Strahl und viele schimmernden Farben – –.

Wie ist nur dieses finstre Los gekommen? Wer, wer hatte ein Recht dazu? Wer darf so rückhaltlos grausam sein? Haben wir nicht die kleinen Vögel aus dem Bauer fliegen lassen, als sie nicht fressen und nicht singen wollten und nur traurig und verängstigt flatterten? Gilbert sagte es doch zuerst! Gilbert hatte sie freigelassen. Wie leuchtete er, als sie im Wind jauchzend aufschnellten. Nun haben sie ihn geschlagen, einen Abend hat er weinen müssen. Wer darf denn das? O, meine jungen Fäuste! –

Plötzlich hatte sich das Schnarchen und Stöhnen rings umher im Saal zu einer fürchterlichen hohlen Stille verdichtet, die regelmäßigen Geräusche zerfielen in einem luftleeren Trichter aus Einsamkeit und Mondfahle, in der sich Jean, tief gebeugt auf seinem Lager, atemlos und keuchend wand, grauenvoll und eiseskalt vor seinen eigenen Augen, die ihn aus einer Fensterhöhle entsetzlich angestarrt hatten.

Zuckendes Blut in diesen veränderten Augen. Oh Gilbert, oh ihr kleinen Vögel. Wer ist es, wer würgt denn so? Du Fuß im Nacken, was schnappen meine Zähne, fürchte ich mich? Was glotzt ihr so aus jenem Fenster – oh, sie schwellen an, dringen ein, kriechen, kriechen – was will das nackte Tier – mein jammervoller weher Leib – laßt mich – laßt – mich – Gilbert, mein Gilbert! Warum haben sie dir die Augen ausgestochen!? Da steht er, Du Mörder, Verfluchter Du! Aber ich beiße, ich kralle, ich spring Dir an die Kehle, ich fasse Dich! Wir haben doch die kleinen Vögel freigelassen. Warum peitscht ihr mich so. Ach, nun sinke ich zusammen. Nun geht mein Herz nicht mehr. Dies drückt und wiegt zu schwer –.

Du traurige Wolke. –

Gilbert, am Morgen erwachend, erblickte Jeans wie in einem Krampf zusammengezogenen Körper, hockend auf den Knieen, Hinterkopf im Nacken und das Antlitz bleich und unbewegt nach oben gewandt, aber wie von innen heraus leuchtend, ganz übergossen von einem süßen, lächelnden Ausdruck. –

Die Stadt war laut und sinnlich brodelnd, dampfend, verworren, ihre Stimmen waren zerhackt und zerrissen, doch vermischt und verquirlt in einer dumpfen Symphonie. Es war kurz vor Nacht. Wenige Lichter warfen gelben Schein. Ein paar rote Laternen bluteten vor grauen, zuckenden Häusern, aus denen einzelne Takte atemloser, heiserer Musik taumelten. Aber der Rhythmus der vielen klappernden Stiefel auf dem Asphalt hielt die vor Ermattung, Hunger und Sehnsucht fast Zusammenbrechenden aufrecht. Gilbert wandte sein Gesicht oft lange und fragend nach Jean. Der ging stier, wortlos, einsam, oft schüttelte er des Freundes Arm von seiner Schulter, seine Augen hatten ein erschreckendes Flackern. Wenn plötzlich dunkle Nebengassen wie offene Tore von zwei Seiten auf die breite Straße mündeten, ihre Schatten voll Geheimnis, Lockung, Verborgenheit und Freiheit über den Weg warfen, ging es wie ein Reißen und Zerren durch seinen Körper und man fühlte, daß er sich Gewalt antat, um im ruhigen Tritt und Takt zu bleiben.

Dann lag die Stadt tiefer, steil keuchte der Pfad zu jenen einsamen Häusern, deren vergitterter Mund schon klaffte. Aber man sollte noch warten, es war noch Brotempfang. An der Ecke hielt ein Automobil. Dabei lehnten zwei Gestalten, die sich in fremder Sprache unterhielten, unbekümmert plappernd. Eine Frau war dabei. Sie schimmerte hell. Der Mann sprach lachend auf sie ein. Ihr Kichern klang stachelnd, verhüllt, schamlos verhüllt, wie die weibliche Stimme auf einem Grammophon, verschleiert, grausam, Rücken überlaufend. – Die beiden sprangen in den Wagen, der schnurrte an, ratterte los, kurvte scharf, drehte, überschüttete die an der Seite Kauernden mit einem Regen kleiner Schlammspritzer, Licht sprang an aus den Fenstern, floh gehetzt den Berg hinab zur Stadt. Da fühlte Gilbert neben sich die Gestalt Jeans aus ihrer Geducktheit auffahren, stählern gereckt, ganz voll Spannung, zügellosen, steuerlosen Triebs, erschrekkend, furchtbar fast wie plötzlicher Orkan und wie der wilde, knurrende Ton, der sich aus seiner keuchenden Brust rang.

Es gäbe eine Möglichkeit, die Menschen aus ihrer Finsternis zu entwirren. Wißt ihr, Freunde, daß wir alle von dem Berg kommen, den der Erlöser segnete mit seinem Leid? Was sind wir noch Knechte unter Blut und Schicksal! Was sind wir noch Verträumte unter Klang und Sehnsucht! Was sind wir nicht Schöpfer, brennend von Liebe, strahlend aus uns selbst!? Denn jene Düfte und Blumen, die am Abend blühen, weich, um sich darin zu betten, sind nur die kleinen Schwächen unserer geliebten Seele. Wir aber glauben nicht an die Hemmungen der Freiheit aus Menschentum, wir sind die Künder der bedenkenlosen Verwirklichung, wir wollen tun, was ihr dichtetet, wir gehen kein Golgatha mehr, denn längst sind unsere Leiden reif, längst überschritten wir die nebelnde Grenze, längst sind wir außerhalb der gemeinen Dinge, Stolze, Aufrechte, Bereite: Segnende Hand – oder zweischneidiges Schwert.

Brüder, wir wollen der Gipfel unserer Ziele sein.
Brüder, wir sind doch nur Vollendung unserer selbst.
Brüder: wir hätten die Liebe.
 Wär dies nicht Ziel genug?
 Wär dies nicht Gott?

Jämmerlich, durch regenaufgeweichte, trostlose Felder ohne Grün hinstöhnt die Landstraße. Ach, Gilbert, wie müde geht Dein Atem. Komm, gib mir Deine Harke, schaufle Du Steine weg, ich will hacken. So, mein Freund, o gib Deine Hand, ich glaube Du fieberst. Was will der Hund? Er sieht immer zu uns her. Daß er doch verreckte!

Seit dieser Teufel da ist, haben wir keine Ruhe mehr. Scher' Dich nicht um ihn, mein Gilbert, wenn Du müde bist. Oh Gilbert, Deine Augen sind so fremd, und Du frierst im Regen, komm, nimm Wärme von mir, Du bist ja nicht allein! Komm, Gilbert, sieh nicht hin! Der Teufel kommt wahrhaftig auf uns zu. Sei ruhig, mein Freund, oh mein armes Herz, denk, einst sind wir wieder zu Hause, am Abend, bei Mutter Causette und der brünetten Isabelle. Du lächelst nicht? O, sein weher armer Mund! Jean, was wirbelt Dein Blut? Grauer Teufel, grau in grau getaucht, Du roter Schnauzbart, elender. Nun tritt er dicht an den armen Gilbert und herrscht ihn an, er solle nicht faulenzen. Gilbert, mein Freund! Nicht!!!

Oh, er hebt flehend die Hände – da, Himmel brich hernieder, Erde, was platzest Du nicht in glühende Fetzen, Tod, warum heulst Du nicht auf – er schlägt – der Hund, der Hund – schlägt, noch einmal, da, ihm ins Gesicht.

Schlag einer Menschenhand. Darf denn Gott schlagen? Was schlägt dieser? Wer gibt ihm das zu? Wer gab uns Arme und Fäuste, zu schlagen? Du wirre Welt! Aufreckt doch alle Arme und Fäuste, ihr Wunden, Stöhnenden, Geschlagenen, – aufreckt und stürmt und schlagt, schlagt, schlagt – schlagt alle Arme nieder, die je sich gegen Knechte erhoben, auf daß dann Arme nur noch seien zum Helfen und Heben, Hände nur noch seien zum Spenden und Geben – Gott, Du Gott in mir, hilf meinem armen Arm, stärke mich, stütze mich, segne – – da saust die spitze Hacke pfeifend durch das wilde Aufkreischen vieler plötzlich aus Starrheit Emporgerissener nieder mitten in splitternden Schädel, springt roter Strahl, rasen die Berauschten, jählings Empörer, Selbstbefreier, Halt- und Schrankenlose, wie stäubender Sturzbach über Aufseher und Wächter her. Jean aber, während dicht bei ihm ein Schuß krachte und eine weiche Hand ihn rückwärts bog, schwebte in einer wunderbar süßen Melodie aus Glanz, Streicheln, Geborgensein. Nun ist Gilbert ein Engel geworden. Der Frühling braust ja um die hängende Weide. Ach ihr Freunde. Wer könnte nun einsam sein in all dem Glück? –

Auch bei uns wird es Frühling

Ein Brief aus der Westfront

10. April [1915]

Auch bei uns wird es Frühling. Es ist kein Frühling, wie ihn die Heimat gibt. Und doch kam er stark in unser Blut. In einer jener hellen Märznächte. Keine Knospe, die uns an sein Kommen gemahnte – kein Vogeljubel, der aus der Sonne stäubendem Spiel auf uns niederperlte. Aber aus der Erde, in deren Schoß wir uns bargen, wallte in diesen Nächten ein starker Duft, rieselte nieder an den braunen Wänden der Laufgräben, senkte sich mehr und mehr in uns, so daß wir fast berauscht wurden von dem heftigen Pochen unsres Lebens. Und wenn wir hinaustraten in die tauende Sternennacht, in das Schweigen der weiten Felder, dahinter sich so viel rastloses Keimen, Schaffen und Gestalten barg; – ein leiser Wind tastete übers Land, flüsterte durch die kahlen Büsche, aus deren Nähe von Zeit zu Zeit der Schrei eines Nachtvogels drang. Manchmal stieg, wie ein Märchenwunder lautlos eine Leuchtkugel hoch, schwebte vibrierend, in mehr und mehr flackerndem Lichtschein, ein paar Augenblicke über den düstren Gräben, sank, verblaßte, starb. Dann bellten ein paar Gewehrschüsse, pfiffen ein paar Kugeln ihre fremde, verstörte Todesmusik, zerrissen für eine kurze Spanne die stille Harmonie der Frühlingsnacht. Doch bald schon wieder umfing uns jenes Raunen und Flüstern und – Schweigen –. Oder wenn uns plötzlich zwischen harten Reisern ein tiefdunkles Grün entgegenblickte, weiße, glanzweiße Schneeglöckchen daraus herausstrahlend. Oder wenn unsre Augen den goldnen Glanz einsogen, den die späte Sonne um die gereckten steifen Schößlinge des knorrigen Weidenstrunks zauberte, der am Rand unsres Grabens hockte. Bald wird ihr hartes Braun von dem Sammetsilber der Frühkätzchen gesprenkelt sein.

Und dann kamen die zu warmen Nächte, in denen die Erde aufbrach und ihr Innerstes hingab in schlaffer Lust. Süß war der Duft der lauen Tage und ohne Herbheit – zu groß, zu voll die

Veilchenblüten, die ganz klein und dunkel sein müßten, blaß war das Gelb der Schlüsselblumen, müde ihr Duft, bleich und frühreif –

Gab's einen unter uns, dem nicht in manchen Augenblicken die Sehnsucht so heiß, so heftig in die Seele flammte – die Sehnsucht nach dem Deutschen, nach der kraftvollen Sprödigkeit, nach der zagen Innigkeit, nach dem stürmischen Jubel deutschen, deutschen Frühlings?

Doch stark und licht lohte nach jenen langen, grauen nüchternen Winterwochen das Bewußtsein wieder in uns auf, was Deutsch ist. Was Heimat ist. Dort ist junges Hoffnungsgrün über die Fluren gebreitet. Hier ist keine Wintersaat in die Furchen gelegt – wo der Spaten zur Waffe ward!

Willkommen, ihr rasenden, brausenden, tobenden Wetterstürme des April! Von Nordwest jagt ihr heran, vom ewigen Meere her – möget ihr dahinrauschen in unsere ferne Heimat, deren Bild in unsrer Seele wohnt. Rein und unberührt, frei und heilig wird sie uns bleiben, wir fühlen's jetzt mehr denn je.

Dort sollen Kinder geboren werden, in deren Augen ein Leuchten sein wird von der Zukunftsfreude kommender Zeiten. Dort sollen Saaten sprossen, die kein Reif töten kann.

Die erste Insel

»Mais hélas – je n'en puis je n'en puis
ôter et m'affoler
ta beauté ta beauté –!«

Ich sitze am Fenster, während ferne Gewitter die Stadt umstellen. Plötzlich brechen sie ein. Wind stößt voraus, fegt meine Blätter Papier vom Tisch und wirft eine Handvoll Staub und Heugeruch durchs Zimmer. Jetzt prasselt der Regen, ein Mädchen rennt mit durchnäßtem Gefieder, sorgsame Leute machen die Läden zu, der Blitz schlägt in die Straßenbahn, die Stadt stirbt aus. Der Abend, der nun aus durchnäßtem Asphalt und den bräunlichen Pfützen duftet, ist so keusch und schweigsam wie die Liebe jener Frauen aus der Touraine, von denen die französischen Dichter erzählen. Aber die Nacht ertränkt die letzten Gemäuer und Wehre in der unendlichen Kühle ihrer dunklen Flut, ihre Stille ist das Rauschen einer Brandung, die Du längst nicht mehr hörst, weil sie seit tausend Jahren Dein Gehör umlullt. Wenn die gläsernen Meere hoch über unsren Dächern ineinanderfließen, ist eine Sekunde Musik, und unsre Hand erbebt in ihrem Werk, denn wisse, daß wir Korallen sind, und winzige Muscheltiere im Ozean der Zeit, aus unsren Toden türmen wir den Felsengrat, darüber sich die erste Insel Liebe und Leben ins zeugende Licht erhebt.

Es war Winter, es fuhr noch kein Schiff über den Fjord, obwohl er kein Treibeis mehr führte und einzelne Bäume schon die violetten Knospen verfrühter Märztage trugen. Irgendwo hört auch die Eisenbahn auf, denn da draußen ist nur ein schmaler Landstreifen, und alles von Sand überweht, oder vom Dickicht ungerodeter Wälder bewachsen. Eine einzige Straße läuft nordwärts, meilenweit, zwischen Kiefern und den gelblichen Wanderdünen gedehnt, immer rauscht das Meer hinter den Hügeln, aber man sieht nur selten einen schmalen glänzenden Streif. Die Pferde sind glatt und braun, ihre starken Beine stoßen rhythmisch die klirrende Erde, ihr scharfer Geruch mischt sich dem salzigen Tangwind, der ihre Mähnen umflattert. O wie die Kälte gegen Abend köstlich in unsre Gesichter biß, daß wir das Kinn tief in den Pelzkragen steckten, und die Kniee und Schenkel unter dem Woilach aneinanderdrängten! Wir kamen aus einem Land voll weicher widriger Nebelsümpfe, wir kamen aus einer Niederung voll muffiger Heizungsluft, unsere Lungen vom Großstadtwinter verrußt, viel Stillsitzen und stupides Saufen schwemmt auf, aber die Nerven waren gestrafft, fast überstrafft von großer Erwartung. Wir dachten nichts, aber wir waren voll Ahnung und Scheu. Es ging gegen Frühling.

Ein Reh lief über den Weg, drei Schritt vor den Köpfen der Pferde. Aber Du warst eingeschlafen mit dem Kopf an meiner Schulter, daß Du es gar nicht sahst. Manchmal strich eine Nebelkrähe schwer und düster über die schwarzen Baumwipfel, einmal huschte ein kleines braunes Tier durchs Unterholz, viele Hasen äugten in neugierigem Hocksitz aus dem Straßengraben; knallt man mit der Peitsche, hoppeln sie langsam und unbekümmert davon. Ein herber, sparsamer Weidenbusch steht an den Waldrändern, übersprenkelt die Steppe, da und dort brechen kleine rötliche Kätzchen auf. Zwischen den scharfen graugrünen Gräsern blüht ein wildes Stiefmütterchen, schwarzviolett und gelbweiß. Dann wieder wandernder Sand, eine schweigend bewegte Wüste, in einer Senke die Malzeichen eines versunkenen Dorfs, und der gefräßige Pestfriedhof, von Jahrhunderten zugeweht.

Als die Sonne eine Schleiergrenze erreichte, die der Abendduft über der Linie des Dünenhorizonts gezogen hatte, begann ein seltsames Licht von unten aufzusteigen und sich mit ihren verhüllten Strahlen zu mengen: der Widerschein des Meeres, das man nicht sah. Während sie tiefer und röter tauchte, hoch in der dämmernden Ferne des Himmels ein paar Wolken jäh blitzgrell entflammten, über den Wellen des Sands und dem dunkel gefurchten Randstreif der Wälder lange hastige Schatten liefen, – stieg plötzlich auf der anderen Seite der Insel, aus andren unsichtbaren Gewässern, denen die Sonne früher erstorben war, das volle leuchtende Rund des Mondes hoch. Und beide Gestirne, das steigende und das sinkende, vereinten die Spiegelstrahlen ihrer mütterlichen Meere, flossen ineinander, das sinkende und das steigende, in einem unsäglichen Licht, wie es die Erde seit den Tagen der Schöpfung nicht sah, in einem magischen Urlicht, das die reinen Farben des Regenbogens gebar, in einem zarten, zärtlichen Glanz, der die Kuppen der Dünen in die geronnenen Wellen demantner Meere verwandelte.

Die Pferde gehen lautlos im Sand.

Die Hütten der Fischer hocken wie niedrige Negerkraale um den weiten Bogen des Strands, eine Mole läuft hinaus, die Wellen plätschern salzigen Schaum daran, allerlei Tang stinkt zwischen den Steinen. Der Sand ist ganz weiß im Abendlicht. Ein paar altertümliche schwarze Kajaks schaukeln ihre schönen breitgebugten Formen überm Anker, die Segel schlafen, Taue klatschen im spielenden Wind. Es ist kalt, aber im Dorf pocht der Frühling unter der Erde. Die Straßen sind ganz leer. Sie schlafen schon alle. Eine Ente hat einen Fisch gefangen, es ist köstlich zu sehen, wie sie sich müht, ihn schwimmend in ihren Hals zu schlingen. Dann watscheln sie alle mit bewegtem Sterz nach Hause. Der Mond zieht ein breites metallisches Band über die Flut. Im Krug säuft man doppelten Korn. Es ist gut, jetzt in ein Orchestrion ein Nickelstück zu werfen, das hämmert gewaltig los, während der Wirt den Grog und großen durchwachsenen Rohschinken bringt, frisch gebackenes Schwarzbrot mit krachender Kruste, und gelbe Scheiben Butter, und den dicken viereckigen Rahmkäs.

Unter der Erde pocht und knistert der Frühling. Er ist ein steigender Krater, elektrische Strahlen schickt er voraus, sie laufen hinauf, sie zünden die eiskalte Nacht mit einem ungewiß flakkernden Licht, sie stürmen über die Wellen, daß es leise erbraust, und treiben den Wind durch die Äolsharfen der Telegrafendrähte. So geht ein Gesang um unser Haus, und der Gesang ist die tiefste und undurchdringlichste Stille, kein Mensch ist wach, aber man kann nur flüstern und nicht laut lachen und steigt auf den Zehen die knarrende Treppe empor. Der Frühling läuft durch die Adern, der Frühling schauert über die Haut. Übers Bett wirft er eine Welle Waldgeruch und Dunkles, Warmes, Drängendes aus den Höhlen verkrochener Tiere.

Weißt Du noch, daß sie ein Schiff bauten, man schnitt aus Baumklötzen die ersten Hölzer zu, als wir zum ersten Mal durchs Dorf gingen. Mit der Rundsäge und dem Hobel brachten sie schon die leichte Biegung in die rohen Bretter, riesige Teertöpfe standen herum, es roch herrlich nach frisch gefälltem Holz und Hafen. Auch der Mast stand schon bereit, ein junger Fichtenstamm, schlank und elastisch. Wir sahen oft zu, wir beobachteten von Woche zu Woche wie es vorwärtsging, und sprachen manchmal davon. Und im Dorf hatte sich einer ein kleines Gartenbeet gemacht, weiße spröde Strandsteine gelb, rot und blau angemalt, damit friedete er königlich drei oder vier zaghafte winzige halberfrorene Krokusköpfchen ein.

Von einer steilen bewachsenen Düne aus sehen wir plötzlich das Meer. Daß Du es zuerst sahst, kam nur, weil ich Dich gerade auf den Schultern trug. Aber es war ein so tiefblauer Tag, mit strahlend weißen Wogenkämmen bis weit hinaus, eine blitzende Sonne darüber, ein frischer feuriger Wind! Das Moos ist schon ganz warm, Eidechsen rascheln heraus. Plötzlich merken wir, daß die Knospen der braunen Buchen und der weißrindigen Birkenbäume alle aufgebrochen sind. Daß es ganz warm ist, daß überall Anemonen blühn. Daß die Büsche übersät sind mit gelbem und blauem Blätterzeug, da und dort schon Schmetterlinge, daß die Farren ihre jungen Schößlinge aufrollen und die kleinen Tannen- und Fichtenbäume hellgrüne und blutrote Spitzen haben. Halloo! Wir haben alle tief und lang geschlafen.

Zwischen einer Gruppe alter Bäume vor dem Dorf, die man beklettern kann, wo es nach Veilchen riecht und die Erde feucht ist und das Moos sich hellgrün erneut, fallen uns plötzlich längliche Hügel auf, da und dort ein umgestürztes Kreuz mit verwaschener Inschrift. Keine Umfriedung, keine Kränze, keine gepflegten Blumen, kein Stein. Es ist ein großer Respekt vor den Toten, wenn man sie so in die Erde legt, ohne sich weiter in ihre Angelegenheiten zu mischen. Es muß ein gutes kräftiges Volk sein, das seine Toten so ehrt. Wo wir zusammen sitzen, wo wir zusammen schlafen, liegen die Toten darunter, und sie haben Teil an der Bewegung unseres Bluts, der Strom ihrer glühenden Verwesung geht durch all unsre Betten, von Geburt zu Geburt – durch unsre Lust auch brausend und durch unsre Tränen. –

Jetzt blühen schon die ersten Obstbäume, eines Abends wird das Dorf eine Wolke von Flieder sein, die Kastanienblätterbaldachine denken sehr ernst an die Entzündung ihrer feierlichen Kerzen. Es ist warm geworden. Immer steht ein leichter Nordostpassat. Der Mond ist im Zunehmen wieder, seine Lichtstunden nutzen die Fischer und streichen mit schweigenden Segeln in die glatte See. Wenn der Mond wieder voll ist, wird bald Mai sein.

Laß Dir erzählen: (wühl Dich ganz tief in den Sand, ich habe einen Wall gemacht gegen den zerrenden Uferwind, im Rücken schützen Dich die Dünen, und Dir zu Füßen schlägt das Meer sehr dunkle Wimpern auf über einem grünen blitzenden Blick. Die Fischer sind ganz fern, wohl eine halbe Stunde weiter südlich ziehen sie ihr Netz herauf, stampfen mit nackten Füßen das Muschelgestein, der Wind verschlingt das rhythmische Hoiohooo, nach dem sie die Arme rucken. Ein paar Strandvögel zerren sich um einen angeschwemmten Fisch. Es riecht nach Ebbe –)

Laß Dir erzählen: Im Anfang war alles wüst und leer. Gottes Geist schwebte über den Wassern. Die Wasser waren der Schmerz und die Tränen des feurigen Elements, das die Erde im Innern erfüllte. Gottes Leib: dies feurige kreisende Leben, dies glühäugige Tier, dem Maul, After und Geschlecht ein einziger Krater war, dies Wesen Erde, wild und brünstig in seiner rasenden Bahn. Gottes Geist aber schwebte über den Wassern. Der Leib warf sich empor, da war ein donnernder Schrei der Begierde, Begierde des Leibs, der sich selbst nicht mehr genügt, Begierde des Geistes, der Fleisch werden will. Die Wasser zischten auf, kochten empor, konnten die Glut nicht mehr löschen, brausten zusammen, stürzten hinab, wühlten sich Schluchten und Buchten, gurgelten ein. Der Leib stieß empor, ein riesiger Phallus, schwoll in die Höhe, durchbrach die jungfräuliche Flut, Feuer speiend und glühende Brocken und lebendigen Schleim, türmt sich das erste Land, die erste Insel ins göttlich nüchterne Licht.

(Die Sonne ist hinter den Wolken, das Meer ist in breite Streifen geteilt, vorm Strand ganz dunkel geworden, und weiter draußen wie flüssiger Bernstein, gelb mit orangenen Schatten, ohne Bewegung. Wenn man da hinausführe, könnte man in der Tiefe die seltsam verschlungenen Formen der Korallentempel sehen, und die wogenden Tangwälder, zwischen deren gezacktem Gezweig menschenköpfige Fische und lebendige Pflanzen wohnen.)

Aus dem Schrei der Begierde, mit dem der Erde inneres Feuer herausbrach ins zitternde Licht, war der Mensch entstanden. Jetzt steht er am Rand der brandenden Meere, jetzt wohnt er am Meer und kämpft mit den Kräften, aus denen er ward, und die ihn wieder vernichten wollen, mit dem Haß der Erzeuger gegen ihr jüngeres Bild. Kämpft mit der Kälte, wenn eisiger Regen peitscht aus dem zerrissenen Himmel. Kämpft mit der Glut, die wieder und wieder feurige Fetzen emporschmeißt – die aus den gefrorenen Sümpfen bricht als ungeheures Getier, lebendig gewordene Berge, die Inseln verschlingt und immer neue Inseln herauftürmt. Von Insel zu Insel ist ein tiefes zehrendes Locken, der Mensch ist am Rande der Inseln und reckt seine Arme aus, all seine Kämpfe geschehen am Rande des Meers, über den Ozean stoßen in kühn geschnäbeltem Raubschiff die erzenen Wikinger, über den Ozean die braunen Phönizier.

An diesem Tag war es zum ersten Mal, daß wir, bezwungen von der türkisblauen Klarheit des Wassers, von dieser unendlichen Reinheit, deren Geschmack ein leichtes Salz ist und deren Geruch die Sehnsucht weckt, ganz unterzutauchen und alle Sinne der Haut mit einem fremden sprühenden Äther zu befruchten, bezwungen von dem Glutstrom der Nachmittagssonne und der aufreizenden Frische des Winds, unsere Kleider abwarfen und mit lachendem Wehgeschrei die nackten Körper in die Flut stürzten. Es war so kalt, daß es einem das Herz verschlug, die Beine wurden ganz steif und man mußte sofort wieder herausspringen und in der Sonne rasen, um Atem zu bekommen. Aber dann ward man aufs neue gepackt von der magischen Reinheit dieser grün schillernden Eisflut, wieder und wieder mußte man sich mit ganzem Leib in ihre Umarmung werfen, die spitzigen Kiesel an den Fußsohlen, der brennende Schmerz, den der nesselscharfe Salzschaum uns geißelnd um die Beine schlug, war von einer wollüstigen, anfeuernden Wildheit. Wir jagten uns trocken, als die Sonne schnell sank, dann gingen wir durch den abendlichen Laubwald dem Dorf zu, ein leichtes Brennen auf der Haut, und im Nacken die köstliche Müdigkeit frischer, gesegneter Kraft.

Hinterm Krug ist eine kleine Terrasse, sie ist in eine solche Blust von blühenden Bäumen und Büschen gehüllt, daß man wie in einem Schiff sitzt, und der Duft wogt und schaukelt zum

Schwindligwerden süß, geil, trunken und feierlich. Manchmal ist Dein Gesicht und Dein Hals ganz eingewühlt in lauter Grün und Nacht, ich sehe Dich wie in einem Bett unter schweren Vorhängen, es ist keine Luft mehr zwischen uns, die kleine Terrasse preßt uns zusammen, in einen reglosen Rausch. Dann wieder sehe ich durch weiße Dolden und Kerzen und Arme voll stäubenden Blüten in eine ungeheure nächtige Tiefe, die Sterne sind darin ertrunken, so weit ist die Nacht, Dein weißes Kleid ist ein Gebild aus Luft und Nebel, körperlos, und Dein Gesicht die matte Scheibe des Monds, zu der es mich zieht. So daß ich wohl Deine Hand ergreifen muß und mich ein jäher Schmerz durchzuckt und in mir bebt, so tief und süß, wie er grundlos und unbeschreiblich ist. Während ich fühle durch das Dunkel, daß sich die wundervolle Biegung Deines Mundes vertieft, und Dir die untere Lippe schwer wird, und Deine Augen langsam in dem Glanz erblühen, den das Meer am Wolkenmittag hat, und dieser Glanz sich über alle Dinge gießt von Dir, über das Glas und die Bank und das Stück zementene Erde, und Du nicht mehr antworten kannst, wenn ich nun stammle, denn Du bist ein stummes gottgesäugtes Tier, ein ausgebreitetes Saatland, ein Stein im Gemurmel der Brandung, ein wehender Sand, ein Pilz, ein verzauberter Wald.

Wir kennen uns kaum. Wie wir auf dieser Terrasse sitzen oder im Schreiten durch die blütentollen Dorfgärten, oder im Boot draußen, oder gegen Morgen im traumbraunen Schlaf. Ich träume oft von Indianern und einem Ritt, oder von den Flamingos im zoologischen Garten, oder von der Schiffahrt und einer Schlägerei, während Du von Schnee träumst und einem Kindsein, das ich nicht weiß, fremde Gesichter siehst, die ich nicht kenne, von einer Angst, die ich nicht teile, von einer Lust, die ich nicht schuf. Oder ich liege im Traum unterm Alp einer Weltnot, die ich überwachsen muß, um sie zu bezwingen, oder mir träumt von der Qual und dem unseligen Durst und Begehren, Begehren über das Maß der lebendigen Erde hinaus, oder der Schwindel des Abgrunds und der Schrei ohne Stimme, würgend im Hals, und die Tränen geliebter Seelen, die ich zerschnitt – Aber Dein Traum ist dann Tanz und Flug mit den Segeln Deines verspielten Herzens, wie soll ich da mitkommen, wenn Du so fliegst, wie soll ich Dich herreißen, wenn ich so hafte, wie soll ich Dich lösen, wenn Du verwühlt bist im Grund Deiner Teiche und meine Sehnsucht über die Berge geht –? Wir kennen uns kaum. Wir haben eine Brücke zwischen unsren Händen aus schwebendem Licht. Jeder Atemzug kann sie verlöschen, und wir merken es nicht. Was uns zusammenschlägt und unsere Leben in Eines brennt, ist aus anderem Stoff: Blut? Ursprung? Geschick? Wer weiß. Es ist dunkel und stark. Die Liebe.

Das Schiff, an dem sie zu bauen anfingen, wie wir kamen, ist mächtig fortgeschritten: Kiel und Bug, die breiten Flanken im erhabenen Schwung ansteigender Rundung, schon werden die Bohlen geteert, die Bänke gesetzt, der Mast eingezogen, schon stehen mehrere Fischer, die Hände im Sack, oder die Finger im Nasenloch, den ganzen Tag drum herum, mit sachverständigen Reden. Bald wird es vom Stapel laufen. Bald wird auch der Mond zum zweiten Mal erfüllt sein. Bald.

In eine Decke geschlagen, liegt Essen und eine Flasche Kaffee auf meerkühlen Kieseln, mit Steinen beschwert unsere Kleider am Strand, die Sonne ist noch vor Mittag, der Sand ist gelb und rot in langen Dünenketten den Strand hinauf und hinunter, das Meer liegt ganz ruhig in südlicher Bläue, der Süden ist in den Norden verschmolzen, es ist der Strand von Tunis, Neuseeland und Skandinavien. Aber der Wind, der Wind, der die erhitzte Haut umfächelt und über den glühenden Sonnenbrand des Nakkens und der Schenkel kühlt, der Wind ist von den ragenden Schneebergen her, zwischen denen Du aufwuchsest. Um Dich ist immer der Geruch von Alpenheu und das kräftige Harz der Latschen im Geröll, Deine Beine sind fest und vom Steigen und

Schneeschuhlaufen geformt. Du biegst Dich nach dem Ball, den ich Dir zuwarf, mit ganz kleinen springenden Brüsten, aber ich verfehle ihn oft, so muß ich Dich ansehn, so bin ich betrunken von Deinen schmalen kindlichen Hüften und dem Schaum Deiner Schultern.

Die ihr Euch traulich gern aneinander um die Quellen des Geistes schart, fahlköpfige Vögel, lästiges Gestrüpp, mit dem Leichengeruch aus dem Mund voll hagerer Reden, oder mit dem Schleier Eurer wollüstigen verzückenden Schwäche, Euch will ich sagen, daß es ein Leben gibt, nackt, unter der Sonne, im Wasser, am Strand, und so von Liebe gefüllt, daß ihr Schrei die Lungen der Stiere und des Sturms überbrüllt – Ihr, die ihr Euch sehnt, bleich und verwachsen, die ihr Euch krampft, brüderliche Neurastheniker, haßt mich, aber ich bin Euch in der Seele Freund, und ich will es Euch sagen, ich muß es Euch sagen, ich muß es über die Welt hin und über den Himmel donnernd bekennen: Frauen und Männer, Frauen und Männer, Ihr habt nicht umsonst geliebt, noch leben die wilden Volksstämme, mitten unter uns, noch brechen die Barbarenhorden über uns her, noch ist das Tier so wild in unsrem Blut, daß es sein Futter findet, daß es uns alle frißt, daß es die Erde aufreißt, die alte Kruste zerböllert mit seiner Wut, bis auf den Quell des ewig jungen treibenden schleudernden Feuers hinab!!

Das Summen der Mücken, ein feiner saugender Ton, das Singen der Schwüle zwischen dem Weidengebüsch, eine Kreuzotter raschelt aus altem Laub, das Moos schmiegt sich um Deine Schultern. Es ist heiß, es flimmert vor Hitze, das Meer raunt und raunt, in Deinen Haaren hängt Sand, könnte man miteinander in eine Höhle kriechen, tief in die kühlen Stollen eines Maulwurfs oder das Lager der Molche. Manchmal schauert, ohne daß der Wind sich regt, von der Begegnung eines Blicks ein Rieseln den Rücken herab, eine Welle von Kälte und Glut, ein Gebanntsein vom anderen Atem, ein Erschrecken vorm Glück, ein dunkles, heißes, seliges Sich-Erkennen – und immer wieder und immer wieder sich finden –

Das Summen der Mücken ist der Sonnstrahl in Deinem Haar, Deine Zehen wachsen ins Moos, in Deinen Achselhöhlen ist Sommer, die Vögel nisten an Deinem Hals, Dein Nacken ist Tau und Teich, Du bist voll Früchten, Du bist reif und heiß, Du bist der Sommer, der Sommer der Tiere – Sommer der Tiere –!!

Heut abend wollen wir zwei Flaschen Schnaps trinken. Der Mond kullert über den Landesteg, die Enten heben den Sterz aus dem Wasser, die Bäume strecken die Wurzeln in die Luft, das frischgebaute Schiff geht aus dem Leim, das Meer läuft aus, säuft sich selbst, weil wir ihm keinen Schnaps geben wollen, die schöne Glasveranda steht in Flammen, das Klavier erbricht sich im Eck, ein Handlungsreisender singt den Lindenbaum, die Eulen heulen, das Leben ist schön. Wenn ich auf den Abort gehe, tanzen die Sterne. O ihr Lieben!

Des Menschen Himmelreich ist ein Orchestrion.

Ich habe einen Brief bekommen, der mich sehr traurig macht. Du fühlst es. Ich kann Deine Augen nicht sehen. Ich muß mich knien und weinen in Deinen Schoß. So hat es kommen müssen. Jetzt bin ich ganz Dein. Ich habe in Dich geweint.

Übermorgen müssen wir reisen.

Wie uns der Wald zum letzten Mal umfängt – es hat geregnet, und der Himmel ist noch bedeckt, die Stämme schimmern weiß und braun aus schleierndem Violett, und nie ist das Grün so grün gewesen, und das Laub so segnend, ein ewiges Dach, der Pirol tropft seinen süßen Ruf aus undurchdringlichen Wipfeln, der Boden duftet wie ein ganzes Zimmer voll Maiblumen. Auf der Holzwiese, aus den im vorigen Herbst gefällten Stämmen, sind noch einmal die Schößlinge gebrochen, die ganze Lichtung ist ein grünes wucherndes Laubfeld. Drei Pferde aus dem Dorf begegnen uns, sie laufen ohne Hüter frei im Wald umher, sie gehen bedächtig eins hinter dem andren, sehr schön und sehr aufmerksam, wie die Delawaren auf dem Kriegspfad. Kurz vor Abend fliegt noch ein Buntspecht dicht vor unseren Augen einen Stamm an, er ist so bunt und eitel, daß er uns nicht bemerkt, man könnte ihn beinah greifen. Aus dem Laub der Wipfel rieselt die Nacht. Aus der feuchten, flüsternden Erde duftet die Nacht.

Ich muß Dir sagen, daß ich nach 62 Richtungen rennen könnte, so viele hat, glaub ich, die nautische Windrose, und es ist uns gegeben, daß, wo ein Wind herblasen mag, wir ihn anrennen, um dahinter zu kommen. Dahinter. Denn, wo er herbläst, wird jener unüberblickte Horizont zu finden sein, hinter dem die Mutter der Winde ihr Haus hat. Aber ich muß Dir sagen, daß sie mich nicht mehr interessiert. Sie kann mir mit all ihren 62 Söhnen gestohlen bleiben. Ich habe gelernt, daß alle Winde aus der Leere kommen; die uns am stärksten in die Nüstern blasen, daß wir am tollsten nach ihrer Richtung rennen, kommen wohl aus der kapitalsten Leere.

Mich interessiert es nicht mehr. Mich interessieren auch die Menschen nicht, die auf mich warten. Ich weiß, wo ihre Mutter wohnt. Europa interessiert mich nicht mehr. Ich will auch nicht nach Venezuela oder Haiderabad. Was ist mir Benares, Mekka, Jerusalem.

Im Anfang war alles wüst und leer. Es ist ein großes Wasser über unsren Häuptern. Ich bin der Anfang. Ich will die erste Insel sein. Hörst Du? Was wir gelebt haben, was wir geglaubt haben, was wir gemacht haben, versinkt. Was wir dachten, versinkt. Auch unser Name versinkt. Was aber bleibt? Ich und Du. Du und Ich. Wir – steigende Insel – stumm – aus dem Wasser der Zeit.

Das Schiff ist fertig geworden. Morgen ist Stapellauf. Wir werden ihn nicht mehr sehen.

Es ist nämlich jetzt Sommer, da fahren die Dampfer sehr früh. Wir stehen also am Geländer auf Deck, und die Insel wird klein und verschwindet. Du willst nicht mehr zurückblicken? Warum nicht zurückblicken. Ich will alles noch einmal sehen. Aber es ist nur noch ein blauer Streif. Der Dampfer zieht eine lange weiße Furche durch die Flut.

Ein Bauer aus dem Taunus
und andere Geschichten

Geschichte von einer Geburt

Eine Märznacht, rauh, regnerisch, mitten im Weltkrieg, und Frankreichs Erde hing in Klumpen, Brocken, Krusten an Soldatenbeinen, Pferdebäuchen, Wagen, Waffen, Geschirr. Da machte die leichte Feldbatterie Quartier in einem Dörfchen dicht hinter der Front, das keine zehn Häuser an der Straße hatte und eine Handvoll Hütten ringsum zwischen Rübenfeldern ins öde Land verstreut. Libercourt-le-petit, so hieß es wohl, oder Couchy-les-champs oder Le Mesnil, oder weiß der Teufel wie sonst. Damals war jedes verzwickte Wort für uns ein Markstein der Ewigkeit, heute schmeißen wir alles durcheinander, Namen, Gestalten, Daten, Landschaften, Bilder, Gerüche, das zerfließt alles im Gedächtnis wie die Gesichter rasch gefallener Kameraden – was wieder aufersteht, hat Schicht und Farbe gewechselt –, vielleicht auch das Blut, den Herzschlag, den Atem, die Knochen, das Hirn – bleibt nur zu hoffen, daß die unsterbliche Seele jeder Verwandlung trotzt und daß sie wahrhaftig lebt in jeder Wiedergeburt. Die Soldaten, welche in den verstreut umherliegenden Hütten Quartier nehmen mußten, waren übel daran, die kleinen Pfade versanken im Schlamm, es war stichdunkel, man irrte leicht vom Wege ab – in Belgien war einer beim Kaffeeholen in den Schacht eines halbabgerissenen, unbedeckten Ziehbrunnens gestürzt, tagelang vermißt worden und erst gefunden, als es aus dem Brunnen stank. Die drei Soldaten, denen das Los zufiel, mit ihrem Zeug die äußerste Hütte zu beziehen, kamen daher recht unfroh in ihr Quartier, besonders der Jüngste, denn er war zur Parkwache eingeteilt und mußte also in der gleichen Nacht den Weg noch viermal zurücklegen. Jeder mit einem Bund Stroh auf dem Rücken, dessen stichelnde Halmspitzen den Nacken zerkratzten, Gepäck und Woilach übern Arm gehängt, so stapften sie mit ihren schweren Reiterstiefeln durch den Schlamm, die Augen angestrengt auf den zitternden Lichtkreis von der Taschenlaterne des Quartiermachers geheftet. »Sind Zivilisten drin?« fragte einer. »Zwei Weiber.« Aufhorchen! »Was für Weiber?« »Junge?« Keine Antwort. Und schon kreischt der Schlüssel im Schloß, Lichtschein und qualmiger Dunst, Stalldunst, dicke Luft zum Schneiden zwischen Tür und Regennacht. Die öffnet, ist ein altes Weib, mit dem Gesicht einer verwesten Eidechse, Händen wie starre Hühnerklauen. Aus ihrem Mund kommt ein gleichförmig röchelnder, pfeifender Laut, den man zu riechen glaubt. Noch aus der dunklen Ecke, in die sie sich verkriecht – das wäre wie in einer Tierhöhle –, die Ecke zum Winterschlaf, wenn nicht am Holz ein flackernd Öllämpchen hinge, ein Kruzifix darüber, frische Buchsbaumzweige darauf gesteckt, und der erste Gedanke ist, daß gestern Palmsonntag war, ein schöner Empfang beinahe. Jetzt aber schaut man in die andere Ecke, wo kein Lämpchen brennt, und im Schein der Knipslaternen wird ein niedres Lager sichtbar, halb eingesunken, ein fahles Lappenzeug von alten Decken, darunter wälzt sich etwas, wälzt, wellt, hügelt, bäumt sich, windet sich, lautlos zuerst – und man sieht nichts als die unruhig bewegten Lumpenhaufen. Da, da gibt es einen Laut, das verkrochene, vergrabene Tier, da bekommen die Lumpen Stimmen, da stöhnt uns das verschmutzte Lager an, schrecklich, gepreßt, qualvoll – und dann brüllt es plötzlich stoßweise unter den zuckenden Fetzen heraus, zweimal, dreimal, fünfmal, anschwellend, zerschellend, verstummt –, und das Bett liegt wie tot. Die Soldaten im Kriege sind Schreie gewöhnt, einer von den dreien lag schon einmal auf dem Verbandplatz in einer großen Schlacht, dieses Geschrei war aber von einer Art, daß alle zuerst blöde und ratlos standen, jeder den anderen anstarrte, keiner voranging. Der Quartiermacher war inzwischen hurtig verschwunden, vermutlich wollte er Vorwürfen und Beschwerden aus dem Wege gehen. Die drei standen gottverlassen am Eingang ihrer Tierhöhle und räusperten sich, bis dem Jungen, dem der Arm eingeschlafen war, sein Strohbund von der Schulter fiel, den anderen gegen die Beine, und somit endlich der erlösende geisterbannende Fluch erscholl. Es war nun auch alles ganz friedlich, das alte Weib unterm Öllämpchen sah man kaum, der Lumpenhügel schwieg und rührte sich nicht, eine Kerze war schnell aufs Wandbrett geklebt, man sah ein paar Holzscheite, warf sie auf Glutreste im schwarzen Kamin, schichtete das Stroh in die Nähe, fand einen Kessel voll Wasser, setzte ihn auf die Flammen und suchte die Kaffeebüchsen hervor. Aber das Feuer wollte nicht richtig ziehen, und der Junge, der niedergekniet war, um es anzublasen, hob gerade zum Atemholen den Kopf und beugte sich zurück, da fuhr er so zusammen, daß er beinahe den Kessel vom Rost gestoßen hätte. Auch die anderen standen, wo sie gerade waren, starr und hielten den Atem an. Aus den fahlen Lumpen ragte reglos, geräuschlos, ein Gesicht: breit, von braunen Zotteln umfranst, bleich, unförmig, verquollen, dicke Lippen, die offenstanden, wie zum Schrei geformt, Augen, die nichts Menschliches hatten und keinen Schimmer von Begreifen, aber auch nicht wie Tieraugen, nicht wie Glasaugen, nicht wie Totenaugen – solche Augen, wie alle drei sie kannten, die Augen des besinnungslos wütenden Schmerzes. Gleich darauf wölbte sich der ganze Bettberg langsam, aber krampfhaft hoch, eine Decke fiel herunter, ein Stück Leib, ein Stück nackte Schulter stieß hervor, das Gesicht fiel in Schatten, Haarflechten flackerten wild, und ausbrechend, austobend wieder der schreckliche, brüllende, schnaubende Schrei. Dann Stille. Beklemmend. Alle drei gingen plötzlich, wie auf gleichen Befehl, in kurzen Schritten dem Lager zu, dann standen sie zögernd: Der erste, Weigel, ein älterer Bergmann aus dem Westerwald, der zweite, Bopp, ein Bierkutscher aus Hanau, der dritte, Thomas, ein 18jähriger Student. Schließlich streifte Weigel ein Stück Decke zurück und hielt die Taschenlampe sehr hoch über das Unbekannte, was da unten massig lag und in kurzen Stößen zu atmen schien. Dann wurde er kühner, sah sich die Sache gründlich an, und machte sich an den Decken zu schaffen. »Geburtswehen«, sagte er, »das kommt und geht« – und die anderen fühlten sich sonderbar beruhigt beim sachverständigen Klang seiner Stimme. Bopp, der Schorsch, der lachte sogar und ging ganz nahe heran, Thomas spürte kühl im Leib, hob sich aber auf die Zehnspitzen und schaute über Weigels Schulter, und auf einmal geschah es, daß das Weib ganz ruhig seinen Kopf erhob, alle drei mit gesunden Augen ansah und übers ganze Gesicht zu grinsen begann. »Red sie an«, sagte Weigel zu Thomas, der hatte aber kein Glück damit, die Frau schien sein Französisch nicht zu verstehen oder wollte nicht, sie machte die Augen zu, gähnte laut und drehte sich langsam, schwer, wie ein schwangeres Tier, zur Wand, und dabei sah man, wie ungeheuer dick ihr Bauch sein mußte.

Es war in diesem Landstrich mit der Witterung im Frühjahr so, daß gewöhnlich die Wärme zu früh quoll, im Februar vorzeitig blasse Pflanzen und Schößlinge trieb, die nasse unreife Erde mit schalem Knospendunst überschwemmte, schlüpfrige Saatspitzen aus den Schollen lockte und all das gierig und schüchtern Keimende schutzlos den grimmigen Rückstößen der Frostkanonen preisgab. Die hatten drei Tage gewütet, mit tödlichen Sturmattacken der Hagelschloßen, Schneegewitter und Platzregen. Jetzt aber, als Thomas die zweite Wache stand, zwischen dritter und fünfter Morgenstunde, ebbte der Angriff zurück, bei plötzlicher Windstille am Boden jagten die Wolken hoch in zerfetzten Fluchtscharen, am Vollmond vorbei, und es mischte sich seltsam das Frösteln naßkalter Schwärze mit einer lau gärenden, erdwürzig riechenden, nebelhaft steigenden Bodenluft. Im Westen flackerte wechselnd ein rötlicher Schein, große blasse Streiflichter zuckten über den Horizont, ein dumpfes, leises Gebrodel, von lautlos schütternden Luftstößen unterbrochen, ein ruhiges, verhaltenes Gedröhn, das die Stille der Nacht stiller machte, erscholl von der Front. Die Rohre der Kanonen glänzten feucht zwischen den Rippen und Wirbeln kleiner Weidenbäume, das flüchtige Mondlicht troff in verödete Pfützen, aus der Stallbaracke schnaubte oder stampfte ein Gaul, die Nacht war unruhig und ihre hohle Stummheit von dem Tritt und Gerassel vieler marschierender Truppen durchbebt, die unsichtbar südlich und nördlich auf den zermatschten Landstraßen frontwärts zogen. Etwas Dröhnendes, Grausames, Unerbittliches lag in der Luft, man sprach von geplanten Offensiven, man spürte die Schauer einer Schlacht voraus, der geheime Befehl zum Angriff, zum Schrecken, zum Tode – fern im Dunkel hinterhältig ausgeheckt – fing schon lebendig zu rumoren an, die Gespenster der Truppenverschiebung, des Marsches nach unbekanntem Ziel, umflatterten jeden einzelnen preisgegebenen Mann und würgten ihm plötzlich die Kehle. Thomas stand an einen Baum gelehnt, in seinen feuchten Mantel vergraben, den Helm im Genick, in seine Nüstern stieg ein Geruch wie von blühenden Kätzchen, Primeln, Anemonen und Osterkraut. Der Vogel Kiwi schrie bald nahe, bald fern, eine kleine Eulenart, die in manchen Gegenden Frankreichs in Massen vorkommt, man hörte sie in den ersten Monaten des Jahres auf jeder Nachtwache schreien. Bei uns zulande, wo sie seltener ist, heißt sie der Totenvogel, und der wird auch in Frankreich jedesmal für einen Soldaten geschrien haben. Heute vielleicht für den Wachkameraden, der am anderen Ende des Geschützparks steht, dachte Thomas. Oder für Schorsch Bopp, der in der Tierhöhle auf dem Stroh so gewaltig schnarcht. Für das Weib womöglich, oder für sein ungeborenes Kind. Für mich nicht. Für mich sicher nicht. Und er begann auf- und abzuschreiten, da das Gesinge einer fern vorbeiziehenden Truppe ihn frostig überfiel und aus dem pferdehaften Halbschlaf des Wachestehens weckte. Während er so auf- und abschritt, sah er plötzlich aus der Gegend seines Quartiers herschwankenden Lichtschein, hörte einen unverständlichen Ruf, irgendwo in einer anderen Hütte wurden die Läden aufgestoßen, Lampen angesteckt, ein kurzes Hin und Her von Stimmen erscholl, ein Getrabe, ein Fluch, dann kamen zwei Kerle im Laufschritt am Park vorbei, von denen der eine, am Husten kenntlich, der alte Weigel war. Der andere, ein blonder Mensch mit Bärtchen und schmaler Drahtbrille, trug einen Drilichanzug mit der Rote-Kreuz-Binde um den Arm, hatte einen Sanitätskasten in der Hand, sah verschlafen aus, spuckte dauernd und lief in Holzpantinen. Ehe man sie anreden konnte, waren sie beide vorbei. Gleichzeitig aber schnaubte und schnaufte ein furchtbarer Ton durch die Nacht, viel wilder, lauter und verzweifelter, als es am Abend in der Hütte selbst geklungen hatte, unmenschlich, unwirklich, wie das Geblöke der Wahnsinnigen im Irrenhaus. Dann wieder war alles still. Thomas begann rastlos hin- und herzulaufen. Bald sah er auf die Leuchtuhr am Arm, bald verbohrte er den Blick in das fahle Dämmerlicht, das am östlichen Himmel hochkroch. Eine ganz fremde Erregung, die nichts mit Furcht, nichts mit Neugier, nichts mit Verlangen zu tun hatte, ging in seinen Adern um. Es war ihm plötzlich, als stünde er vor ungeheurem Neuland, aufgerissenen Wolken, vor der offenen Ferne, und etwas wie Lust und Schwindel machte ihn bewußtlos, trieb Dinge, Wellen, Geräusche durch sein Hirn, daß er, die Lippen gleichgültig bewegend, Worte sagte, Sätze kaute, Namen rief und nicht mehr fühlte, wie ihm geschah. »Geburt, Geburt«, sagte er und lief um eine Pfütze herum mit der Haltung eines Schwimmers, der den Kopfsprung machen will – und – »es wird schon Tag« – sagte er – »zum Teufel« – sagte er – »Kein Krümel Tabak« – und, die Zähne verbissen, die Arme ausgestreckt – »Herrgott, wie die Zeit vergeht« – dabei war ihm, als schrumpfte sein Leib, als schnurrten seine Glieder und Muskeln ein, als krümme sich sein Körper zum Hocksitz des Embryo, und nur der Kopf bleibe groß, schwer, erwachsen. »Geburt, Geburt« – sagte er und spürte aus der Luft etwas Heißes, Brennendes, Elektrisches in Funkenschwärmen auf sich niederregnen – und starrte tiefgebückt in den Erdschlamm, den Lehm, den zähbraunen Brei um die Wurzeln der Weiden, starrte zu Boden, indem er den Himmel meinte – warf den Kopf himmelwärts und ihm war, als grabe er sein Gesicht über und über ins feuchte Erdreich, während der laue Wind über seine Stirn schleifte – und alles fiel ihm ein, was den Frühling macht – dies ungeheure Wehen der Weidenruten, wenn sie gelb schimmern und leuchten von künftigem Knospengrün – das Geheimnis eines auskriechenden Schmetterlings – das tolle zaubervolle Erwachen der Tümpel und Teiche – der wilde heisere Liebesruf nestbauender Vögel – und jetzt?! jetzt aber?! was war das –:

Der rüde Gesang zweier in verschiedener Richtung marschierender Truppenkörper, rechts und links im Gelände, fast schon verhallend, hatte sich ganz vermischt, das gab in der Ferne harmonisch und groß eine klare Musik, und Thomas stand und lauschte mit offenem Mund, heiß stieg's ihm in die Kehle, seine Arme sanken herab, alles strömte über ihn zusammen, der Himmel ertrank in Sternen, der Kiwi schwieg. Jene Musik, die damals aus dem Gesinge fern marschierender Regimenter, aus dem »Haltet aus« und »Siegreich wollen wir« grölender Muskoten aufstieg, hörte Thomas viele Jahre später untrüglich wieder, es war der Anfang des zweiten Satzes von Beethovens letzter Sonate, opus 111. Damals kannte er sie nicht, aber er vernahm sie gläubig und andachtsvoll. Dann begann er zu frieren; die Ablösung stampfte heran; ein Hahn krähte prophetisch.

Was in der Höhle vorging, glich einem verzweifelten Kampf. Das Weib hatte längst alle Decken und Fetzen mit den furchtbaren Stößen ihres massigen Körpers heruntergeschleudert. Das Hemd aus schlechtem, gelblichem Stoff war quer überm Bauch zerrissen, nackt lag sie da, die Hügel und Berge ihres Leibes bebten, die Schenkel zogen sich hoch und streckten sich wieder aus, die geballten Fäuste schlugen den Bettrand, das große bleiche Gesicht mit rollenden Augen war aufwärts gedreht, der Atem ging keuchend aus ihrer Brust. Rechts und links vom Lager standen in Hemdsärmeln mit unwirschen Mienen Bopp und Weigel, während der Sanitäter am Boden kniete, ratlos in seinem Kasten herumfingernd, und das alte Weib in der Ecke allerlei Zeug murmelte, das wie Flüche und Verwünschungen klang. Sie meinte es auch im Ernst so, sagte der Sanitäter, denn der Vater des Kindes war ein deutscher Ulan gewesen, und die Alte wollte ihre Tochter lieber krepieren sehen, als einen kleinen Boche gebären. Keine Hand rührte sie, noch nicht einmal zum Wasserholen war sie zu bewegen, in der Ecke hockte sie mit dem Gesicht einer verwesten Eidechse und lallte bös. Es war auch kein Arzt im Ort, das Stabsquartier in der Dunkelheit nicht zu finden – so mußten drei Artilleristen und der Sanitäter, der sich furchtbar genierte (er war von Beruf protestantischer Theologe), Geburtshelfer und Hebammen sein. Eine Viertelstunde lang schien es, als wolle der Engel noch einmal gnädig vorübergehen, dann aber setzte es ein mit dem Furioso eines ausbrechenden Vulkans: Erdbeben, Gedonner, Gebrüll und feurige Lava: Blut! Die zittrigen Finger des Sanitäters versagten, Weigel griff zu mit ruhiger, erfahrener Bergmannsfaust, nachdem er sie in den Eimer gewärmten Wassers getunkt hatte, den Thomas herbeischleppte. Aber das Weib, wiehernd wie eine angeschossene Stute, schlug mit den Beinen aus, trat ihn vor die Brust, daß er zurücktaumelte. Bopp und der Sanitäter packten jetzt jeder ein Bein und hielten es mit aller Macht umklammert nach auswärts gedreht, denn die Stunde war da, und man konnte nichts mehr machen als rücksichtslos zugreifen, auf die Gefahr hin, daß alles falsch war, was man tat, Mutter und Kind unter den groben Händen draufgingen. Von schweren krampfigen Stößen geschüttelt, preßte und drückte das Weib, und Weigel, in der Linken die Taschenlampe, versuchte mit der Rechten dem lebendigen Geschöpf, das aus der Enge kam, seinen Weg zu erleichtern. »Es kommt köpflings«, sagte er, »das stimmt, aber es ist zu dick, glaube ich. Wo das viele Blut herkommt, weiß der Teufel.« Und Bopp mußte sich mit aller Kraft seines Brustkastens auf den Schenkel der Frau legen, so zuckte, zerrte und zog sie. Es war wie beim Pferdebeschlagen. Plötzlich warf sie den Oberkörper hoch, schrie gurgelnd und schlug mit beiden Fäusten nach Weigels Kopf. »Halt ihr die Arme und die Schultern runter«, sagte er zu Thomas. Aber der Widerstand war so kräftig, daß der Junge sich mit den Knien auf ihre Schultern stemmen und mit beiden Händen ihre Arme packen mußte. Ihr Kopf lag jetzt wieder aufwärts gedreht dicht unter seinem Gesicht, die Stöße ihres Atems berührten ihn, und er stierte wie gebannt, benommen, versunken, in ihre weit offenen Augen, deren Ausdruck übernatürlich war. Gleichzeitig lockte ihn der Vorgang am unteren Ende dieses Leibes ungeheuer und schrecklich, und das letzte wahnsinnige Gerüttel, das letzte unmenschliche Gebrüll, das letzte Aufbäumen und Abwehren, dem große drückende Stille folgte, sah er schon wie hinter Glas, hörte er wie aus anderer Luftschicht, kalt, wach, gefühllos. Kaum spürte er, daß sie ihre Zähne in seinen Finger schlug und ein Fetzen Haut beim Wegreißen heruntergging. Minuten folgten, die fast lautlos waren, und man hörte wieder das ekelhafte Röcheln und Pfeifen des alten Weibes. Die Brust der Gebärenden ging ruhig, Weigel stand mit seiner Taschenlampe unbeweglich, die anderen spürten ein tiefes, rieselndes Ermatten des Körpers in ihren Händen, sie hielten ihn nur noch aus Vorsicht fest. Plötzlich erschrak Thomas wild, die beiden Hände des Weibes fuhren an seinen Armen hoch, er wollte fest zupacken, spürte aber im nächsten Moment etwas Unerhörtes, Unerwartetes, fast Unmögliches: diese Hände suchten seine Hände, faßten sie an, schlangen die Finger in seine Finger und preßten sie in leichtem zärtlichem Druck. Die Augen der Frau waren auf einmal geschlossen, das aufgewölbte Gesicht schien eingefallen, die Lippen blaß und schmal, ein sonderbarer Glanz lag auf ihrer feuchten Stirn, und Thomas durchzuckte es, als sei dies der Tod, obwohl er den warmen lebendigen Druck der beiden Hände fühlte. Rasch blickte er auf und sah, wie Weigel mit einem Gesicht, unter dessen Stoppeln allerlei fragwürdige Falten liefen, etwas Lebendiges, Rötliches in die Höhe hob – und er sank fast vornüber auf die Brust der Frau, die jetzt ruhig atmete, und es schwankte, tanzte alles um ihn her, und der Tag brach herein oder war schon längst hereingebrochen, Dienstag war's in der Karwoche, und in diesem Augenblicke schrie das Kind.

Sonderbar: die Alte war plötzlich still geworden, kam aus ihrer Ecke hervor, nahm das Kind in die Arme, wusch es, wickelte es in ein Tuch und war wie eine Gluckhenne um den kleinen Boche herum. Die drei Artilleristen gingen hinab ins Dorf und putzten ihre Gäule. Der Sanitäter hatte aufgehört sich zu genieren, war sehr stolz und schrieb einen Rapport. Am Nachmittag kam Thomas allein ins Quartier zurück, um das Geschirr zu packen, zum Abend war Aufbruch in Feuerstellung befohlen. Als er hereinkam – da stand das junge Weib mitten in der Stube –

sie hatte eine Art Mantel umgehängt, sie stand breitbeinig, ihr Gesicht war rot und frisch, die beiden Brüste groß und strotzend nackt, an der einen lag ihr Kind. Während Thomas sein Zeug packte, kam sie langsam heran und setzte sich dicht vor ihm auf den Tisch. Er hielt ein und betrachtete sie. Die Alte war nicht im Haus. Die Fenster standen offen. Warme Luft roch herein. Die Frau sah ihn an, mit dicken, geschürzten Lippen, auf denen die Zunge spielte, aber mit großen ernsthaften Augen unter der tierischen Stirn. Dann nahm sie seine Hand und legte sie minutenlang auf ihre freie Brust, die kühl war und so fest wie ein voller kräftiger Arm.

»An die Pferde! Batterie aufgesessen!« Jetzt ist der Abend nah, und die Röte im Westen schüttert von dumpfen Donnerschlägen. Die Gäule sind unruhig, der Frühling sticht in der Luft. Die ist hoch oben blaß, der Mond wie eine verblasne Wolkenfeder darin verloren, dann stürzt die Nacht schnell, der Kiwi schreit, marschierende Truppen grölen in der Ferne.

Die Geschichte vom Tümpel

Den langen bläulichen Riß, der sich im Zickzack über die krustige Eisfläche zog, hatte die frühe Märzsonne in vielen scharf glitzernden Mittagsstunden genagt. Nachts schob ihn der Frost wieder zusammen und füllte ihn auf mit körnigen Reifbrocken.

Als aber der Föhn durchs Hochtal schnaufte, die schmutzigweißen Gesichter der nebligen Berge schreckhaft und drückend nah heranholte, die Wälder blaugrün und braun aus den fahlen Schneefeldern wusch, verbiß die plötzliche Wärme sich in die schmalste Bresche, bohrte und sprengte und fraß und rammte sich wütend ein, mit gierigem Finger, brennender Zunge saugend, stoßend, bis die ersten bräunlichen Blasen wie dunkles Wundblut hervorquollen und langsam, siegreich, undämmbar das trübe Wasser des Tümpels über die schmelzenden Schollenränder stieg. Bald lag der kleine Tümpel glatt und klar inmitten der schneefreien Wiese, deren gelbes Herbstgras schon von den saftigen Jungspitzen übersproßt wurde, und nur zwischen den harten, altgrauen Schilfrohren spann sich noch in der Frühe klamm und glasig die letzte dünnschalige Eiskruste wie Haut auf gekochter Milch.

Tag auf Tag baute sich dem Frühling entgegen.

Die Luft, erst noch kälteklar wie harter geruchloser Kristall, ward bald von Bodendämpfen beschwert, von Ackerdünsten durchquirlt, von herben und süßen Duftwellen durchrollt und durchronnen, da roch es plötzlich betäubend nach den stäubenden Blüten des Seidelbast, da stank es vom Seegrund herauf, wo die Bauern ihr spärliches Feld düngten, da schmeckte der laue schleifende Wind und der frische rüttelnde Wind nach Laub, Sauerampfer, Maikraut, daß man ihn schlürfend zwischen die Zähne sog, und über dem Tümpel stand ein Hauch von verdunstendem Wasser und leise durchwärmtem mehlig morastigem Schlamm.

Und am oberen Ende, wo der Bach in ihn einfloß, war bis

zum Grund eine so hellbraune Klarheit, daß jedes winzige Steinchen und die um krustige Gehäuse alter Entenmuscheln wehenden Fäden von Tang und Algen unendlich zerteilt und verästelt und vielfach gespalten erschienen, wie behaarte Insektenfühler oder der Fuß einer Spinne unterm Mikroskop. Flüstern im grauen, zottigen Schilf. Knarzen im Weidenholz, unter den gelblich hangenden Ruten. Glucksen im sickernden Schlamm. Reglos das Wasser im Tümpel.

Da quoll aus dem glatt ruhenden Teichgrund eine lichtbraune Wolke auf, zuerst wie zarter Rauch durch die Grundwässer wehend, dann in mächtigem Strudel hochwirbelnd. Gleich darauf wellte und hügelte der Schlammboden, wie von unterirdischen Vulkanen bewegt, riß auf, klaffte breit, spaltete sich nach oben, und es war, als werde ein zweites, tieferes Erdreich, ein winziger Bergrücken, mählich hochschwellend, aus ihm geboren. Aber der kleine graubraune Hügel zuckte und zitterte wie von Krämpfen und inneren Stößen geschüttelt, dehnte sich plötzlich aus und hob sich vom Boden auf, langsam im Wasser hochsteigend, reckte dic winzigen Stümpfe morastverklebter Beine aus, tauchte empor über die Wasserfläche mit einem runden warzigen Kopf, aus dem sich in schmalen Schlitzen erst, dann groß und hell werdend, goldgelb leuchtende Augen gebaren, atmete lang und bebend, füllte den faltigen Bauch mit quellender Luft, ruderte in kurzen Stößen, und dann kroch die erste Kröte dieses Frühlings ans trockene Land.

Lange Zeit lag sie da in großer Erschöpfung, spürte die leichte Berührung der schrägen Sonnenstrahlen auf ihrem Körper und den Hauch von den Flügeln einiger kleiner Sumpfmücken, die sie sorglos umschwirrten. Ihre Haut hing schlaff rechts und links am Leib, die Knochen des Kreuzes und der Hüften standen spitzig heraus, die Beine lagen reglos ausgestreckt in der gleichen Haltung, mit der sie kriechend den ersten festen Grund erfaßt hatten. Von Zeit zu Zeit ging ein kurzer Atemruck durch ihre Flanken. Unmerklich, wie ein schwächlicher Puls zuerst, begannen die Luftbewegungen des weißlichen Kehlsacks, und all das war wie die matten Regungen eines entkräftet hinsterbenden

Geschöpfes. Auch die Augen, die sich im Wasser schon mit goldener Iris und schwarzem Sehschlitz geregt und durchhellt hatten, sanken wieder müde zusammen, als wollten sie in ihren Höhlen verdorren. Die lange Entbehrung und furchtbare Starre des Winterschlafs schien zu groß, um noch einmal zu wachem Leben aufgerüttelt zu werden. Der Leib lag fühllos und ohne Trieb, als wolle er in die Erde versinken. Aber unmerklich, wie aus einem unsichtbaren Keim wuchernd, wuchs in den Höhlen dieses erstorbenen Körpers der große, grausam unerbittliche Gott: Hunger! – der peitschende Treiber und der wachsame Erhalter aller lebendigen Wesen. Und wie ein wild rasender Schmerz jäh in die Eingeweide des stumpfen Tieres biß, sprang da ein mächtiger Widerstand auf und straffte alle Nerven, weit riß es die Augen auf und spannte die Muskeln am Hals und in den Gelenken, schnellte den Bauch vorwärts und ließ die Kiefer aufklaffen, Ziel suchen, zuschnappen und den Regenwurm, der gerade vorbeikroch, im letzten Augenblick, bevor er pfeilschnell in die Erde verschwinden konnte, am Ende seines glatten Leibes packen. Während die Kröte noch langsam schmatzend den Wurm fraß und ihr Leib bis in die Warzen der Haut von wiederkehrender Kraft durchrollt wurde, regte sich der Boden des Tümpels an vielen Stellen, und an vielen Ecken des Uferrandes regte sich das Schilf und der seichte Schlamm, die schwarzen Kohleaugen einer Unke funkelten schon räuberisch nach den niedrig tanzenden Mücken, ein magerer Bergmolch schleppte sein faltig überspanntes Skelett an Land und schoß plötzlich wild hinter einer lahm kriechenden Schnecke her, ein großer Grasfrosch wagte die ersten Sprünge auf zitternden Schenkeln, und überwinterte Kaulquappen, Wasserkäfer, Blutegel kreuzten wie prüfend in der braunen Flut hin und her. Plötzlich löste sich vom harten Stengel eines Schilfrohrs, dicht unter der Wasserfläche, ein Geschöpf, das wie ein Stück vertrockneter Weidenborke daran geklebt hatte, reckte sich kurz, riß furchtbare fahle Gespensteraugen auf, entrollte gräßliche Fangkrallen und ein großgezahntes, skorpionartiges Scherengebiß: die Raublarve einer Libelle, die schon zwei Jahre wie ein Tiger in diesem Tümpel wütete, und jetzt zu ihrem furchtbarsten Mordjahr, vor der Verwandlung, erwachte. Einen Augenblick dehnte sie die Schwimm-, Fang- und Freßglieder, dann schnellte sie in peitschendem Ruck durchs Wasser und packte ein zappelndes Körperbündel, eine große, schon mit Füßen bewehrte Krötenquappe, zerrte und zog sie hinab in die dunkel quirlenden Grundwässer, zwischen die fauligen Stümpfe geknickter Rohre und überschwemmter Weidenbüsche, schlug ihre Zähne immer tiefer in die Weichen des verzweifelt kämpfenden Tieres und begann das Blut und alle Säfte aus dem langsam ersterbenden Körper zu saugen.

Immer wärmer durchstrahlte die Sonne das kleine Gewässer, immer ruhloser und drängender wachte das tausendfache Leben auf. Schon wuchs Entengrün wie ein zarter Schleim über die Fläche des Tümpels, schon stampften in der Frühe die ersten frei weidenden Kühe vorbei, neigten die Köpfe zu langen schlürfenden Zügen, ließen tief in den Schlamm gebohrte Löcher zurück, wenn sie die schweren Füße heraushoben. Tiere wanderten dem Tümpel zu aus den mählich austrocknenden Schmelzbächen. Bergmolche, Feuersalamander, die unter Steinen und in morsche Baumstrünke verwühlt überwintert hatten, kamen im Paarungstrieb weither gewandert und suchten das Wasser als das mächtige Element ihrer Zeugung und Geburt. Alle fanden sie vielfache Nahrung und Platz, soviel sie brauchten. Die Rückenschwimmer und viele kleine Wasserinsekten schossen in unerschöpflichen Scharen über die Flut, die Myriaden kleiner Käfer- und Mückenlarven nahmen kein Ende, obwohl unzählige Mäuler sie verschlangen; die furchtbaren Räuber, auch mit Fangarmen und tückischer Schnelligkeit bewehrt, fraßen nur dünne Lücken in dies endlos wuchernde Leben.

Die Kröte, vor geringer Zeit noch kaum aus der Totenstarre des Winterschlafs erwachend – die Unken, Frösche und weiblichen Molche krochen und schwammen schon mit breiten hängenden Bäuchen, in denen der Laich quoll, während die Männer, zu wilder, kämpferischer Gier erwacht, einander bedrängend, bis jeder seinen Drang gestillt hatte, oft Beute und Fraß vergaßen, tagelang in stummen Kämpfen oder im Krampf der verkrallten Begattungssprünge auf die Rücken der Weiber geklemmt, verharrten. Nachts im Schilf das Keckern und Ächzen der Frösche, das Gesinge der Kröten, das dünne Geläut der Unken. Molchmänner standen mit bebendem Kamm, mit der Pracht ihrer erregten Hautfarben prunkend, senkrecht im Wasser vor den träge rudernden fruchtschweren Weibern.

Mächtige Gelbrandkäfer schossen wie Granaten und Torpedos hintereinander her, um sich mit den umhörnten Endspitzen der Leiber bohrend zu erfüllen. Feuersalamander, im seichten Uferwasser zappelnd, preßten die walzigen schwarzgelb gefleckten Leiber zusammen, in wilden Zuckungen und Peitschenschlägen des Schwanzes die Wollust der Samenvereinigung erzeugend. Teichfrösche mit vorquellenden Augen befruchteten in stummem Versickern den Laich, der aus den schmerzhaften Bäuchen der weiblichen Tiere drang. Und bald war der Tümpel erfüllt bis in die letzten Wassertropfen am Binsengras von jung keimender, atmender, wachsender, schwellender Brut. Unsichtbar die Milliardenheere der ewig sich teilenden Urtiere! Unfühlbar leise die erwachende Bewegung in den schwärzlichen Eizellen durchsichtiger Laichmassen! Unhörbar das erste wilde Gezappel und hilflose Schnappen der umhertaumelnden Larven! Winzige Kaulquappen, wie Kommas einer verschnörkelten Schrift, hingen zu einer seltsamen zitternden Traube geballt an einem versunkenen algenbehaarten Baumast. Junge Bergmolche, lebendig geboren, mit ihren feinverästelten Kiemenbündeln tastend, jagten schon in der Tiefe auf kleine Würmer und Wasserflöhe. Manche Brut wurde, kaum geboren, von den im Rausch der Laichzeit ausgehungerten Erzeugern verschlungen. Aber die meisten Mütter trieben, im dunkeln Drang der Bruterhaltung selbst von der Geburtsstätte forteilend, auch die grausamen Väter hinweg. Die Sonne goß täglich Fluten von zeugender Wärme in die trächtigen Wasser. Mückenschwärme sangen schon abends um die sumpfigen Ufer. Das Riedgras wucherte so hoch, daß es den Tümpel wie ein Urwald umstand. Weiße und gelbe Seerosen öffneten die breiten saftigen Schalen. Das Schilf schoß hoch empor, rauschte und bog sich im Wind. Kleine Rohrsänger nisteten und brüteten darin. Eine Wasserratte, aus dem See im Tal von Reusenfischern vertrieben, kam todesmutig emporgeklettert, ihre Jungen im Maul schleppend, barg sie im Röhricht. Immer früher am Tag, immer später am Abend berührte die Sonne den steilen buschigen Uferrand. Alles strotzte und schwoll von Fruchtbarkeit.

Aber die Sonne kroch täglich mit stärkerem Brand in diesem Jahr ihre Bahn, die niemals von Wolkenzügen oder feuchten Nebelschwaden durchkreuzt wurde. Manchmal hing sie morgens hinter dünnen Dunstschleiern, wie ein gefräßiges Spinnentier im fahlen Netz. Dann aber brach sie stets wieder durch mit gewaltigem, fressendem Feuer, immer härter wölbte sich die bedrohte Erdkruste ihr entgegen, immer tiefer bohrte sie ihre Hitzepfeile in die berstenden Schollen, immer dörrender kroch sie den durstigen Fasern der Wurzeln nach bis in die letzte haarfeine Verzweigung, sengte die Gräser gelb, daß sie vorzeitig ermattet niedersanken, ließ die jung treibenden Laubhölzer vor Durst erstarren, und saugte, schlürfte, trank, soff, selbst von unendlich höhlendem Durste durchrast, Tag für Tag größere Massen Wasser aus dem längst faulig stehenden, unbewegt wehrlosen Tümpel. Da waren die ehemals feucht überwucherten Schlamm- und Sumpfränder längst zu schalig blätternden, mehlig stäubenden Krusten erstarrt. Da hingen die äußeren Weiden schon mit schlaffen Zweigen ersterbend und krank. Da ragten die holzigen Schilfrohre, ohne zu wachsen, täglich höher aus dem sinkenden Spiegel der Flut. Da wurden die Uferflächen immer weiter und kahler, die Wassertiefe immer versumpfter und enger, die Brut- und Wachsräume der unzähligen Tierscharen immer trüber, durchwölkter und bedrängter. Ja die große Hitze, von Mensch und Tier und Pflanze des festen Landes verflucht, doch bekämpft von all diesen durch Flucht in den Schatten oder tieferes Eindringen der Notwurzeln in die noch bewahrte Tiefe, schuf hier im Tümpel, aus dem es weder Flucht noch Rettung gab, ein furchtbares, unentrinnliches, mörderisches Würgen und ein schweres kampfloses Erliegen.

Und sie verteilte sonderbar, gnadlos und ohne Gerechtigkeit Leben und Sterben nach der Willkür einzelner Nöte und Kräfte. Zuerst nährte sie Massen gieriger Larventiere gewaltig durch das in der warmen stehenden Flut ungeheuer wuchernde Kleinzeug. Dann ließ sie Massen vorzeitig fett gewordener, schwer beweglicher Larventiere in einer plötzlich austrocknenden Schlammpfütze am Ufer hilflos verzappeln. Erst nährte sie die alten, im Wasser beheimateten ausgewachsenen Tiere zu mächtiger Kraft, indem sie ihnen die immer enger zusammengedrängten Herden der jungen Brut preisgab. Dann aber gab sie die also erstarkten selbst ihren noch mächtiger erstarkten Feinden preis. Immer noch lagen Unken flach wie halbversunkene braune Blätter auf der ruhenden Fläche, dämmerten friedlich hin. Doch es kam vor, daß sie plötzlich von einem Maul aus der Tiefe gepackt wurden wie Schwimmer von einem Haifisch, hinabgezerrt, verschlungen. Furchtbar tobte der Kampf in den Tiefen zwischen den grausamen Räubern, den fangzahnbewehrten Libellenlarven, den Blutegeln und den alten fraßgierigen, über ihr Maß gewachsenen männlichen Molchen. Viele lebten mit zerfetzten, langsam nachwachsenden Gliedern, schwärenden Wunden, rissiger Haut. Täglich trieben Leichen solcher Tiere, die von ihren siegreichen Mördern nicht mehr gefressen werden konnten, mit gedunsenem Körper, bauchaufwärts, verwesend auf der Tümpelfläche, dienten Milliarden von Keimen als Brutstätte und versanken schließlich im heißen trocknenden Uferschlamm. Täglich lagen auf Schlammbergen, die neu aus dem schwindenden Wasser aufragten, wie dunkle Schleimschichten, die noch kurze Zeit verhauchend zuckten, Massen sterbender Kiemenatmer. Die Wasserpflanzen, die Stengel der Seerosen, die Stümpfe zerknickter Schilfrohre, auf immer engeren Grund zusammengedrängt, verwuchsen miteinander zu undurchdringlichem Dickicht, versumpften den Teichgrund gänzlich, saugten das Wasser, das von oben her die Sonne in vollen Zügen wegtrank, nach unten in die sickernde wurzelverwucherte Erde. Und es kam der Tag, da unter einem lautlos brütenden Himmel, der mittags wie erhitzte Metallplatten auf die Erde preßte, die nackte braune Fläche des mittleren Tümpelbodens, nur noch von wenigen Pfützen durchfleckt, zwischen den starrenden Lanzenschäften der Schilfrohre offen dalag, rasch von den glühenden Wellen der Hitze gedörrt und getrocknet. So sehr war dieser Fleck brauner Erde von Leichen gedüngt, daß die Spitzen des wuchernden Grases, die rasch hervorschossen, schwärzlich und welk ans Licht kamen, wie vor der Geburt verwest.

Täglich gingen die Kühe auf dem Weg zur Weide an diesem Tümpel vorbei. Im Frühjahr hatten sie ihre breiten Mäuler ruhig und langsam in die kühle Flut getaucht, in den ersten Tagen des Sommers kamen sie oft von plötzlichem Durst getrieben in hastigen Sprüngen und soffen mit kurzem Atem, zitternden Flanken. Als aber die Dürre begann und die furchtbare Tageshitze ihre Euter schlaff und ihre Mäuler fiebrig machte, umstanden sie oftmals in stummen, ermatteten Scharen die Ufer des mehr und mehr verschwindenden Teiches und nahmen ihren Weg mitten durch sein sumpfiges Bett. Jeder Schritt ihrer schweren mächtigen Füße ward da zum Tod unzähliger Tiere, die in der Enge keinen Platz mehr fanden, dem zermalmenden Huftritt auszuweichen. Manchmal zerstampfte der achtlos nachgeschleifte Hinterfuß eines lahmenden Rindes die Frühjahrsbrut mehrerer Geschlechter in einem einzigen Augenblick. Je mehr der Tümpel austrocknete, desto tiefer sanken die Beine der schweren Tiere in den Grund ein, oft standen sie stundenlang knietief im weichen Morast, der ihre Knöchel kühlte, ihre Beine vor den Bremsen schützte.

Jetzt, als der Grund des Tümpels nackt und dörrend in der Sonne lag, waren diese tiefen, von den Kühen in den Sumpf getretenen und immer wieder nachgestampften Löcher die letzten Oasen des Wassers, die letzten Zufluchtsstätten des Lebens vor der endgültigen Vernichtung. Hier, in den mörderischen

Fußstapfen, die vorher den Tod und die Zermalmung bedeutet hatten, klammerte sich noch immer eine verzweifelte Schar ans dumpfe schmerzende Leben. In einer Flüssigkeit, die nicht mehr zur Hälfte Wasser war, in einem trübe brodelnden Gemisch aus flüssigem Schlamm, Säften verfaulender Pflanzen und dem Urin der Rinder, krochen und zuckten noch atmende Larven, eng ineinandergepreßt Feind und Freund, Verfolger und Beute, Räuber und Opfer, zu schwach und zu sehr von der gleichen Not entkräftet, um sich zu fressen oder zu bekämpfen. Und bald sanken auch diese letzten Rettungshöhlen, eine nach der anderen, von der Hitze zermahlen zusammen. Kaum eine oder zwei waren es noch, die sich mit spärlichen Wasserresten hielten, als dieser Abend bleiern niedersank, hinter dessen rötlich brandigem Verschwelen zum erstenmal dunkel geballte Wolken ihre schwangeren Bäuche in die Nacht wölbten.

In dieser Nacht war die Luft über dem Sumpf von einem leisen singenden Klagen erfüllt, in das sich aus der Ferne langgezogen und weh, dann trillernd und wie erlöst, das Brüllen ahnungsvoller Tiere in Ställen und auf der Weide mischte.

In dieser Nacht hörten die gelben und bläulichen Lichter nicht auf, wie heimliche Wunderzeichen über die Erdränder zu sprühen.

In dieser Nacht mengte sich seltsam und ahnungsvoll ein Duft keimender Gräser mit einem schweflig geladenen Hauch, und das leise Rollen ferner Gewitter schien aus den Rissen und Spalten des dürren Erdbodens zu dringen. Gegen Morgen fielen die ersten Tropfen, schwer und hart, zerplatzten spritzend auf den staubüberkrusteten Steinen wie stählerne Aufschlaggeschosse. Dann, als es hell ward, und die Sonne ging an diesem Tag nicht auf, jubelte brausend der Regen.

Gegen Herbst, als es nachts kühler wurde, lag der Tümpel im milderen Licht voll klaren hellbraunen Wassers. Die Kühe, heimkehrend, tauchten langsam ihre breiten Mäuler hinein. Manche Tiere, die sich vor der Dürre in moosverwühlte Verstecke gerettet hatten, auch manche, die den letzten Kampf im Schlamm vergraben überdauert hatten, waren in ihn zurückgekehrt. Von den Larven und Jungtieren wuchsen nur wenige auf in diesem Jahr. Die aber waren groß und stark und lebten lange.

Die Geschichte von einer Entenjagd

In der Frühe kam Thomas zurück, mit kleinen leisen Ruderschlägen dem Ufer zusteuernd, machte sehr langsam das Boot fest, schöpfte es noch aus, denn es zog bei jeder größeren Fahrt etwas Wasser, und ging zur Hütte hinauf, aus der schon Rauch aufstieg: Söri kochte Kaffee.

Er trat ein, die beiden großen Enten baumelten wie Skalpe an seinem Gürtel, mit schwärzlich verklebten Augen, ein paar Tropfen geronnenen Blutes vorm Schnabel, an den Brustfedern, am Hals. Er tat so, als habe er vergessen, daß die Enten an seinem Gürtel hingen – er machte sich nichts wissend –, es schien ihm selbstverständlich zu sein. Söri stieß einen kleinen hellen Schrei aus – sie hatte die Kaffeemühle zwischen den Knien und trug, wahrhaftig, einen rotseidenen Morgenrock, das Haar hatte sie schräg über ein Ohr gekämmt, so daß die andere Gesichtshälfte groß, nackt und klar erschien wie der Spiegel des Fischsees draußen – und unter dem seidenen Morgenrock hatte sie hellgraue Jagdbreeches an – aber rote Pantoffel an den nackten Füßen – so hockte sie auf einem Kistenstuhl in der groben, klotzigen Holzhütte – die Kaffeemühle zwischen den Knien – im Herd krachte und knarzte brennendes Kiefernholz – sie lachte Thomas mit blanken Zähnen an und wies auf die Enten, deren zusammengebundene Füße, in der Todesstarre verkrallt, seine Windjacke kratzten.

Wieder kam ihm die Wut über seine Faulheit und seinen Unverstand – zwei Monate schon im Nordland zu leben und nicht Norwegisch zu können – und sein dummes Schulenglisch reichte kaum aus, um von einem Tabak festzustellen, daß er gut sei. Nun band er langsam und mit etwas klammen Fingern die toten Enten los, wog sie spielend in der Hand und legte sie dann in ihren Schoß, oberhalb der Kaffeemühle, wo die grauen Breeches unter dem Schlafrock hervorschauten, wo die Schenkel einander leicht und zart berühren würden, wenn sie nackt wären –

das ging ihm dabei durch den Sinn, während er wortlos die Kaffeemühle aus ihren Knien zog, rückwärts das Kreuz an den Tischrand lehnend, und zu mahlen begann. Mit den Fingerspitzen tastete sie über Rücken, Bauch und Schwungfedern der Enten hin: die waren von baum- und moosfarbenem Graugrün, seltsam mit rötlichem Braun unterlegt, schwärzlich gerillt, und das tiefe Blaugrün der Brust von wolkigen, schmutzweißen Flaumwellen gesäumt. Söri betrachtete sie mit einer stillen, tierischen Aufmerksamkeit, ihre Wimpern, die viel dunkler waren als das Haar, ließen einen schmalen Schlitz der lichtgrünen Augen frei, sie lagen etwas schräg zur stumpfen Nase, der Mund, breit, mit dünnen, leicht aufwärts gebogenen Winkeln, von der Zungenspitze befeuchtet, stand wenig offen, ihre Haut war hell, ihr Gesicht zart und kräftig, mit einer leisen Andeutung der finnländischen Abkunft. Thomas mahlte Kaffee und war abwechselnd in den Anblick Söris und der Enten versunken.

Im Nebenraum, hinter der hängenden Zeltbahn, hustete Henrik, Söris Mann. Der Kaffee war fertig gemahlen. Thomas gab ihr die Mühle und nahm seine Enten zurück, hängte diese an einer Leiste des Fensters auf, während Söri den Kaffee aufgoß, dessen Geruch sich warm und kräftig im Raum verdickte. Jetzt trat Henrik heraus, in Hemd und Hose; sein breites, rundes Gesicht war von dunklen Bartstoppeln bedeckt und sah noch verschlafen aus. Er hatte am Abend vorher gefischt und war erst nach Mitternacht heimgekommen, gerade als Thomas in die weiße flirrende Nacht hinausging, um Enten zu schießen, deren beste Stunde die der ersten Sonnenstrahlen ist. »Kaffee, Kaffee!« rief Henrik und langte den Buttertopf vom Wandbrett. Dann sah er die Enten. »Hallo«, rief er, »holla, gute Jagd!« und hieb Thomas seine schwere Pratze auf die Schulter. Henrik hatte in Darmstadt Maschinenbau studiert, er sprach Deutsch, sogar die Mundart von Thomas' Heimatgegend. Beide betasteten sachlich und prüfend die toten Enten, nickten ernsthaft dazu und setzten sich dann zu Tische, Söri goß den Kaffee ein, sie schnitten mächtige Ranken von einem breiten Brotlaib, klatschten mit Lappenmessern Butter darauf und stocherten in den kalten Resten eines gebratenen Lachses herum, den Henrik zwei Tage vorher am Wasserfall gefangen hatte.

»Es ist Sonntag«, sagte Henrik plötzlich, »es wird gut sein, wenn wir uns rasieren. Wir kriegen Besuch.« Dann redete er Norwegisch mit Söri, beide sahen Thomas an und lachten; der verstand kein Wort, sagte »All right« und lachte mit.

So etwa unterhielten sie sich bereits seit zwei Wochen, seit sie zu dritt auf Hallers einsamer Jagdhütte am Skjürvanten hausten, um Lachse zu fischen, Enten zu schießen, Schneehühner auszumachen. Es ging friedlich und geruhsam zu in ihrem Wigwam. Henrik flickte den ganzen Tag Netze, die ewig schadhaft waren, oder er hackte Holz, oder er entwirrte unwahrscheinlich verknotete Angelschnüre. Thomas trieb sich viel allein an den Seeufern oder mit dem Boot in den abgelegenen Schilfbuchten herum, oder er schoß mit Rehposten nach einer birkenrindenen Scheibe, oder er kletterte auf einen der weglosen Berge, wo es viele Raubvögel gab, sogar Schnee-Eulen und Steinadler, und wo man im Hochmoor manchmal ein paar silbergrauen Rentieren begegnete, die sich von einer Lappenherde verlaufen hatten. Söri lag gewöhnlich in ihren Breeches und ihrer weichen Lederjacke in den Heidelbeeren und machte sich Mund, Hände und Kleider blau. Abends spielten sie ein Würfelspiel mit hölzernen Pferden, lachten furchtbar, wenn einer verkehrte Zahlen warf, und qualmten die Hütte voll.

Jetzt aber stand Thomas plötzlich auf, obwohl der Kaffee noch gar nicht ausgetrunken war, glotzte mit offenem Mund seine Enten an und spürte: »Es geht nicht mehr so weiter.« Nichts hatte sich ereignet, nicht das Geringste war passiert. Aber es ging nicht mehr so weiter. Nein, es ging nicht mehr.

Nämlich, wo Frauen rar sind, beginnen sie plötzlich eine Rolle zu spielen, die ihnen im allgemeinen Leben keineswegs zukommt. Nicht daß die Männer gleich wie Hirsche mit gesenkten Hörnern aufeinander losgingen, auch Haß, Mißtrauen, Eifersucht und Bosheit sind unter Kameraden nicht an der Tagesordnung. Hier war erst recht gar keine Rede von alledem. Nur: es beginnt sich unmerklich alles um die Frau zu drehen. Man macht sich zwar zur unausgesprochenen Vorschrift, im Sport, auf der Jagd, im Hüttenleben die Frau durchaus als gleichartiges Geschöpf zu behandeln, läßt alle überflüssige Galanterie beiseite, hilft ihr nicht beim Einsteigen ins Boot, trägt ihre Angel nicht, macht keine Versuche, sie zu unterhalten, wenn man sich lieber mit seiner Shagpfeife unterhält, und sieht behaglich zu, wenn sie die schlammbedeckten Wasserstiefel reinigt. Aber trotz alledem: plötzlich merkt man, daß sich alles um sie dreht. Ob man einen Lachs fischt, Enten schießt, das Boot abdichtet, einen Wurzelknorz zu Feuerholz zerhackt – jede Art von Leistung geschieht ihr zu Gefallen. Das ist ärgerlich, besonders wenn man sie noch nicht einmal etwa liebt. Wenn man noch nicht einmal den Gedanken erwägt, sie zu küssen, während ihr Mann seine Netze flickt. Wenn der Mann noch nicht einmal zögert, die halbe Nacht allein auf dem See herumzustreichen, während seine Frau schon im Bett liegt und, hinter einer gähnenden Zeltbahn hervor, Solveigs Sang pfeift. Kurzum: wenn sich gar nichts ereignet, und man läßt plötzlich seinen halbausgetrunkenen Kaffee stehen, dann geht es wirklich nicht so weiter.

Nun aber war Sonntag, und um die Mittagszeit standen Henrik, Thomas und Söri einträchtig am Ufer, sahen um die Waldkuppe herum, im dichtbesetzten Boot, ihren Besuch kommen, den Besitzer dieser Hütte, der mit seiner Familie vier Stunden über Land fuhr, um nach seinen Jagdgästen zu sehen, und dessen »Hallo« und »Huzza« von den Bergwänden ein ungewohntes Echo weckte. Haakon Haakonson, der zwei Stunden unterhalb des Sees, am Fluß, sein einsames Alphaus hatte, saß auf der Ruderbank, bärtig und ernst, mit bloßem Kopf. Haller selbst trug einen hellen Strohhut, seine Frau ein Lodencape, seine Schwägerin ein Sommerkleid, sein Sohn eine scharf blitzende Brille.

Während der langen norwegischen Begrüßungen betrachtete Thomas unausgesetzt den großen Strohkorb, den Haakon stöhnend aus dem Kahn hob: Flaschenhälse lugten heraus und verdeckte Töpfe standen darin, ein Steinkrug voll frischer Sahne, eine angebratene Rentierkeule, ein halber Hummer war da zu sehen, und er griff freudig zu beim Auspacken, Hinauftragen und Zubereiten all dieser Kostbarkeiten. Das war eine heitere Abwechslung, über die man vergaß, daß es nicht so weiterging – zwischendurch wurden die toten Enten wieder betastet, gewogen, bewundert. Als dann alle um den breiten hölzernen Tisch herumsaßen, kräftig zulangend, jeder ein großes Glas voll Rotwein vor sich, sagte Söri etwas und deutete lachend auf Thomas, worauf ihm alle zutranken, weil er die Enten erlegt hatte.

Satt und behaglich rauchend, saß er nach dem Essen vorm Bau. Mit Aquavit, Bordeaux, Hummer, Rentierfleisch und geschlagenem Rahm war die Empfindung, es ginge nicht so weiter, tief in die unbewachten, schlummernden Abgründe seines Innern hinabgeglitten. Eine breite, gleichmäßig atmende Ruhe lag mit dem klaren Mittagslicht über der Landschaft: Baumkronen tranken Sonne, die Erde trank langsam das Wasser der trocknenden Regentümpel, und der Himmel trank in stillen Zügen den feuchten Dunst, der zögernd aus dem See stieg. In der Hütte drinnen lachte Söri mit den andern Frauen. Thomas hörte es nicht anders als das Lachen einer Taube im Wald, das ferne Gezeter eines Rohrspatzen, das Geräusch einer großen Libelle, deren gläserne Flügel im Vorbeistreichen wie trockenes Papier knisterten. »Die Welt«, spürte er, »ist gut und schön gemacht, es lohnt sich, in ihr zu leben, ja, es verlohnt jede Mühe und Plage, jeden Schmerz und Schlag, vielleicht sogar am Ende den Tod. Nichts gibt es, was die Treue dieser Erde erschüttern könnte, wenn man sie einmal mit allen Kräften geliebt hat. Nichts gibt es, was die Gnade dieses Himmels trüben könnte, wenn man sie einmal mit allen Fasern empfangen hat. Der Tod aber ist ohne Schrecken, wenn man bedenkt, er müsse genug haben, nachdem er mit allen Waffen des großen Krieges durch vier wehrlose Jahre hindurch nichts erreicht hat, als daß man ihm immer wieder um Haarbreite entging – und wenn man hofft, sehr alt zu werden in Kraft, und dann zu sterben, wenn alles erfüllt und gerundet ist, an einem Tage wie diesem, mit einem letzten Strom Licht im Auge, an einem Tage wie diesem, wo das Versinken eines Leichnams im grünen See keinen Bruchteil der Lust und des Jubels der Schöpfung beschweren könnte.« Solches spürend, schloß Thomas die Augen halb und sah gleichzeitig mit dem blauen Strahl zwischen dem Birkengelaub die schwarzgrüne Kuppel der Herbstnacht, das Verrosten metallischer Wolken an einem Winterabend, das reißende Schwarz eines stürmenden Gewitters, und hörte gleichzeitig mit dem leisen Geläute des Uferwassers die krachende Brandung an längst vergangenen Meerklippen, den Tropfengesang duftenden Sommerregens, das Knirschen verharschter Schneekrusten unterm Schuh. Die Gerüche des Waldbodens und des zarten Holzrauchs, der aus dem Hüttenrohr zitterte, verschwammen mit dem Geschmack von Gravens Tabak, dem Hauch von Lederzeug und dem Dunst des eigenen Körpers zu einer seligen Wolke von Gegenwart und traumzerlöster Erinnerung. Er saß lange, ohne zu denken, und dämmerte, glücklich ein- und ausatmend. –

Da trat der alte Haller heraus. Den Strohhut im Genick, die Virginia im Mundwinkel, den steifen Kragen vorn am Hals geöffnet, die stark behaarten Fäuste in die Seite gestemmt, klein, gedrungen, breitbeinig, mit braunem, faltigem Gesicht und einer Fuchsnase, so stand er da, ein Selfmademan durch und durch, mit einem zugekniffenen, einem weit gesperrten Auge, so blickte er über Wald und See, im vollen Bewußtsein, alleiniger Besitzer der Fischereihoheit und des Jagdrechts in dieser Gegend zu sein. »Es gibt wieder Lommen dies Jahr«, sagte er, und Haakon, der abseits auf einem Baumstumpf hockte und aus einer Tonschüssel Grütze aß, nickte ernst und sorgenvoll. »Mehrere Paare«, sagte er, »und eine junge Brut.« – »Verdammte Fischräuber«, rief Haller, dann zwinkerte er mit seinen Fuchsaugen Thomas an: »Wie wär's – zwei Kronen pro Kopf!« Thomas lachte. »Heute noch?« fragte er. »Je schneller, desto besser«, sagte Haller. »Wenn wir abends wegfahren, will ich die Köpfe mitnehmen.« »Well«, rief Thomas, den der Ehrgeiz packte (und der außerdem noch nicht wußte, woher er das Reisegeld für die Heimfahrt im Herbst nehmen sollte). »Der Staat zahlt eine Krone fürs Stück. Ich setze zwei aus!« drängte Haller.

Schon hatte Thomas das Gewehr in der Hand, steckte Patronen ein. »Hinter der Insel im Schilf müssen sie nisten«, meinte Haakon. »Ich weiß«, sagte Thomas, »ich bring' sie auf.« Da streckte Henrik den Kopf zum Hüttenfenster heraus. »Schießen Sie?« rief er Thomas an, der schon zum Boot hinabschritt. Und gleich darauf: »Warten Sie ab. Meine Frau will mitfahren!« – »Well«, schrie Thomas, machte schon die Bootskette los. Und sah, wie Söri ihre Lederjacke locker um die Schultern warf, ihre Zigarette austrat und ihren kleinen grauen Filzhut aufsetzte. Dann fuhren sie zusammen hinaus, während der alte Haller und Henrik am Ufer standen, jeder einen Fernstecher in der Hand, um seine Jagd zu beobachten. Thomas ruderte, das Gewehr über die Schenkel gelegt, Söri saß ihm gegenüber, die Steuerleine in der Hand, die dunkelblonden Haare aus der Stirn gestrichen, mit einer weißen Bluse unter der Lederjacke und einem Blick voll ruhiger, tierischer Wachsamkeit, der abwechselnd sein Gesicht und sein Gewehr streifte.

Es gilt nun, die Mißgeschicke dieser Jagd zu verzeichnen, ohne nachträglichen Ärger, denn nicht alle Jagden dürfen glücklich sein, und die beste ist manchmal die, von der man ohne Beute heimkehrt, aber mit einer neuen Erfahrung im Schädel, einem neuen Gefühl im Zwerchfell, einem neuen Antrieb im ganzen Leib. Lommen sind große Raubenten, die mit ihrem scharfen krummen Schnabel die stärksten Fische packen. Daher führen die Nordlandfischer einen Vernichtungskrieg gegen sie. Thomas hatte noch keine geschossen, da man sie nicht essen kann, und da er nicht wußte, daß man ihre Skalpe prämiiert.

Jetzt, als er sein Boot mit leisen Ruderschlägen um die Spitze der Insel trieb, die es den Fernstechern der Zuschauer entzog, ergriff ihn, der längst über die Zeit des Jagdfiebers hinaus war, eine leise Unruhe. Er wußte nicht recht, ob dies wegen des ungewohnten Wildes war, wegen der Prämie, oder weil es doch nicht so weiterging. Söri saß unbeweglich, und sie sprachen kein Wort. Plötzlich tippte sie ihn an und deutete über seine Schulter. Er fuhr herum: mitten auf dem See dunkle Punkte. Das mußten die Lommen sein, denn Wildenten waren um diese Zeit kaum zu vermuten. Sie bewegten sich ziemlich rasch auf das waldige Ufer zu.

Thomas wendete das Boot so hastig, daß er mit beiden Rudern krebste. Seine Unruhe begann ihn zu ärgern. Er zog gewaltig los, indem er Söri auf englisch zu erklären versuchte, daß er jenseits der Insel an Land wolle, über die Waldkuppe laufen, um so den Lommen vom Ufer aus schußnah zu kommen. Die Fernstecher arbeiteten erregt. Man schien sein Manöver nicht zu verstehen, winkte hin und her. Er kümmerte sich nicht darum, hielt gerade aufs Land zu. Söri rang nach einem Wort, sagte es dann norwegisch, er verstand nicht, sie machte ein verzweifeltes Gesicht und unverständliche Zeichen. Er schüttelte den Kopf, legte den Finger auf den Mund, sah sie drohend an; sie schwieg, zuckte die Achseln. Da streifte die Bootspitze Land, er stieg heraus, zum Glück erst mit einem Fuß, und sank sofort bis zur Hüfte ein.

Jetzt hatte Söri ihr Wort gefunden: »Swamp«, sagte sie, »very swamp«, aber es war zu spät. Thomas mußte sich mühsam wieder ins Boot ziehen. Sein rechtes Bein war bis hoch hinauf voll schwarzen Morasts, und das Wasser troff in seine Stiefel. Wütend stieß er das Boot wieder ab, während von der Fernstechergruppe ein deutlich hörbares Gelächter herüberwehte, und es war noch ein Glück, daß Söri nicht mitlachte, sondern ihn ernsthaft und aufmerksam ansah.

Als er um die Landzunge herumkam, stieß er mit seinem Boot fast auf die Lommen, die mit Schrei und knatterndem Flügelschlag hochgingen, Kurs quer über den See. Er riß das Gewehr hoch, zielte, drückte ab – das Ausbleiben des Schusses warf ihn fast um. Er hatte nicht geladen. Nun sah er Söri schon mit einem beinah haßerfüllten Blick an. Ohne weiteres trug sie die Schuld an alledem. Und es war ganz sonderbar, unglaublich fast, daß sie nicht lachte, sondern nach wie vor sein Gesicht, seine Hände und sein Gewehr mit ruhigen, aufmerksamen Augen streifte. Hastig, obwohl es zu spät war und seine Zweikronenköpfe bereits weit überm See verschwanden, lud er das Gewehr und hörte die Fernstechertruppe am Ufer, denen sein Nichtschießen unbegreiflich war, schreien und zetern. Er sandte ihnen einen empörten Blick, da sah er, daß sie immer in einer bestimmten Richtung winkten, immer ein bestimmtes Wort riefen. Jetzt war auch Söri aufmerksam geworden, faßte ihn am Arm und flüsterte aufgeregt: »Young lommers, young lommers!«

Wahrhaftig, in einiger Entfernung schwamm eine einzelne ausgewachsene Lomme in erregten Kreisen, tauchend, wieder hochschnellend, treibend, hastend, hetzend, in Todesangst, da sie das Boot zwischen sich und dem Ufer liegen und immer näher kommen sah. Dicht um sie geschart schwamm die junge Brut. Die Mutter trieb, jagte, stieß, ihr langer Hals war flach übers Wasser weit vorgestreckt und wie von Verzweiflung gezerrt. Jetzt hatte Thomas sie schon beinah erreicht, er ließ die Ruder streichen, hielt das Gewehr schußbereit und kniete im Boot.

Die Jungen tauchten unter, von der Mutter geführt. Gespannt starrte Thomas auf den Wasserspiegel. Da kam das erste hoch, es hatte die Richtung unter Wasser falsch bemessen, dicht beim Boot kam es herauf, gleich daneben ein zweites, ein drittes, gelbwollige, flaumige, kuglige Federbälle, die mit schwachen Schwimmfüßen das Wasser schlugen, traten, peitschten, und deren winzige Flügelstümpfe zuckten und zitterten. Deutlich sah man die krummen Raubschnäbel, die aus den verängstigten Kückengesichtern recht hilflos ragten, wie wenn man einem zweijährigen Kind ein Dolchmesser zwischen die Zähne gesteckt hätte. Da: mit einem gewaltigen Schwung tauchte die Mutter auf, aus der Flut hochschnellend wie ein Torpedogeschoß, die Augen weit aufgerissen, in Angst und Sorge um die Jungen, doch die waren verschwunden, der breite Leib des Bootes hatte sich dazwischen geschoben, verdeckte sie ihrem Blick, lag drohend und würgend zwischen ihr und ihrem Leben, starrte sie kalt an mit dem grausamen Rohr des Gewehrs, dem sie jetzt ein unfehlbares Ziel bot.

Eine alte erfahrene Lomme weiß, was ein Boot ist. Was ein Jäger ist. Was ein Gewehr heißt. Sie weiß, daß es den sicheren Tod bedeutet, einem solchen Feind zu nahe zu kommen, und daß es kein Mittel gibt, ihn zu bekämpfen. Jetzt aber, als habe sie all das vergessen, als sei das Boot ein kleines, schwach bewehrtes Wassertier, oder als spüre sie in sich die Kraft, Wunder zu wirken, das Pharaonenheer ertrinken zu lassen, die Mauern von Jericho umzuhauchen, bäumte sie sich hoch auf überm Wasser, die Federn gesträubt, die Schwingen kampfmutig gespreizt, mit den scharfkralligen Füßen die Wellen schlagend, den Schnabel weit geöffnet zu wutheiserem Schrei, die Augen blutunterlaufen, grell funkelnd, vor Haß und Verzweiflung – so ging sie das Boot an, das zwischen ihr und ihren Jungen lag, vorstoßend mit gerecktem Hals, und ergriff erst die Flucht, als Thomas mit dem Ruder nach ihr schlug. Da ging sie mit schwerem Leib und ermatteten Flügeln hoch, langsam in Kreisen abstreichend, und bot noch lange ein unfehlbares Ziel für des Jägers Gewehr. Der aber kniete noch immer und legte nicht an. Vom Ufer, wo die Feldstecher fuchtelten, wildes Geschrei. Jetzt war das erschöpfte Tier außer Schußweite. Die Jungen, von der Führerin verlassen, schwammen hilflos durcheinander und umkreisten das Boot, als suchten sie in ihm die Mutter, tauchten unter und kamen wieder hoch; mit zwei Schrotschüssen hätte man sie alle erledigt.

Vom Ufer schallten deutliche Rufe, schon schnappten die Stimmen über vor Eifer und Wut: »Feuern! Feuern!«

Aber Thomas schoß nicht.

Langsam, ohne ein Wort zu sagen, mit einem fast verbissenen Zug um den Mund, Söris Blick meidend, drehte er das Boot mit der Spitze zum Ufer, ruderte zurück. Wie er dann anlegte, das Gewehr an Land warf, die Bootskette um einen vorstehenden Wurzelast schlang und das Schöpfgefäß ergriff, überfielen sie ihn von obenher mit wüstem Geschrei und Geschimpfe. »Drei

Kronen hätte ich für die Alte gezahlt«, schrie Haller, »vier Kronen! und für jedes Junge den Preis eines ausgewachsenen Lachses! Diese Fehljagd«, schrie er in einem für Thomas' Ohr widerwärtigen Gemisch von Deutsch, Englisch, Norwegisch – »kostet mich den halben Fischfang eines Sommers!« Auch Henrik schimpfte und fragte, der junge Haller, die Frauen, sogar Haakon Haakonson wiegte mißbilligend und betrübt den ernsthaft behaarten Schädel. Thomas drehte ihnen den Rücken zu im gleichmäßigen Auf und Nieder des Ausschöpfens, er vertiefte sich so in diese Arbeit, als sei sie das Wichtigste auf der Welt, und gab keine Antwort. Was sollte er auch sagen. Es war sinnlos. Völlig sinnlos. Ein Gefühl grenzenloser Vereinsamung stieg um ihn auf, während er das letzte Wasser aus dem Boden des Kahns kratzte. Kann man diesen Menschen, kann man den Menschen sagen, warum man etwas tut oder läßt? »Nein«, sagte er sich kurz, »und nicht einmal stillschweigenden Respekt vor unseren Handlungen können wir von denen verlangen, die nicht das gleiche verspüren wie wir.« Er sagte sich das nicht so genau, aber er wußte im Augenblick, als er das Schöpfgefäß zu Boden warf, den Rücken langsam gerade machte, seine Jacke zuknöpfte, an Land sprang (wobei ihm noch auffiel, wie grell sich das Licht im Wasser der tief in den schwarzen Moorgrund getretenen Fußstapfen spiegelte), er wußte in diesem Augenblick fürs ganze Leben, daß es am besten sei, fremde Leute, die etwas nicht begreifen, einfach klipp und klar ohne Umschweife oder Bedenken anzulügen.

So kam es, daß er mitten in das allgemeine Gezeter hinein laut und vernehmlich sagte: »Was wollt ihr, es waren keine Lommen, es waren Enten!« Es entstand ein verblüfftes Stillschweigen über diese offensichtliche Lüge, und ihm schoß das Blut zu Kopf, da ihm jählings einfiel, daß er ja eine Zeugin habe, die ihn im nächsten Augenblick entlarven werde. »Enten?« schrie Haller plötzlich, und seine Stimme kippte um vor Empörung. »Enten – um diese Zeit«, sagte Henrik achselzuckend. »Enten!« schrie alles durcheinander. – »Enten!« schrie Thomas aufstampfend, »Enten, Enten!« brüllte er in Hallers Gesicht. »Junge Enten, die man nicht schießen darf!« log er verzweifelt. – Da ertönte hinter ihm Söris Stimme, ruhig und gleichgültig fast, aber so, daß alle darauf hörten: »Ja – es waren Enten«, sagte sie. »Es waren keine Lommen, da hat er recht«, sagte sie. Thomas drehte sich nicht um. Ihm war, als ginge ein heißer Strom über seinen Rücken. Langsam schritt er an der ganzen Gesellschaft vorbei, an der Hütte vorbei, am Holzstall vorbei und verschwand bergaufwärts im Wald. Man rief ihm nach, er hörte es nicht mehr. Feuchter Wacholder und Pilze rochen ihm entgegen. Irgendwo machte er halt, setzte sich auf einen vermoosten Felsblock und pfiff leise vor sich hin.

Als er zurückkam, war die Gesellschaft längst verschwunden. Die fahle Nordnacht machte den See schon matt und silbern. Henrik stieß gerade von Land, die frischgeflickten Netze im Boot, um sie weit drüben am Schilfufer auszulegen. Söri stand an eine Kiefer gelehnt und sah ihm nach. Thomas trat neben diese Kiefer, machte den Finger krumm und klopfte an, wie man an eine Zimmertür klopft. Söri schaute noch auf den See, wo gerade das Boot hinter der Insel verschwand. Thomas versenkte seinen Blick sehr tief in die Kiefernrinde: rötliche Schalen blätterten wie spröde Haut von der braunen, rissigen Borke. Dazwischen das zarte Gewebe einer kleinen Spinne, die dürre Kruste einer leeren Schmetterlingspuppe, der schimmelgrüne Ansatz einer Flechte.

Sehr tief schaute er in die Rindenrisse dieser Kiefer, sehr dicht war sein Kopf bei ihr, und sie umhauchte ihn mit einem Geruch, die Kiefer, der zärtlich war und bereit, lockend und von großer Wärme geschwellt. Jetzt strich eine Sumpfeule tief und nah vorüber, und beide folgten mit den Augen ihrem Fluge. Die Eule verschwand im Röhricht, dessen Halme sich lang und zitternd bewegten. Vereinzelt stiegen Blasen aus dem Schlammboden des Uferwassers auf, da und dort sprang ein Fisch, die Nacht blieb warm und hell. Endlich sah sie ihn an. Lächelnd. Mit unruhigen Mundwinkeln. Er, Thomas, umfaßte ihr ganzes Gesicht mit großem, vollem Blick. Alle Unruhe war von ihm gewichen. Warm und stark rann es durch seinen Körper. Plötzlich faßte er ihre Hand und sagte: »Tak« – das fiel ihm ein. Ihre Augen lachten. »Es waren keine Enten«, sagte sie, »es waren Lommen.« – »Ja«, sagte er. »Aber ganz junge Lommen.« Sie nickte ernsthaft und gab keinen Laut, als er sie langsam an sich zog.

Die Weinberge bei Nackenheim

Nackenheim, zwischen Nierstein und Oppenheim an der Strecke Mainz–Worms gelegen, ist ein Dörfchen mit niedrigen, grauen und gelben Häusern, die dicht aufeinander hocken, denn es ist nicht viel Platz zwischen den Obstgärten am Rhein und den kahlen Hängen der Weinberge. Hinter jedem Haus ist ein Misthaufen, und in den schlecht gepflasterten Gassen, die krumm und winklig sind, liegt viel Gänsekot, schwarzgrün und manchmal weiß gefleckt, auf dem rötlichen Schlamm. Während die Obstbäume klein und knorzig sind, vielfach verbogen, holzbraun und spröd im Winter, hell überschneit im ersten Frühling, gelbgrün und schwer beladen mit rundem Fruchtrot oder behauchtem Pflaumenblau im Herbst – stehen die Weinstöcke steif und nüchtern kerzengrad in endlosen Reihen am Berg, durch alle Jahreszeiten bleiben die Hölzer gleich, kaum ändert das Laub seine Farbe, immer scheint das lehmige Rot der Erde hindurch, nur kurz vor der Lese flammt manchmal alles in heißem, südlichem Licht, auch bei trübem Himmel und kühler Regenflut.

Nirgends ist soviel Rot in wechselnder Schicht durch die Landschaft gesprengt: der matte Ton dünner Rohrpfeifen, das Grell zerbröckelnder Ziegel, das verwaschene Karmin gewittriger Abendhimmel, der rostige Brand alter Radreifen auf regenweichen Fahrstraßen, und die volle, gesättigte Röte von den Brustfedern des Blutfinks – vorherrschend aber Rost und Ziegel, von bläulichen Schatten gedämpft. Steinige Wege klettern schmal von Terrasse zu Steilhang und Gipfel, im Sommer von kupfrigem Staub überkrustet und kaum von einem Menschen betreten, den nicht die Arbeit zwingt.

Im Mai trottet manchmal eine Prozession bergauf durch den Wingert, zum Kapellchen, das grau wie ein verlassenes Schwalbennest am Hügel klebt – ein Bittgang um gutes Wachswetter, Sonne und Regen zur rechten Zeit, zwei Meßbuben stolpern im langen, ernsthaften Chorhemd, zwischen Paternoster und Ave nach ihren Vogelschlingen schielend oder einer Ringelnatter im feuchten Gras, dahinter der Ortspfarrer im Ornat, dahinter ein paar schwere Männer, die Obst- und Weinernte überschlagend, von den Litaneien vieler Weiber umplärrt. Im Herbst sind oft alle Hügel von Traubenlesern überschwemmt, der Weinberg krabbelt wie ein rötlicher Ameisenhaufen im Hochwald, wochenlang drehen sich alle Reden um den Erntestand, die Beerensammler werden insgesamt mit den Namen ihrer Arbeitgeber, der großen Besitzer, genannt, so heißt es: »Die Stenze sin dies Jahr langsam« – oder: »Die Gunderlöcher sin schon fertig.«

Schäumt dann der Most, trüb und von dicken braunen Schwaden durchwölkt, aus der Kelter ins offene Faß, dann steht ein Geruch über der Gegend, der fast scharf ist in seiner Süße und häufig herb oder faul, seltsam vermischt mit dem Brenzeln und Schwelen der Kartoffelfeuer. Der Rheinstrom ist schon herbstlich geschwollen, gelbstrudelnd und kalt, das Storchnest auf der Dorfkirche verlassen, die Obstwagen rollen zur Stadt, das Rot der Weinberge wird schmutzig, grindig, verschimmelt. Dann kommt Kerb, die ersten Säue sind geschlachtet, drei Tage wird keine Hand zur Arbeit gehoben, drei Nächte kein Auge zugetan, nur die Gurgel geschwenkt, der Hintere gelupft beim Zutrinken, das Knie steif geschoben beim Tanz, der Hof ohne Scheu benutzt, wenn die Natur sich regt, Stuhlbein und Weinbuttel, wenn der Mut schwillt, und die Scheuer, die Laube, der Stall, wenn die Liebe kein Maß kennt.

Dort wuchs einer auf – wo der Weg aus dem Dorf um den Steinbruch biegt, steht seines Vaters Haus. Der einzige Bach, aus dem Tal zwischen Weinbergen rieselnd, fließt daran vorbei: Zwei mächtige Nußbäume beschatten den umsteinten Quell, aus dem das Trinkwasser geschöpft wird, sonderbar knirscht sommers der große Schlüssel im Gartentor und die verrostete Angel gaakst etwas verschlafen, da ist der Osterhügel, wo im Vorfrühling die ersten Kätzchen und Schlüsselblumen sind, da steht das Regenfaß voll Froschlaich und Geheimnis, da schwirren dickleibige Schwärmer, in Julinächten, am Liguster und am

Beet der weißen Tabakblüten, da geht immer der Weg in die Dorfschule hinab, am kahlen leeren Haus vorbei, wo einmal morgens die alte Bärb am Fenster hing, und die Kinder standen blaß mit offenen Mäulern am Zaun und streckten die Zunge heraus wie der Leichnam da droben. Das versank. Doch vor der Haustür lag einmal in der Früh die Katze, die nachts wildern ging, steif und kalt, mit schwärzlichen Flecken geronnenen Bluts im Fell und einem dünnen roten Streifen vor der Schnauze. Bis hierher hatte sie sich noch geschleppt. Jetzt liefen schon schwärzliche Käfer über ihre Augen. Unterm Nußbaum ist noch ihr Grab. – Stets aber durchs Fenster schien und schimmerte der Weinberg. Röter als der Klatschmohn im Roggen, dunkler als der Rauch überm Schornstein. Singende Mückenschwärme taumelten neblig vom Rhein. Droben im Weinberg das grünliche Schwirren der Glühwürmer! Oh, wie der Regen im September troff, herabtroff, vom nächtigen Weinberg troff. Schneeleuchten im Winter – ein Geisterberg, fahl, verzehrend. Vom Rhein klirrt Frost, läutet ein Schlitten, klingelt ein Bahnhofssignal. Sterne flammen.

Leben der Schwärmer

Schwer und satt hing die glatte grüne Raupe an dem dunklen Ligusterblatt. Saugfüße fest an den Blattstiel geklammert. Den Vorderleib, halbrund gekrümmt, steif in die Luft gestreckt. So ruhte sie lange Zeit und schürfte nur selten mit einer müden Bewegung ein kleines Stück des angeschnittenen Blattes ab. Schließlich hörte sie ganz auf zu fressen. Dunkle torklige Schlafsucht hatte sie befallen. Das Horn an ihrem Hinterleib war schwer wie Stein, zog nach unten. Ihre Füße wurden kalt und schienen zu erlahmen. In der Haut schwelte ein böses, sengendes Gefühl, es hatte nichts gemein mit dem Reißen und Zerren der jugendlichen Häutungen. Das Licht, durchs Gestrüpp träufend wie flüssiges gelbes Wachs, verwundete ihren nackten Leib und ihr Gesicht. Mit letzter Kraft kroch sie rückwärts die Zweige hinab, von Durst und Krämpfen gepreßt, erdwärts, schattenwärts, kühlwärts, ließ sich plump in die Furchen der fetten Gartenerde fallen, bohrte den harten Kopf tief in die Scholle, zog den Leib nach, mühsam, die Füße schleifend, wühlte und wälzte sich kurz, ward schwer, ward hart, verpuppte. Der Herbst war saftig und warm. Fallobst verfaulte am Boden, ließ seine Milch und seine Säure in die geile Erde verrinnen. Käfer, Gewürm und späte Larven durchkrochen die Wurzeltiefe. Das Laub sank herab, fing den Nachtreif mit seinen gelben Rändern, durchdrang die Erdkruste mit warmer modriger Feuchte. Die Puppe lag reglos in ihrer kleinen Höhle. Dicht an ihrer Bettung vorbei grub der grüngoldne Raubkäfer seinen Gang. Das Klopfen des Maulwurfs ging oft wie dünner Puls durch ihre harte Haut. Kleine Erdläuse und winzige Parasiten überfielen in gierigen Raubhorden den Engerling, der in der Nähe schlief. Aber die Puppenhöhle blieb inmitten dieser Gefahren wie vom großen Geiste beschützt und bewahrte das kleine Leben. Der Boden erfror, lange Risse spalteten die Winterschollen, die Ränder der Erdhöhle begannen zu bröckeln, da fiel Schnee vom Himmel, deckte den Garten zu, umschmiegte die kleinen Hügel und Gräben, hielt alles scheintot Erstarrte und keimvoll Schlafende warm vermummt, wie eine Bruthenne die Eier wärmt. Als dann der Tauwind ging, Sturzbäche durch die Risse und Poren des Erdreichs brausten, die kleine Höhle zerspült und verschüttet lag, war die Puppe schon so fest und gefeit, das Leben in ihr so zäh und eigenwillig, daß die Stöße der Erde und des Regens nur kurze zornige Rucke ihres beweglichen Unterleibs erreichten und die Sonne ihre Nerven nicht mehr schmerzte. Mit der Zeit wurde das Rucken und Zucken ihres Körpers häufiger. Schmerzwellen durchrollten ihr Inneres, die Stränge des Lebens, die Haut, die sich langsam aus der sterbenden Puppenschale nach innen sonderte. Zerreißende Wehen gingen durch ihren Leib. Langes beklommenes Zittern, Stöße, Krämpfe, Gedröhn, Erstickung, Gewürge, Anschwellen, Sichkrümmen, Sichbäumen, Sichrecken, Zersprengen, Zersprengen!! Prasselnder Durchbruch und wildes prasselndes Licht – und leichtes, erlöstes, unbeschwertes Atmen. Die Schalen glitten wie gazene Schleier von dem entpuppten Leib. Die ersten Schauer Luft saugten die Feuchtigkeit von den Flanken. Die langen Beine streckten sich aus verkrampften Knicken in gerade krabbelnde Bewegung. Die winzigen Flügelstümpfe, braun, schwarz und rosa gezeichnet, klebrig zusammengerollt, begannen sich in sekundenschnellen Rucken zu dehnen, zu weiten, zu glätten, zu entfalten. Die feinen haarlosen Fühler zitterten nervig im Licht. Die großen, mattglänzenden Augen waren noch trübe und ohne Bild. Der Leib schwer und walzenhaft, doch hinten spitz und mit guter Gewichtsverteilung zum Zerschneiden der Lüfte gemacht, bebte in starker Erwartung. Die Füße wurden immer stärker und ruhiger. Die Flügel bewegten sich prüfend. Dann ward alles lange still, als lausche es in die flutende Dämmerung auf einen Befehl. Und plötzlich, als sei der Befehl jetzt ergangen, schnellte der lange, braun und rosa gestreifte Leib pfeilgerade in die Luft und sauste schwirrend davon.

Die Luft in den Sommernächten ist wie das große Meer, von Golfströmen, Mondwellen, regellosen Dünungen bewegt, auf den Kämmen der Wogen und tief im Strudel des Grundes treibt der Nachtschwärmer, versinkt in einer Tiefe gärenden Heugeruchs, fährt hoch und kreuzt erregt im Gequirl der Gartendüfte, zerschneidet die Brandung böser gefährlicher Rauche und läßt sich vom warmen Passat in die Bucht der Windenbeete schaukeln. Die Winden warten auf ihn mit weiten, lüsternen Kelchen. Wenn sein langer Rüssel in ihre Tiefen schnellt, die mit klebrigem, süßem Saft locken, ist ihnen der pfeilspitze, peitschende Strahl eine schmerzhaft wilde Begattung, die sie zitternd genießen, indem der reife Staub von den mannbaren Samenträgern die Fühler und Brusthaare des Schwärmers benetzt.

Der Schwärmer steht mit wirbelnd rotierenden Flügeln fast unbewegten Leibes in der Luft vor dem bleichen erregten Gesicht der Blüte, deren Geruch ihn besinnungslos bannt. Alle Schauer der Befruchtung vereinen sich geheimnisvoll um ihn und in ihm mit der Berauschung und Stillung des Leibes durch Speise und Trank.

Er taumelt nicht mehr, sondern springt in der Luft von Blüte zu Blüte, der Raum zwischen Duft und Duft, Kelch und Kelch, Narbe und Narbe ist luftlos und ohne Sinn. Uferlos aber die Lust und die trunkne Begierde. Vergessen die kranken, irrseligen Flüge um ein Licht – die Flucht vor dem grellen, geruchärmen Tag – die Verfolgung der Mauervögel, der Maulwurfsgrille am Boden, der Fledermäuse am Licht. Nur noch dies trunkene Leben ist und dies Schwellen von Kraft und Süße. Plötzlich löst sich der kleine, eulengesichtige Kopf vom Rand einer Blüte, im nächsten Moment ist der Schwärmer verschwunden, dann saust er wie ein Boot, das die Strömung packt, rasend, wirbelnd davon. Vor ihm her ein Schatten. Ein Leib. Ein Geruch. Eine Lokkung. Eine Kraft. Ein Phantom. Ein Gesicht. Ein drohendes Schwirren. Ein wildes heftiges Strampeln. Übereinander! Verlieren! Absturz! Umtaumeln! Zusammenprall!! Der fremde, zwingende Leib in der Umklammerung der Beine zuckend, sich wehrend, erliegend. In krampfigen Stößen, wie der Leib einer getöteten Wespe zuckt, tastet der spitze Bauch des Männchens in die zarte, umhaarte Öffnung, die ihn mit jähem, pressendem

Muskelschluß umfängt. Seine Beine stemmen sich mit letzter ermattender Kraft in die Erde. Rasender Schmerz reißt ihn aus dem rauschhaften Taumelschlaf, zerkrallt sein Eingeweide. Dann fühlt er Schleifen, Zerren, Gerissenwerden. Das Weib hebt sich mit schwerem Schlag in die Luft, der Mann wie eine tote Last an ihrem Leibe hangend, der Morgen dämmert herauf, sie fliehen in den Schatten eines alten Zaunes. Dort liegen sie lange erstarrt, in den großen, glanzlosen Augen stumpfes Entsetzen, Unsagbares, Unbegreifliches. Die Nacht weckt sie aus schwerer Betäubung. Das Weibchen schwirrt plötzlich hoch, mit einem scharfen Ruck wird es zurückgerissen, gleich darauf löst sich die Klammer des Leibes, beide Tiere kriechen matt und mit schweren Gliedern auseinander.

Der Mann ist erledigt, seine Flügel sind staublos und vielfach zerfetzt. Er flattert elend an einem Strauch in die Höhe, versucht an einer Blüte zu saugen, taumelt umher, schlägt an die Zweige, klammert sich an einem Stengel fest, der unter seinem Gewicht zerknickt, fällt zu Boden, wird steif. Schwärzliche Käfer mit roten Placken und behaarten Beinen machen sich über die Leiche her. Das Weib streicht ruhelos umher, tief am Boden, mit schweren, taunassen Flügeln, schwerem, schmerzendem Leib.

Eine rastlose Sucht, ein Zwang ohne Gnade treibt sie voran. Plötzlich flirrt sie mit neuer Kraft einer dunklen Hecke zu, in der die schwüle Luft wie stehendes Tümpelwasser liegt: Liguster. Fällt schwer in die Blätter. Hockt unbeweglich. Unter dem Dach der grauen Oberflügel zuckt leise der Leib. Nach Stunden erst lüftet sie leicht die Schwingen. Ungeheure Erlösung macht ihre Glieder leicht. Ein Glück, leichter und tiefer als das der Entpuppung. Von Blättern geschützt, leuchtet der gelbe Seim vieler fruchtbarer Eier.

Sprung einer Elenantilope über vier Brahminenzebus

Es gibt Zebus und Zebus, wie es Pferde und Gäule gibt. Diese vier sind kostbar, von edelster Rasse, hochgezüchtet für den heiligen Tempeldienst am Hofe eines Radschahs. Das kurze glatte Weißfell ihrer Flanken und Stirnen läßt noch die geheimnisvolle Tätowierung durchschimmern, die der Brahmapriester den Jungtieren in die Haut grub. Ihre Schädel sind schmal, länglich, feingemeißelt, ihre Hörner stehen recht eng zusammen und zeigen jenen sonderbaren Schwung, der auch die schlanken Beine, die Kruppe, die lässig schaukelnden Hüften von den Gliedmaßen gewöhnlicher Ackerzebus unterscheidet.

Im Zirkus Hagenbeck tragen sie allabendlich die Goldkugeln auf ihren Hörnern mit der müden Würde spätgeborener Könige, denen die Krone auf ihrem Scheitel weder Glück noch Last, kaum eine leise Scham und Demut auferlegt. Die schmalen Rükkenhöcker zittern im leichten Trab.

Jetzt aber stehen sie, Stirn an Stirn gereiht, die feuchten, dunklen Nüstern zum bleichen Hals gesenkt, die runden, braundurchgoldeten Topasaugen stumm und sanft zum Logenrand erhoben, wie zu einem blutberieselten Opferstein, dem sie sich furchtlos nahen – (und zwischen diesen Augen und deinem Auge scheint ein Tarnschleier, ein Weltnebel gelegt, sie schauen dich an, ohne zu blicken) –, so stehen sie bildgleich in einer leise schauernden Erwartung, indes die Musik verstummt.

»Meine Damen und Herren« – die Stimme scheint aus einem unsichtbaren Grammophontrichter zu dringen, von seltsamen Nebengeräuschen umschlurrt, während der fahle Sand, die Logenwände, die blassen Flecke menschlicher Gesichter zu weitem Steppennebel verschwimmen –, »ich habe die Ehre, Ihnen die erste dressierte Elenantilope vorzuführen. Die Elenantilope ist das scheueste Tier der afrikanischen Steppe. Endlose Mühe und unerschöpfliche Geduld haben diese Dressur...«

(Das letzte Wort verhallt krächzend, wie wenn die Nadel der Membrane ausrutscht.)

Die Elenantilope steht mitten in der Manege auf hohen Beinen, an ihrem Halfter hängt ein Mann, und man fühlt, es müsse sie endlose Mühe und unerschöpfliche Geduld gekostet haben, seine Dressur zu ermöglichen.

Ihr Fell ist glatt, ein falber Glanz strahlt von ihr aus, sehr friedlich braunen die Hörner, der sanfte Rückenhügel, die tief und weißlich ausgebuchtete Kehle, der schlanke Bauch atmen Gleichmaß und Sicherheit. Wenn sie zu laufen beginnt, ist es nicht, wie wenn ein hufbeschwertes Körperwesen die Beinknochen hebt, sondern es scheint, sie werde von einem lautlosen Motor auf unsichtbaren Wellen leise wiegend vorwärts geschaukelt. Auf großer Fläche, in der freien Wildbahn mimosenbeflaggter, windgerillter Graslande müßte sie fliegen, brausen, wirbeln, wie sturmgefegter Sand. Hier schwebt sie, gleitet sie, weht sie, ohne Erschütterung, mit einer unglaublichen Weichheit der Gelenke, durch die Arena hin.

Plötzlich hängt ihr Leib, beklemmend, geisterhaft, doch deutlich sichtbar bis in die rollende Bewegung spielender Sehnen und Muskeln, ganz still und klar da droben in der Luft, über den feierlichen Rückenwirbeln der stummen Zebus – sie setzte nicht an zum Sprung, sondern es hob sie hoch, trug sie hinauf, eine seltsame Verschiebung des Erdballs unter ihren Füßen löste sie aus den Gesetzen der Schwere, erfüllte ihre Glieder mit anderen, leichteren Raumgesetzen wie mit einem kosmischen Gas, entrückte sie allen hemmenden Kräften des trägen Stoffes – und es hätte in dieser Minute ohne Atem und Herzschlag keinen gewundert, wäre sie wie die Sichel der heiligen Notburga schwebend, aufwärts lebend, zum Himmel emporgestiegen. Aber das Niedergleiten in den kaum bewegten Sand, das Zurückspülen dieser langsamen Körperwelle, das Wiedereintauchen in die Ruhe des allgemeinen Erdendaseins – vielleicht ist es wunderbarer als ein Flug ins Unendliche? Das stille Beharren der Körper in ihrer zeugenden Sterblichkeit – vielleicht ist es wunderbarer als die Auferstehung der Toten?

Ein paar Brocken Erde

Ein Mann lag im Schlaf, ausgestreckt auf der Holzpritsche seines niedrigen Wohnraums, und atmete in kurzen, knarrenden Stößen. Die eine Hand hatte er in die Falten seines roten Wollhemdes verkrallt, das über der Brust offen stand, die andre lag breit, mit knochigen Fingern, über Stirn und Augen. Darunter ragte scharf die Nase hervor, der Mund und das Kinn, von schmalen Gräben umfurcht und von Bartstoppeln wie von einer fahlen Grasnarbe überwuchert. Die Fußknöchel standen steif über die Bettkante hinaus. An den klobigen schwarzen Stiefeln klebte in dicken Brocken feuchter, zähgelber Schlamm. Dann und wann tropfte etwas dünnes Gerinnsel von ihnen ab, wie Blut von einer mählich trocknenden Wunde, und pochte leise auf die Bretter des Fußbodens. Dann kroch jedesmal ein altes Weib, eine Mulattin mit der Gesichtsfarbe und den hängenden Lippen eines Maulesels, auf allen vieren von der Türschwelle herbei und wischte den Schmutz mit einem zerrissenen Lappen auf.

Tür und Fenster waren offen, und mit dem schwefligen Licht des späten Aprilnachmittags drang ein stetes hohl rollendes Brausen herein, ein Rauschen und Schlürfen, anschwellend und verebbend, hinter dem immerwährend ein gleichmäßig zitternder ferner Donner stand. Dazwischen in schrillen und tiefen Tönen, weither wie aus den Wolken herab, oder beklemmend nah, das dröhnende Heulen von Schiffssirenen, und öfters dicht überm Dach das dumpfe schwere Brummen eines Flugzeugs. Im Schlaf des Mannes waren all diese bösen Geräusche wach, aber sein Alptraum wußte nichts mehr von dem rasend geschwollenen Fluß und den berstenden Ufern und der großen Wassersnot. Ihm war das Sausen der Fluten und Winde in den wilden Lärm fliegender Treibriemen verwandelt, in das Rattern stoßender Kolben, ins Knirschen und Fauchen mechanischer Blasbälge. Der Dampf brüllte aus mächtigen Ventilröhren in sein Ohr, und der leise gleichmäßige Donner beugte seine Stirn tief hinab auf die zitternde Drehbank, an deren ölige Nieten sein Blick durch dreißig Lebensjahre festgeschraubt war. – Dieser Mann schlief, zu Tode erschöpft, nach Tagen und Nächten endloser, marternder Arbeit. Sie standen am gelben Deich, bis über die Knie im Schlamm, mit nackten Oberkörpern, von denen der Schweiß rollte, schleppten Erde, rammten Pfähle ein, karrten Steine zu Hauf, um die quellenden, sickernden, fressenden Wasser, die drüben schon weithin das Land verschlangen, von ihrer Stromseite fernzuhalten. Jetzt ließ ihn der grausame Takt des Grabens nicht mehr los. Die dreißig Jahre in den Fabriken nagten und bohrten in ihm, rollten und hämmerten rückwärts, entkrusteten sich wie schlimme Geschwüre in seinem Hirn, wuchsen schwellend wie Krebs unter seiner Haut. Ein Knabe, vom Land in die Stadt verschlagen, bald in die Stahltrichter der Fabriken eingeschluckt, dann hin und her, vor und zurück, hinauf und hinunter im rollenden Band der Arbeit – ein Mann, festgeschmiedet an den Maschinen, und immer mit dem brennenden Blick nach draußen – nach dem Streifen Himmel und Wasser irgendwo, dem Flecken Gras und Weide, dem Brocken Erde, der unerreichbar schien. Die Frau, das Kind, eine Zeitlang härtere Not und hellere Tage, dann wieder versunken beide in einer Seuchenzeit, ausgelöscht im Dämmer der Arbeit, verloren im großen Nebel, kaum ein Schimmer, der blieb. Spät kam ein gutes Geschick, es brach herein als wütender, beißender Schmerz – ein Unfall im Dienst einer staatlichen Werkstatt, ein zerquetschter Fuß, und eine Krüppelrente, und ein Freibrief auf Siedlungsgebiet, droben im großen Stromland. –

Die Mulattin hatte etwas aus einem Winkel gekramt, es sah aus wie ein Ponygeschirr, mit riesengroßen, klappernden Holzkugeln, und einem ungefügen Bleikreuz am Ende, ein Rosenkranz von den Mährischen Brüdern der alten, hundertjährigen Negermission – sie schwenkte ihn vor ihrem Gesicht hin und her, mit leisen glucksenden Lauten – sie beschmatzte ihn dann und wann mit ihren langen behaarten Lippen und sprach wie zu einem kleinen Kinde: »Sei doch still, alter Vater Mississippi! Sei doch ruhig, guter alter Vater!« –

Der Mann im Schlaf knirschte den Atem zwischen zusammengepreßten Zähnen hervor. Immer weiter schlug ihn der Traum zurück, und er stemmte sich vergeblich an, wie ein Schwimmer gegen den reißend geschwollenen Strom. Da sind die Jahre, die der Traum vergißt – die guten Jahre, allein unterm leichten Himmel, wo das Schaffen frei und ohne Mühsal geht, wie guter Atem. Wo Bäume fallen und Feldraine wachsen, wo die Hütte ersteht und die erste Saat reift. Langsam ging alles, und es war ein Segen in dieser Langsamkeit, und es gab Stunden, wo er die Arbeit liegen ließ und alles vergaß, lang ausgestreckt in der Sonne oder im kühlen Wind – Tage, an denen er still zusah, wie alles wuchs – Nächte, in denen er rauchte und Holz ins Feuer warf, bis er von selbst und langsam müde ward. Sein kleines Landstück lag weit von den großen Farmen, und abseits von der blanken, schnurrenden Automobilstraße, es lag wüst und einsam inmitten eines der letzten Waldstreifen, die noch ungerodet aus den sumpfigen Flußtälern, an den rauhen Steilhängen, emporwuchsen. Den Weg, der es jetzt mit der großen Uferstraße verband, hatte er selbst ausgehauen und angelegt. Die alte Mulattin war seine einzige Hilfe. Selten drückte er seinen Handkarren zum nächsten Ort, um Vorräte zu kaufen, oder den spärlichen Überschuß seiner Ernte bei einem der Händler anzubringen. Man kannte ihn kaum in der Gegend, man wußte, daß er da war und keinen störte. Auf den Landkarten der Regierung war seine Parzelle mit einer Nummer eingetragen und mit seinem Namen: George Black.

Auf dem gelben Deich stand eine Gruppe halbnackter verschmutzter Männer, auf Spaten und Hacken gestützt, an grobe Pfähle gelehnt, und alle starrten einem graugestrichenen schlanken Motorboot entgegen, das sich springend und schaukelnd, wie ein Pferd im kurzen Galopp, dem Ufer näherte. Der Himmel hing schwärzlich wie die schräge Rauchfahne eines Dampfers über den endlosen gurgelnden Wasserfluten, die am Ufer reißend hinabschossen – weiter draußen trichternd und wirbelnd sich vorwärtsbohrten – und noch weiter, über Dämmen, Ländern und Ortschaften, über den Eisenbahnwegen und Autostraßen, über versunkenen Saaten von Mais, Zuckerrohr und Weizen hinweg sich trüb und zäh wie flüssiger Gummi wälzten. Ein paar mächtige Baumstämme, die flußabwärts trieben, spielten miteinander, drückten sich gegenseitig unter Wasser und schnellten aufspritzend empor, wie junge Alligatoren. Ein Schwarm Zugvögel strich dicht überm Wasserspiegel nordwärts – wild flatternd, kreischend. Irgendwo überm Land ließ ein Flugzeug blitzende Leuchtkugeln zerplatzen. Dampfer, von Überfrachtung tief ins Wasser gedrückt, stampften mühselig stromauf. –

Das kleine Motorboot sprang dicht an den Deichrand, stoppte und glitt wie ein Wassertier an die Böschung. Einige Männer in Uniform oder mit den Abzeichen der Bauingenieure auf den Ärmeln ihrer Arbeitsanzüge, sprangen an Land, näherten sich mit kurzen, hastigen Schritten der Gruppe stumm wartender Männer. Dann standen sich beide Gruppen einen Augenblick schweigend gegenüber – packten sich mit den Augen – prüften den Boden und die Luft zwischen sich – als wollten sie die Distanz messen zum gegenseitigen Ansprung. Ein kleiner magerer Herr trat plötzlich aus der Ingenieurgruppe heraus, in die offene Mitte. Er trug eine scharfglasige Brille, hinter deren blitzenden Punkten man keine Augen sah – sein grauer Spitzbart war von dünnen, gelben Nikotinfäden durchzogen. – »Es hat keinen Zweck, Jungens«, sagte er, und seine Stimme klang merkwürdig scharf und schrill (es war, als verstumme der Donner und das Brausen des großen Wassers plötzlich vor seinen gespitzten Lippen). »Gebt auf«, sagte er, »ihr verpulvert hier eure Kraft! Packt eure Weiber und Kinder zusammen, macht, daß ihr ins nächste Hilfslager kommt! Spätestens morgen früh wird hier gesprengt.« – Und dann, als einen Augenblick lang keine Antwort kam und keine Bewegung, wiederholte eine tiefe, etwas fette Stimme, die aus irgendeinem der uniformierten Leiber drang, breit und schwer in die Luft: »Der Deich wird gesprengt.«

Die Männer standen immer noch wortlos, nur ein leises

Schieben und Stoßen schien von ihren Kniekehlen auszugehen. Plötzlich sprang Billy Dickson, der harte Billy, einer der ältesten Farmer des Ostufers, drei Schritte vor, warf die Spitzhacke zu Boden, daß der gelbe Schlamm spritzte, reckte die Arme hoch und schrie Sätze, die keiner verstehen konnte – (es war, als wäre das Brausen des Wassers jetzt zum brüllenden Orkan geschwollen, der all die wilden Schreie und Rufe dieser Männer ungehört verschlang) –, da prallten schon blindlings die beiden Gruppen aufeinander, ineinander, Mann stand zu Mann, Hände packten sich an, und Arme, Schultern, Kniee berührten sich wie zum Kampf, im Wechsel, Kreuz und Quer von Rede, Schrei und Fluch. –

Vom Fluß her, aus großen Booten, schifften sich khakibraune Soldaten aus, sammelten sich in kleinen Trupps und Karrees, begannen auf den Deichen auf- und abwärts auszuschwärmen. Ein Flugzeug strich ganz niedrig heran, seltsame Rauchzeichen über die Erde schleifend. Und scheppernd, kreischend, jaulend, belfernd, zwitschernd – übers Genick fahrend wie schartige Messerschneiden –, begannen überall die Sirenen zu heulen, zu dröhnen, zu brüllen. Eine hastige, jagende Dämmerung brach wie Gewitter herein. Die Wolken troffen von Finsternis. Die Erde quoll auf wie schwarzer Schleim.

George Black fuhr aus dem Schlaf: ein harter Stoß erschütterte die Bretter seiner Hauswand. Jemand stellte ein schlammbedecktes Motorrad unsanft gegen den Türpfeiler. Ein Mann in verschwitzter Uniform, ein Meldefahrer der Truppen, stand auf der Schwelle. George Black hörte durch den Schlag seines eigenen Herzens, das wie ein Dampfhammer noch aus dem Traum pochte, laut seinen Namen rufen: »Heda, Parzelle 1270, aufpakken und räumen! Meldung im Konzentrationslager, noch heute nacht! Der Deich wird gesprengt! Haltet euch ran, morgen früh ist der Fluß da!« Noch im Sprechen kniete der Mann bei seinem Motorrad nieder und schraubte mit finsterem Gesicht an der Maschine. Und ehe George Black noch recht von seinem Lager hoch war, sprang mit wildem Knurren der Motor an, der Fahrer riß das Rad herum, warf sich in den Sattel, ratterte ohne Gruß davon. – Die Mulattin schmiß den Körper hin und her, stieß heisere Laute aus, schlug mit dem Kopf gegen den Fußboden. George Black war aufgestanden, er setzte einen Fuß vor den andern, langsam, als könne er fallen – er trat wie ein Betrunkener taumelnd vor sein Haus – er lief einige Male wie ein Tier, sinnlos, immer im Kreis herum – dann packte er, was ihm zunächst stand, das Beil und die Hacke, machte sich mit langen Schritten auf den Weg. Vorm Waldrand kehrte er noch einmal um, ging in die Hütte zurück, vertauschte die Hacke mit seinem geladenen Gewehr. Die Mulattin umklammerte seinen Arm, heulte laut auf. Er machte sich los, schüttelte kurz den Kopf. Dann ging er, ohne zurückzublicken.

Der Deich wird gesprengt. Alarm rast wie fliegende Feuer kreuz und quer über Land. Es kommen Männer her, die wollen das tun, was der tobende Fluß nicht gekonnt hat: es werden Löcher gebohrt, Breschen gerissen – der Strom wird losgekettet, aus dem Käfig gelassen, aufs wehrlose Land gehetzt, das ihm in ungeheurem Kampf, aus der letzten Kraft seiner Wurzeln heraus, immer noch widerstanden hat. Jetzt ist alles vorbei, alles verloren! Die Männer von drüben, wie Schwärme fressender Ameisen, sie kommen aus ihrer kahlgeschwemmten ungedämmten Wüste, sie fallen über die festen gesicherten Lande her, sie brechen aus ihrer johlenden, stinkenden, krabbelnden Stadt, deren böses giftiges Licht höhnisch am Himmel zuckt. Die Stadt soll gerettet werden, und das Land soll ersaufen, untergehn!

»Die Stadt soll verrecken!« brüllt einer und wirft den Kopf gegen Osten, als wolle er eine Bombe gegen den finsteren Himmel schmeißen. »Die Hände weg von unsrem Land! Herunter von unsren Dämmen!« brüllt es aus dunklen Klumpen, Rotten zusammengefilzter Körper, von Straßen, von Lastwagen, von Knüppelwegen. Von allen Seiten kommen Männer wie George Black, und er mitten unter ihnen, ohne Hut, mit offenem

Hemd, die Fäuste um den Gewehrlauf gekrallt – so rücken sie an, schweigend oder laut kreischend, zum Deich, zu den Sprengstellen, dem Fluß, dem brüllenden Wasser, dem lauernden Feind entgegen. Kein Wille, kein Kommando, kein Führer treibt sie voran. Nur die Wut, nur die Angst, nur die Verzweiflung und das rasende Element; die Hände weg von unsrem Deich! Plötzlich stockt der Zug, staut sich die Welle, flackern Schreie, Rufe voll Schreck und Warnung: »Stacheldraht! Verhau!« – Mit Beilen, Spaten und Hacken beginnen sie den Draht zu zerstören, mit blutigen Händen, zerschürften Gesichtern stoßen sie vorwärts wie Massen lebloser fühlloser Maschinen. Schrille Kommandos platzen ihnen entgegen. Sie hören nicht, strömen, stürmen. Ein Schuß kracht scharf, scheppert nachhallend über die Wasser. Dann Schüsse, aufbelfernd, brodelnd, rechts und links in den Flanken. Scheinwerfer, kreidige Lichtgarben über die schwarze Wüste stülpend. Helles, dünnes Geschrei, fahles Gewimmer. Leiber, die springend stürzen, Leiber, die sich langsam zur Erde drehen, hinunterkreisen, versinken. Fernher festes malmendes Geräusch: stampfende Taktschritte, Kolben auf der Erde, Trommeln – – Neuer Draht, neuer Verhau! Neuer Haltruf, schriller, ätzender! Und neuer Strom, neuer Sturm, neues Versinken: weiter! zum Fluß! an den Feind! Männer, die sich zu weit ans Ufer wagen, werden losgerissen wie dürre Weidenbüsche, hinausgewirbelt, ins Dunkel geschwemmt. Andere hängen im Draht, verzappeln. Andere fluten zurück, in wilden haltlosen Scharen, rückwärts gedreht im hohlen, wirbligen Trichter der tödlichen Angst: ein dumpfer Donner quillt aus der Erde, erst breiig aufgasend, dann schütternd, schmetternd, berstend: – sie sprengen!!

Alles verloren. Alles zerfetzt, zerblasen. Durcheinander, auseinander, wilde sinnlose Kreisflucht: nur retten, retten, die Weiber zu Haus, Kinder, Vieh, Geld, ein Bild von der Wand, altes zerbrochenes Zeug. – Wenn es tagt, ist der Fluß da!

Es tagt, spät und finster, frostig, vernebelt.

Es regnet.

Die Fluchtwege sind durchweicht, zerlöchert, von umgestürzten Wagen und knirschenden Rädern verstopft.

Leiber sinken seitab in den Schlamm, schwere Stiefel mit Nägeln stampfen drüber weg.

Ein einziger trillernder Schrei, aus Stimmen, Rädern, Achsen, Steinen, Motoren schraubt sich grausig über den Straßen hoch – kreist steigend und sinkend jammervoll im nassen, kalten Himmel – zerspritzt, zerplatzt, zerflattert winzig, ohnmächtig zirpend, federleicht – im Brausen, Läuten, Jauchzen, Röhren, Orgeln und Brüllen des großen Stromes, der siegreich, ziellos, bewußtlos und voller Gewalt die schwankende Erde und die sinkenden Ränder des Himmels überschwemmt.

George Black, ein Mann unter vielen, der dreißig Jahre an den Maschinen stand, bevor er seinen armen Fetzen Land bekam, ein Mann, der nichts zu verlieren hat als eine Hütte aus grobem Holz und ein paar Brocken handgepflügter Erde – ein Mann, der allein ist und nichts zu retten hat, nicht einmal einen Hund – George Black, einer der Ärmsten im Staat und ohne Freund oder Verwandtschaft – der will nicht zurück und will sich nicht ergeben, will den Sprengdonner niederpressen und die Flutwirbel aufhalten mit seiner mageren Hand, will aus dem Häuflein Lehm um seine Stiefel eine Wand machen, ungeheuer, an der alles zerschellt, und alles still steht, der Tag, die Menschen und die verfluchte Flut.

Aber es packt und dreht und reißt ihn mit, er fühlt nicht, daß er geht und wird mitgewirbelt im rasenden Marsch, er spürt Schultern, Kniee und Schädel an seinem Leib, stemmt sich dagegen, fällt, kommt wieder hoch an einer fremden Hand, treibt weiter, bewußtlos, stöhnend. Seine Zähne sind bloß, als wären die Lippen weggefault, seine Augen sind blutig, verschwollen. Jemand brüllt ihm ins Ohr: »Du bist krank, Mensch, du mußt in die Fieberbaracken!« Er hört nichts, begreift nichts, erblickt das

Lager voll wüster Fetzen und zerbrockter Gruppen wie einen kahlen schwimmenden Fleck. Eine Faust umklammert sein Genick, er schlägt um sich, hackt die Zähne in einen knackenden Finger. Dann hängt er im Treibriemen, wird hochgeschleudert durch das brennende Glasdach der Maschinenhalle, stürzt in die Dampfkessel brüllender Fabriken, die stampfen, treten, schlagen mit eisernen Kolben in sein Gesicht.

Spät, als er wach wird, ist flackerndes Dämmerlicht um ihn, und ein leises Gebrodel von vielen fernen Stimmen. Er liegt bäuchlings auf einem Bündel Stroh, das Gesicht in einen feuchten Lumpen gepreßt, er riecht nasse Erde, faules Stroh und fremden käsigen Schweiß. Er stemmt die Arme auf, hebt sich empor wie ein angeschossenes Tier, starrt mühsam umher, tastet an seinem Körper auf und ab. Er hat keine Stiefel mehr, keine Strümpfe, nur noch das wollene Hemd und die zerfetzten Hosen. Rings um ihn her im Stroh und auf dem nackten Boden liegen steife Körper wie seltsame beschmutzte Puppen. Eine Hand weist mit blassen Fingern in die Luft, sie ist aus Wachs oder Mörtel. Er dreht die Augäpfel nach oben, aber es ist kein Himmel da; oder ist das der Himmel, was trüb und lappig wie morsches Tuch so tief auf ihn herabhängt? Langsam weicht das Blut aus seinen Augen und er sieht, wie durch überscharfe Gläser, alles deutlich rings umher: das graue Zelt, das graue Stroh und die Toten. Er kommt auf die Beine und steht auf steifen, festen Gelenken. Sein Atem geht, sein Blut klopft kalt und leise. Auf seinen nackten Füßen tappt und tastet er sich durchs stachlige Stroh hinaus. Kühler Schlamm umwäscht seine Zehen.

Er hört etwas, das er nicht erfassen kann. Er steht mit schief geneigtem Kopf und lauscht, mit offenen Nüstern. Es ist wärmer geworden, der Wind schleift lau und faulig über seine Haare. Es ist spät am Abend, dumpfe, braune Sumpfluft, dickschwadig, vernebelt. Die große Laterne vor dem Zelt der Fieberleichen schwankt leise, obwohl sie auf der Seite hängt, die der Wind nicht berührt. Sie schwankt in einem seltsamen gleichförmigen Schüttern, das dringt aus einer niederen Baracke dicht nebenan, und von dort auch das, worauf George Black staunend lauscht, ohne es zu fassen. – Das ist nicht der Fluß, und das ist nicht vom Schießen, aber was kann es dann sein – – George Black denkt nicht, prüft nicht, es ist etwas ausgelöscht in ihm, er fühlt es nicht, tastet nicht zurück, denn er war schon gestorben und ein Teil von ihm, vielleicht das meiste, ist da drinnen liegen geblieben im faulen Stroh und dämmert schon im sanften Strom der Verwesung. Das, was wach ist von ihm und auferstanden, weiß nur ein Ziel und eine Sache: der Fluß, der Dammbruch, der Fetzen Land und seine Rettung. Er spürt, daß er nicht offen kämpfen darf, daß der Feind stärker ist, daß er schlau sein muß und leise, wie ein Jäger das Wild beschleicht, um seines Schusses recht sicher zu sein. Dabei spürt er etwas, das ihn mit heißem Schrecken überbrüht: seine Hand ist leer. Die Hand, die das Gewehr hielt, fest umkrallt wie eine Rettungsplanke, hängt schlaff und leer. Er lauscht schärfer um sich, und wieder schwillt das fremde rätselvolle Geräusch, nicht Fluß, nicht Wind, nicht Sprengschuß – Schritt vor Schritt tappt er voran: durch die Bretterspalte, die Stirn an rauhe körnige Dachpappe gepreßt, die Nüstern voll Teergeruch, schaut er ins Innere einer Sanitätsbaracke. In der Ecke steht ein großer heller Holzkasten, oder ist es ein Schädel aus Ahornholz, mit weiten offenen Augenhöhlen glotzt er ihn an und speit das fette, scheppernde Geräusch hervor: Musik –

Im weißen scharfen Karbidlicht ragen Kistendeckel, Stuhlbeine und lose Bretter wie riesige harte Felskanten und Bergbrocken in die Höhe. Die hohen Stiefel eines Dampfermatrosen stampfen den Boden wie rasende Dreschmaschinen. Die nackten Brüste einer Mulattin, feucht schimmernd in speckigem Braungelb, zittern und wackeln im Tanz, fliegen wie Bälle auf und nieder, indes ihre Schenkel auf inwärts gedrehten Füßen, zuckend und spreizend, die wilden Liebkosungen eines unsichtbaren Gottes empfangen wollen. Rundherum an den Wänden stehen Männer mit gekreuzten Armen, hemdärmelig, an die nackten Bretter gelehnt, stieren mit trüben Augen einem kleinen, bärtigen Rotkopf entgegen, der, von Mann zu Mann tretend, aus einem verhüllten schweren Gefäß, stets nur nach Erhalt schmutziger, verknüllter Geldscheine, wenig Flüssigkeit in ihre versteckten Becher schüttet: geschmuggelter Sprit, medizinischer Alkohol aus den Beständen der fliegenden Ambulanz.

George Black begreift nichts von alledem, er sieht nur mit brennendem Auge das Gewehr, den Karabiner mit dem angehängten Patronengurt, den ein Soldat dicht neben der Tür an die Wand gelehnt hat. Auf allen vieren umschleicht er die Bude, bleibt am Türpfosten niedergekauert, lugt durch die schmalen Ritzen unter der Schwelle durch – unter all den Füßen und Beinen, die schattenhaft durch sein enges Blickfeld stapfen, behält er die eisenbeschlagenen Absätze des Soldaten, dem das Gewehr gehört, wie eine unentrinnbare Beute dauernd im Auge. Auf den Kolben des Karabiners sieht er ohne Unterlaß, mit einem Blick voll Gier und brennender Hoffnung. Da nähern sich die schweren Soldatenstiefel langsam und stolpernd dem Ausgang – der Gewehrkolben schwebt hoch, verschwindet, George Black grinst mit nackten Zähnen: der schwankende Schritt seines Opfers erfüllt ihn mit höhnischer Zuversicht, etwas aus den versunkenen Schichten der Erinnerung läßt ihn die Wehrlosigkeit des Besoffenen erkennen, berechnen, wittern und sichernd abschätzen.

Dann geschieht alles, ohne daß er selbst deutlich dabei ist – vielleicht liegt ja das meiste von ihm im faulen Dämmer des Totenstrohs –, aber die Hand ist jetzt nicht mehr leer, sie umkrallt wie vordem einen hölzernen Kolben, indessen die andere sich taub und fühllos von der Gurgel eines stillen fremden Körpers löst.

Zwei Frauen von der Heilsarmee, die leise singend, leiernd, mit schweren Lasten von Wolldecken und Schlafsäcken auf dem Arm, der Lagergasse voll obdachloser Flüchtlinge zuschreiten, begegnen einem Mann, der auf nackten Füßen, ohne Mantel und Rock, durch den kalten Schlamm watet, ein Militärgewehr mit angehängtem Patronengurt in den Fäusten, Gesicht und unbedeckten Schädel von einem fahlen, grünlichen Schimmer überhaucht. Sie bleiben stehen, rufen ihn an, er stapft starr und steif geradeaus, die eine tritt ihm in den Weg, hält ihn auf, er blickt sie an, als ob er sie nicht sähe, sie reicht ihm eine ihrer Decken hin, er stößt mit dem Gewehrkolben ihre Hand weg, sie rührt ihn an, seine Haut ist eiskalt, spröd, wie gefroren. Sie stößt – in plötzlicher Angst – einen halberstickten Schrei aus, wankt zur Seite, der Mann schreitet weiter, verschwindet.

In der Frühe, im lose wehenden Morgendampf der Schlammwüste, sehen Wachsoldaten am gesprengten Deich einen einsam daherschreitenden Mann. Der quirlende Nebel macht ihn riesengroß, schwarz und gewaltig. Seine Beine heben und senken sich taktmäßig, maschinenhaft, das Gewehr in seiner Hand stößt vor und zurück im steten Schwingen seiner Arme. Er stapft über Draht und Steine, über Erdlöcher und umgestürzte Pfähle, an Warnungsschildern und Wasserlachen vorbei, ohne Halt, ohne Bedenken, ohne Rückschau; er ist wie ein marschierendes Heer, wie ein vorwärtsbrausender Bahnzug, wie ein ungedämmt reißender Strom. Als alle Haltrufe und Schreie wie machtlose kleine Steinwürfe gegen eine Brandung in ihm versinken, legt einer der Soldaten auf ihn an. Der Mann reißt ohne Zögern sein Gewehr hoch, schießt. Der Soldat wirft beide Arme hoch, gurgelt auf, stürzt aufs Gesicht. Ein anderer, in wildem Schreck sich zu dem Gefallenen niederbeugend, hört einen Knall und spürt einen Peitschenschlag im Genick und rollt wie ein brauner Sandsack auf die Seite, indem sein Blick langsam, staunend, verglast. Der dritte wirft sich in wildem Begreifen zu Boden, dicht über sein Haupt weg sirrt ein quergeschlagenes Geschoß, dann spritzt der Dreck neben seiner Schulter auf, und dann – indem er all die Schüsse nur noch wie einen mächtigen Donner vernimmt –, schlägt es krachend auf seine Stirn, überschwemmt seine Augen mit einer heißen Flut, reißt ihn in einen schwarzen, gurgelnden Trichter hinab.

George Black, die rauchende Büchse fest umklammert, schreitet fühllos über die Leichen weg, stampft geradeaus. Jetzt spült das Wasser glucksend um seine Kniee, um seine Schenkel, um seine Hüften. Er stampft hindurch, zieht seine Schienbeine wie eiserne Schiffskiele vorwärts gegen die Strömung. Unter den nackten Zehen spürt er den Weg aus festgeklemmten Baumästen, den holprigen Knüppeldamm bergauf, den Pfad zum Steilhang, zum kahlen Ahornwald, den er selbst Stück für Stück ins Dickicht gebrochen, in die Böschung gehämmert hat. Flüchtlinge, in einem Boot stromabwärts treibend, sehen ihn aufwärts stampfen, und einer von ihnen, ein alter Neger, erkennt ihn, ruft ihn an. Der Mann antwortet nicht, wendet sich nicht, ragt immer höher aus dem Wasser auf, gleicht jenen letzten, stromtrotzenden Baumgerippen, die er jetzt schreitend erreicht, in deren Geschling er verschwindet.

Ein Mann liegt im Schlaf, zwischen den kahlen, nackten Wurzeln triefender Bäume, lang ausgestreckt und wie mit allen Gliedern festgeklebt an die zerwühlte, wundfeuchte Erde. Seine nackten Zehen, fast schon erstarrt, weisen die Richtung auf eine kleine, regenzerfressene Bretterhütte, von spärlichen, handgepflügten Ackerfetzen umbaut. Sein Atem geht schwer und rasselnd, es hebt und senkt seine magere Brust, auf der die feuchte Luft liegt wie eine letzte Last, und er spürt, im dumpfen fiebrigen Schlaf, noch dies Heben und Senken, dies langsame Füllen und Leeren, als eine harte, plagende, grausam zwingende Arbeit, so bös und sinnlos, wie erzwungene Arbeit ist.

Spät erst, gegen Abend, schlägt er die Augen auf.

Das gleichmäßige Brausen des Flusses umfängt ihn als tiefe kostbare Stille. Er kann den Kopf nicht mehr heben, aber er weiß, daß seine Finger die Erde fühlen, diese Erdbrocken, die sein Auge sucht. Das Gewehr kollert aus seinem Arm, er greift nicht mehr darnach. Die Spitzen seiner Finger sind von einer zitternden Zärtlichkeit erfüllt. Langsam wird sein Atem leicht, spielend, plaglos, arbeitsfrei. So wie das schwebende Drehen eines hauchzarten Blättleins Asche über der heißen Luft des riesig glühenden Herdfeuers. – Und dann, indem der Atem ganz verschwindet, hinschwindet, leicht und leise zerweht, schließen sich mählich die Finger mit einer letzten fühllosen Kraft und einer letzten Härte um die feuchten, zähen, aufgegrabenen Erdbrocken. –

Während der Fluß, stiller und tiefer strömend, weithin alles Land verschlungen hatte, blieb zwischen den Hügelbäumen dieses Steilhangs eine kleine Insel trocken und unberührt. Was an Tieren lebt unter Bäumen und in fetter Erde, Wühlmäuse und Schnecken, Würmer, Wasserratten und Käfer, Maulwürfe, Engerlinge und Reptilien, war hier auf enger Trift vereint und mehrte sich täglich. Ein toter Körper bot lange Zeit viel Nahrung und manchen sicheren Brutplatz. Unfaßliche Schwärme von Keimen, Trauben und Meere von zeitlos wuchernden Spaltzellen bauten sich lautlos in ihm, wuchsen im Raum ohne Luft, durchkreisten die Stoffenge wie mächtige Sternschwärme den luftlosen Weltraum. Als die Verwesung die harten Bänder und Sehnen ergriff, die Flechsen weich machte und die mageren Fingerglieder löste, betteten sich die einzelnen kleinen Handknochen, kahl und glatt genagt, ganz in Erdbrocken ein und zerfielen noch später zu Staub.

Die Geschichte vom Lappenvogt Bal

Das kleine Nest Ballangen – zwei Kaufläden, eine Schmiede, eine Handvoll Fischerhütten und die Arbeiterkolonie der Schwefelkiesgrube – führt seinen Namen auf ihn zurück, auf den alten Bal, den Lappenvogt, den Teufel der grauen Berge. Wo die Schieferwände des Skjomengebirges fast senkrecht in die Fjordwasser stürzen und der Gletscher, ein geronnener Strom, schmutzweiß, eisgrün umschimmert, seine polypenhaften Fangarme durch Grus und Moräne bis an die Gestade des rastlosen Atlantik bohrt, sieht man hoch oben in einer Senkung schwärzlichen Gesteins einen sonderbar abgegrenzten Placken von ewigem Schnee. Die Lappen nennen die Stelle »Schneegruft« und glauben, daß unter diesem kühlen Leichentuch der alte Bal begraben sei.

Vor tausend Jahren folgten die Lappen in den rostbraunen Hochebenen des Nordlands dem unsteten Zug ihrer Rentierherden. Sie waren starke und kluge Jäger, geschickte Bogenschützen, sichere Speerwerfer und gingen dem gelben Wolf und dem arktischen Bären mit Messer und Beil zu Leibe. Ihre Weiber bereiteten scharfläugigen fetten Käse aus der Milch ihrer Rentiere und mit den geschärften Gräten großer Fische nähten sie Lederkleidung und Zeltbehang. Sie verehrten ein welterhaltendes Wesen im warmen Licht der Sonne, das die Rentierflechten aus dem verharschten Gestein und die Mültebeeren aus dem Sumpfboden der Hochmoore treibt, sie hatten ihre Bannflüche und Beschwörungen gegen den stampfenden Poltergeist der Steinschläge und den bösen Sturmteufel in der Finsternis und wußten fromme Legenden von dem grünen Schimmer des Nordlichts, das ihre endlose Winternacht durchwandert. Gelb und rot, die Farben der aufgehenden Sonne, waren von jeher ihre heiligen Farben. Klein und sehnig gebaut, mit breiten mongolischen Backenknochen, hellen Augen und rostbrauner Haut unter pechschwarzen Haarsträhnen, standen sie fest auf der Erde und wußten nichts von ikarischem Flug und vom Taumel des Untergangs. So kommt es, daß sie heute wie vor tausend Jahren ruhig und wetterhart dem unsteten Zug ihrer Rentierherden folgen, droben im rostbraunen Hochland.

Mit den christlichen Predigern kam Bals Vater herauf, er sah aus wie einer der Nordmänner, die unter Leif Erikson dem Roten auf schwankem Wikingerboot den Atlantischen Ozean durchquerten und das grüne Weinland in der Ferne sahen. Aber es war, als hätte sich die rastlose hungrige Kühnheit der Seefahrer in seinem Gesicht nach innen gebohrt, als ziele sein Blick, statt nach dem schaumpflügenden Schiffsschnabel, nach einem brennenden Pol in den Lüften. Er trug überm Panzer ein weißes Hemd mit schwarzem Kreuz benäht, auf seinem Schwertgriff war das Zeichen des Fisches graviert und auf seinem Schild stand geschrieben: *Vita pro Deo pugnans, morte pro Deo vincens.* Wo heute die Stadt Narvik steht, zu Füßen des schwarzgrünen Fagernäsfjeld, am Ufer des silbernen Westenfjord, errichtete er eine Art Missionskloster und ein Heerlager christlicher Streiter. Da die Lappen von den hellhäutigen Männern manch gute Werkzeuge erhielten, bessere Waffen und brauchbares Schlittengerät, ließen sie sich ohne Schwierigkeit taufen. Es kam niemals zu Kämpfen, weil es den Lappen in ihrer sanften hintergründigen Art nicht einfiel, sich wegen Gott zu erregen, der im Sommer und Winter ohne menschliche Hilfe sein großes Wesen trieb. Mit einer getauften Lappenfrau zeugte der christliche Ritter einen Sohn, dem er den Taufnamen Vinzenz Teokratus gab. Die Mutter aber nannte ihn mit einem lappländischen Bergnamen: Bal.

Der Vater wurde im Alter finster und herrisch. Er verlangte von den wandernden Lappen regelmäßigen Tribut an Fleisch und

Fellen für seine Niederlassung, zwang ihnen eine untergeordnete knechtische Stellung gegen alle hellhäutigen Christen auf, teilte sie in Distrikte ein, die Aufsehern und militärischen Machthabern unterstanden, zog sie zu Bauarbeiten heran, legte sich selbst den Titel »Vogt aller Lappen« bei und richtete mit eigner Hand Widersetzliche hin. Aber die Ruhe und der Gleichmut, mit der dieses Volk Bekehrung und Knechtschaft hinnahm, zermürbte seine Tatkraft und erfüllte ihn mit qualvoller Unrast. Eines Tages rüstete er ein Schiff aus, ließ all seine Ritter für sich und ihre Nachkommenschaft seinem unmündigen Sohn Treue und Gehorsam schwören, ernannte seinen ältesten Hauptmann zum Lappenvogt als Stellvertreter des Sohnes, suchte sich eine Mannschaft junger seetüchtiger Nordmänner aus und steuerte mitten durch die grimmigen Stürme der herbstlichen Sonnwend nach Island hinauf. Durch die Handschrift eines Mönchs erfuhr man in späterer Zeit, daß er mit all seinen Kriegern von einer Horde langhaariger Fellhäute mit Steinäxten und Knochenbeilen erschlagen worden sei.

Bal, in dessen Adern das Lappenblut mit dem weißen kämpfte, wuchs heran als dunkler, schweigsamer Kerl mit breiter Stirn, krummen Beinen, etwas zu langen Armen und starrem, stahlgrauem Blick. Zwei Mönche waren von seinem Vater mit der Erziehung betraut. Sie berichten von seiner ungewöhnlich scharfen, fast unheimlichen Auffassungsgabe, von seinem sprunghaften Wesen und seiner Anlage zu Lüge und Heuchelei. Von der Mutter hatte man ihn unmittelbar nach der Entwöhnung völlig getrennt, sie lebte als Magd im Instleutehaus der Mission und hatte noch einige Kinder von christlichen Männern, darunter die Mädchen Bala und Gito.

Bal trieb sich nach des Vaters Auszug viel im Gebirge herum. Einmal traf er auf ein wanderndes Lappenvolk, schloß sich ihm an und blieb längere Zeit verschollen. Dann kam er zurück, verschlossener und unzugänglicher denn je, Lappen und Weißen gleichmäßig fremd und feindlich, von Altersgenossen gehaßt, von zukünftigen Untergebenen gefürchtet. Er war grausam, neigte zur Tierquälerei und verlangte mit fünfzehn Jahren, daß die seit Entfernung seines Vaters unterbliebenen Hinrichtungen widersetzlicher Lappen durch die eigene Hand des Vogtes neu eingeführt wurden. Die trotz jahrelanger Abwesenheit unsichtbar drohende Macht des Alten, die Furcht vor seiner Rückkehr, die Scheu vor der übernatürlichen Kraft seines Blickes und vor dem geleisteten Schwur schützten den Knaben mit knapper Not vor der Ermordung durch die Anhänger des jetzigen stellvertretenden Herrschers.

Der Mönch Bonifatius von Bergen begleitete den Knaben manchmal auf seinen Streifereien ins Land. Der Mönch Bonifatius war ein alter runzliger Gnom, der im Missionshaus nach der Abreise des Alten eine Art Laboratorium errichtet hatte, in dem er Tag und Nacht experimentierte. Bal saß oft stundenlang vor dem Herd des Alchimisten und beobachtete mit scharfen mißtrauischen Augen seine Arbeit. Eines Tages, vor einem Steilhang, der ziemlich schroff ins Meer hinabstürzte, wies Bonifatius auf eine Reihe großer Felsblöcke, an deren Quarz- und Gneisgestein grelle, metallische Funken in der Sonne sprangen. Bal kletterte empor, schlug mit der Axt an verschiedenen Stellen der Felswand solche metallüberglitzerten Steinbrocken ab. Einen besonders funkelnden steckte er ein, die übrigen gab er dem Mönch. In seinem Laboratorium trieb der mit Hitze und Hämmern einige Lot reinsten Silbers aus dem Gestein.

Bal, dem der Mönch an diesem Abend das Laboratorium gesperrt hatte, lauerte draußen, lugte durchs Fenster, brach ein, nannte den Alten Dieb, Betrüger und Plünderer seines angestammten Eigentums, schlug ihn ins Gesicht und erwürgte ihn, als er sich wehrte. Steckte das herausgeschmolzene Silber ein und eine Handvoll Münzen, die er fand, machte ein Boot los und fuhr barhäuptig, ohne Proviant, nur mit einem kurzen Dolch bewaffnet, in die Nacht.

Halb verschmachtet und vom Hunger gehöhlt, trieb er nach Tagen an einer der Vogelinseln der nördlichen Lofoten an. Er kroch an Land, fand Eier, stillte den wütendsten Hunger, wurde von norwegischen Fischern gefunden, aufgenommen, ernährt. Als die Fischer den Heringszügen nach Süden folgten, kam er bis zum Skagerrak, wandte sich südostwärts, bettelte sich an den Ufern des Großen Belts durchs Land, fand eine Ansiedlung der Deutschordensritter, denen er seine Geschichte erzählte. Die mönchische Bildung, deren er teilhaftig war, legitimierte ihn. Ein Trupp deutscher Ritter zog nach Süden, um sich den Kreuzfahrern unter Friedrich I. anzuschließen. Bal, unter dem Namen Vinzenz Teokratus, kam mit ihnen nach Italien. In Verona blieb er zurück, lebte viele Wochen am Hof eines Herzogs, kämpfte in dessen Dienst, besaß viele Frauen, edle und niedrige, zog mit den Veronesern nach Sizilien, machte reiche Beute und schiffte sich mit viel Gefolge auf zwei großen Galeassen nordwärts ein.

An der spanischen Küste zwang ihn ein Sturm zu landen. Während die Mannschaft in Schluchten und unter Steinen Schutz vor dem Wetter suchte, geriet Bal – es war in einer blitzzerrissenen Nacht – in eine kleine Hütte, die ein altes krummknochiges Weib bewohnte. Als er am Morgen die Hütte verlassen wollte, nahm das Weib seine Hand, durchsuchte die Linien, sah Bals Augapfel an und sagte ihm: »Du wirst viel Mord begehen, viel Schätze erraffen, viel Lust versäumen und von deinem eigenen Fleisch und Blut vernichtet werden.« Bal ließ das Weib nackt an den Schnabel seines Schiffes binden, wie eine Galeonsfigur, bis die Wellen den erstarrten Körper losrissen und in die Tiefe zogen.

Als er in einer weißen Hochsommernacht die Gestade seiner Heimat anlief, starrte der Fagernäsfjeld wie ein riesiger Gnomenkopf auf breiten, verkrümmten Schultern in den Himmel. Bal stand am Bug seines Schiffes, die langen Arme hingen herab, die Hände waren gekrümmt, gespannt, griffbereit. In seinen grauen, vorstehenden Augen war etwas von dem Geflimmer der Silbererze auf dem Granit und Gneis der Gebirge. Seine Lippen waren in dem gelblichbraunen Gesicht von einem sonderbar hellen, giftigen Rot, das trotz grindiger Risse und Sprünge wie gemalt aussah. Die Haare hingen zottig um seine breite Stirn, die niedrigen krummen Beine standen gespreizt und eisern. Er trug leichte Kleidung, wie man sie im Süden hatte, der Rock stand über seiner Brust offen, die Schuhe waren aus feinem Leder und überall aufgeplatzt. An der Seite hing ihm ein Dolch, dessen Spitze vergiftet war.

Man erkannte ihn sofort und sah in ihm den rechtmäßigen Herrn. Der Stellvertreter hatte das Vogttum über die Lappen aufrechterhalten, ohne sie tyrannisch zu bedrücken. Bal verordnete sofort eine große Lappenzählung, er behandelte auch die hellhäutigen Ansiedler mit Kälte und Verachtung. Sein Gefolge, das von den Schiffen kam, war enttäuscht, hatte ein zauberisches Thule, ein Vineta, eine Stadt voll sagenhafter Schätze als Stammland ihres Herrn erwartet. Bal beachtete sie nicht. Sein einziger Umgang waren zwei gelehrte Männer, die er von der Salerner Hochschule mitgebracht hatte, und eine römische Tänzerin, die bei ihm schlief. Bald nach seiner Ankunft begab er sich mit den Gelehrten ins Gebirge und kehrte nach vielen Tagen erst zurück. Dann wurden seltsame Geräte von dem zweiten Schiff geladen, Werkzeuge, Messinginstrumente, große Bohrer und amboßartige Eisenkeile. Bal siedelte selbst mit seiner mitgebrachten Mannschaft an die Fundorte des Silbers über. Viele hundert Lappen, von sizilianischen Schwertern und Schweizer Hellebarden bewacht, fronten für ihn und spalteten für ihn die Erde.

Er trieb einen Stollen tief ins Gestein, einen zweiten, einen dritten, Verbindungsgänge wurden gebaut, gefestet, erweitert. Nackte Männer kämpften keuchend in der Unterwelt mit der Gewalt der Felsen. Steinschläge verschütteten eine Kolonne Arbeiter, neue stiegen hinab und legten die Grube frei. Eine Schmelzhütte war längst errichtet, deren gewaltige Feuer nie ausgingen. Tag und Nacht waren die Treiber Bals am Werk, Tag und Nacht fronten die Männer. Mehrere Lappenvölker bereits hatten ihr Wanderleben aufgeben müssen, hausten mit Weibern, Kindern und einigen Rentieren ringsum an den Halden der kahlen, schwarzen Berge, wo sie ihre kleinen, kugligen Erdhütten errichteten. Bal selbst hatte sich ein Haus aus dunklen Basaltblöcken gebaut, in dem er mit seinen Werkführern wohnte; es war immer von mehreren Bewaffneten bewacht und die Silberbarren waren dort aufgeschichtet. Jahr ging um Jahr, die römische Tänzerin starb in einem Winter, der sich mit seiner ewigen Finsternis und Kälte wie ein würgender Schlangenleib um ihren Hals legte und ihre Brust zerstach. Bals Körper ward schwer, fett, gedunsen. Er ließ aus dem Saft der riesigen Beerenmengen, die der Sommer brachte, viel scharfen Schnaps brennen, den er aus Zinnkrügen trank.

Gewöhnlich beaufsichtigte Bal die Arbeit seiner Sklaven selbst. Mit einer Peitsche stieg er von Stollen zu Stollen, Schwache und Müßige schlug er ohne Unterschied bis aufs Blut, Widersetzliche richtete er mit eigner Hand hin, wie sein Vater es auch getan hatte. Die Südländer, die mit ihm gekommen waren, hatten eine Kapelle erbaut und hielten das Ritual der katholischen Kirche streng. Bal hatte es vergessen, er ließ längst die Kinder der Lappen nicht mehr taufen, er behandelte die Mönche und Ritter der ursprünglichen Mission wie verächtliche, nutzlose Schmarotzer, er sprach fast mit keinem Menschen, er schlief wenig und lachte nie.

Unter den Siedlern am Fagernäs lebte eine junge Frau, die von ganz reiner Rasse war. Ihr Haar war dunkel, aber ihre Haut hatte die durchsichtige Äderung der blonden, starkblütigen Nordländer. Über sehr schmalen Gelenken war ihr Leib zart, doch gespannt, ihre Schenkel lang und nervig, ihr Nacken breit und wundervoll geformt. Bal sah diese Frau, ging ihr nach, wagte sie nicht zu berühren, verschwand. Die Frau, Hjördis, verließ ihren Mann, einen der stärksten, angesehensten Ritter der christlichen Siedlung, ging zu Bal.

Den lederhäutigen, wulstlippigen Mischling, der mit der Peitsche, stier und verbissen, hinter schwitzenden Sklaven stand, den Säufer, der sich voll Schnaps schüttete, bis er in Kleidern steif auf den Steinfliesen seiner kahlen Wohnung liegenblieb, den krummbeinigen Kerl mit dem schweren, massigen Leib, den gelben Wolfszähnen, den behaarten Händen, der nie aus den Kleidern kam, dessen verknotete schwarze Haarbüschel an der Wurzel schon weiß wurden, den »Teufel der grauen Berge« liebte dieses Weib. Tagelang war sie in seinem Haus, ohne von ihm berührt zu werden. Eine krampfhafte Scheu vor ihrer weißen Haut und dem Geruch ihrer Haare hielt ihn von ihr weg. Er schweifte rastlos umher, die Lappenweiber hüllten ihre kleinen Kinder unter den Rock, wenn sie ihn sahen und machten das Zeichen der Teufelsbeschwörung hinter seinem Rücken. Er übernachtete in den Stollen seines Bergwerks, aß mit den arbeitenden Lappen aus dem verdreckten Napf, wagte sich nicht nach Hause. Das Weib aber wartete still auf ihn, denn sie wußte, daß er kommen werde.

Er verfiel ihr so ganz mit Haut und Haaren, daß eine Zeitlang sein Gesicht verändert war, seine Gestalt sich hob und verjüngte, sein Auge dem ihren ähnlich wurde und seine Stimme voll warmer Kraft. In dieser Zeit fraß die Empörung unter den Fronsklaven im Werk wie eine Flamme schwelend im feuchten

Stroh. Zwar ruhte die Peitsche, zwar kamen keine Hinrichtungen vor, zwar wurde der Dienst von den weniger grausamen Aufsehern gemildert, ohne daß Bal eingriff, aber dies schien nach so langer Marterzeit nur noch ein Zeichen von Schwäche des Tyrannen, nicht von geringerer Tyrannei. Es war zu spät. Wachsamkeit und rücksichtsloseste Strenge hätten den Funken erstickt, Milde und größere Freiheit schürten ihn.

Bal liebte dieses Weib so sehr, daß er in einen dämmerhaften Zustand von Grauen, Entsetzen und Scham verfiel, gemischt mit wahnsinnigem Begehren. Hätte er sie damals getötet, wäre es gut und alles erfüllt gewesen. Aber er wagte es nicht. Statt dessen floh er vor ihr. Ließ sie von Knechten gefesselt zu ihrem verlassenen Mann zurückschleppen, nahm sich braune und weiße Weiber ins Haus, mit denen er soff und tobte, daß ihr Gejohl in den Schächten des Bergwerks zu hören war. – Hjördis kam zu ihm zurück. Er lag vor ihr auf den Knien, schlug sich mit den Fäusten. Sie hob ihn auf, er war stark, kindlich und gut. Sie empfing von ihm.

Als er es merkte, tobte er wie ein Tier in seinem steinernen Haus umher. Am Abend ließ er sie binden, schleppte sie in eine der stets verschlossenen Silberkammern, rief den Salerner Gelehrten, den er als Leiter des Bergbaus bei sich behalten hatte und der als Arzt berühmt war: ein vogelköpfiger, gelbhäutiger Kerl, ein Geldschacherer, ein ehemaliger Mönch mit rotgeränderten, wässerigen Augen. Dieser Mann tötete gegen hohe Bezahlung die Frucht im zuckenden, schmerzzerwühlten Leib der weißen Frau und nahm ihr für alle Zeit die Gnade, Mutter zu sein.

Bal war von einer wilden, hirnwütigen Angst gepackt, die Prophezeiung der spanischen Hexe saß ihm im Nacken: »Er werde umkommen durch sein eigen Fleisch und Blut.« Er ließ alle Weiber töten, mit denen er geschlafen hatte. Während Hjördis mit wundem Schoß, fast verblutend in der gruftartigen Kammer eingesperrt lag, nahm er seine beiden Halbschwestern, Bala und Gito, ins Haus, schlief mit ihnen und tötete sie. Am selben Tag hörte die Arbeit in den Stollen auf, die Lappen sammelten sich wie erregte Bienenschwärme vor dem Flug, aber um Bals Haus war eine Bannmeile, die keiner noch zu überschreiten wagte. Die christlichen Ritter und Krieger hielten Rat und kamen zum Entschluß, nicht für ihn zu kämpfen, sondern unter Führung des Doktors aus Salerne Bal abzusetzen und die weitere Ausbeutung des Werks selbst zu übernehmen.

Aber die Mutter kam ihnen zuvor. Sie hatte viele Jahrzehnte unbeachtet, verkümmert, krumm und mit weißen Haaren im Instleutehaus gelebt. Als Bal aus dem Süden kam, stand sie scheu in der Ferne und fraß ihn mit inbrünstigen, fast anbetenden Blicken. Keiner wußte, wer sie war, aber wie sie jetzt mitten unter den lappischen Meutererscharen auftauchte, ging eine so unheimliche Kraft von ihr aus, daß jeder Laut verstummte. Ihre Stimmbänder waren längst von einer Krankheit gelähmt. Was sie jetzt sprach, klang wie sinnloses, heiseres Gelalle. Aber alle verstanden es, als wäre der Geist in Zungen über sie gekommen. Jeder hörte sein eigenes Schicksal, seine eigene Qual, seine eigene Empörung und seine eigene Schmach in dem einen Wort, das sie in tausend schrillen und dumpfen Tönungen hervorstieß: »Bal – Bal – Bal – Bal –.« Mit dem Balsgesang als furchtbarem Päan auf den Lippen, stürmten sie die steinerne Festung des Lappenvogts.

Allen voran die Mutter. Taub, mit halb erblindeten Augen, die ausgemagerten Hände vorgestreckt, durchsuchte sie die Räume. Fand, hinter gesprengter Tür, die weiße Frau. Wortlos aneinandergeklammert standen die beiden lange. Dann nahmen sie, Hand in Hand an der Spitze der braunen Männer die Verfolgung Bals auf, der durch einen geheimen Gang entflohen war.

Wo der ewige Schneeplacken in der Mulde schwarzen Gesteins liegt, fanden sie ihn, hinter einem riesigen Felsblock, auf der Leiche eines weiblichen Rentiers, dem er die Kehle zerrissen hatte, um sich mit Blut und rohem Fleisch vorm Verhungern zu retten. Sie schleppten ihn zu Tal, es war früher Herbst, violette und meergrüne Schatten wogten über den Himmel, die ersten Sterne blitzten, in der Bucht schwammen die zartfarbenen Schirme unzähliger Quallen. Es wurden riesige Feuer entzündet, ein wildes, hastiges Gericht trat zusammen. Die Alte hockte zwischen den Holzstößen, rot überflackert, murmelte vor sich hin. Hjördis, fast nackt, stand aufgerichtet an ihrer Seite, es war, als spränge es von dem Scheitel der Alten in ihre Hände über; sie war die Sprecherin des Gerichtes und die Künderin seines Urteils. Als sie sich dann zu der Greisin niederbeugte, saß diese erstarrt, mit herabgefallenem Kiefer und gebrochenen Augen.

Es war die Brunstzeit der Rentiere, und man trieb vier mächtige, schnaubende Bullen heran, band Bals Hände und Füße an ihre Hinterläufe und jagte sie mit Peitschenhieben auseinander. Das ferne Gebrüll und die Witterung der Weibchen machte die Kraft der Tiere unbändig, sie rissen den massigen Körper in Stücke, als wäre er aus Brotteig geknetet. Bal starb mit großen, offenen Augen, ohne die Lippen noch einmal bewegt zu haben.

Während die christlichen Ritter sich ängstlich verborgen hielten und voll Entsetzen das wilde Taumelgeschrei dieser Nacht vernahmen, in der viele Lappenweiber und viele Rentierkühe empfingen, machte sich ein Teil der rostbraunen Männer daran, das Bergwerk zu zerstören. Am Tag setzten sie ihr Beginnen fort, gruben einen Gang zum Meer, das die Stollen ersäufte, und lösten oben auf den Felskuppen überhängende Blöcke, die mit donnerndem Getöse Steinschläge entfesselten und Bals Haus begruben. Dann zogen die einzelnen Völker nach verschiedenen

Richtungen auseinander. Hjördis blieb bei der Sippe, der Bals Mutter angehört hatte. Die alten Sagen von der »strahlenden Königin«, die nie gestorben, sondern in ein weißes Rentier verwandelt worden sei, mögen auf sie zurückgehen. In der Gegend von Ballangen sucht man noch heute nach dem verschütteten Bergwerk.

Die Geschichte eines Bauern aus dem Taunus

Schorsch Philipp Seuffert, seit der großen Frühlingsschlacht im Jahre 1918 zu dringender Feldarbeit reklamiert, bemerkte Mitte Juni, daß sein Weib Anna Barbara guter Hoffnung war.

Schreck war das erste, was er empfand.

Draußen in Frankreich tobte noch der Krieg, viel fruchtbares Ackerland lag da noch brach, und die verharschten Rübenfelder wurden immer noch von Stahlsplittern, Kupferbolzen, Bleikugeln gepflügt, die Saatfurchen mit Blut und Leichenfäule gedüngt. In Fuchstanz, so hieß Seufferts Heimatsort, las man, wie überall, die Heeresberichte mit blasser, stumpfer Verdrießlichkeit, die Kommunalnachrichten über Abgaben und Rationierung mit angstvoller Spannung. Nachts, auch manchmal am Tage, brummten die Flieger niedrig übers Gebirg', wie zornige Hornissen, von denen drei Stück einen Gaul umbringen. Aber die gingen auf die Stadt oder die Industrie, man hatte hier nichts zu fürchten und hörte von Bombenabwürfen und Zerstörung mit der gleichen lüsternen Gruseligkeit wie früher von einer fernen Feuersbrunst.

Die Zeiten bös – das Kriegsende weit wie immer – der Erntestand recht mager – all das hätte nicht vermocht, die Angst in Seufferts Herzen über jede Wallung von Stolz und Vaterfreude siegen zu lassen, die heimlich aufmuckte, wenn er die Brust und den kaum erst geschwellten Leib seines jungen Weibes abends beim Ausziehen oder in der Arbeit unterm Kittel sich straffen sah.

Aber der Sommer ging immer weiter ins Land, die frühen Kartoffeln wurden schon ausgemacht, bald sollte der dritte Heuschnitt sein. Da geschah es in einer klaren Mondnacht, daß aus dem tiefsten Schlaf Schorsch Philipp Seuffert sein Weib weckte. Zuerst starrte sie ihn mit verschleierten Augen an, rappelte sich hoch, schwergliedrig, im Glauben, es sei etwas los im Stall oder in der Scheuer und sie müsse helfen. Dann bemerkte sie ohne Begreifen, daß der Mann vor ihr in voller Uniform stand, den Stahlhelm auf dem Kopf, den Tornister auf dem Rücken, neue Unteroffizierstressen hatte er sich auf den verblichenen Waffenrock genäht, und die Stiefel waren dick mit Fett beschmiert. »Wach auf«, sagte er mehrere Male, und es war etwas sonderbar Fremdes in seinem Ton, dem sie blind zuhorchen mußte, ja sie vergaß ganz den Schreck und die Sorge, die ihr schon lang sein stummes Wesen machte, sondern lauschte auf seinen Stimmklang benommen, wie auf das Kyrie und die anderen Gesänge des Pfarrers im Hochamt. Und wie bei einer Predigt verfiel sie wieder in einen bang wohligen Halbschlaf, als er, leise und unverständlich vor sich hinredend, seine Tabakspfeife mit viel Umstand in Brand setzte. Der brenzlige Geruch des Rauchtabaks für Heer und Flotte vermischte sich in der Kammer mit Zimmerdunst und einströmendem Heugeruch, der Tabaksrauch zu so ungewohnter Stunde wirkte auf die Frau wie ein berauschender unheimlicher Weihrauch, sie starrte ihn an, erkannte ihn kaum. Das Mondlicht troff so gelbwächsern über sein Gesicht, die gerade, harte Stirn, die kurze Nase, die eckigen Backen und das breite Kinn, daß er wie ein Kopf aus gehauenem Stein aussah, oder wie ein Toter, und nur das kleine Schnurrbärtchen, schwarzstoppelig über den starken Lippen, zuckte und bebte ein sonderbares Leben. Ein Luftzug schleifte den Duft der weißen Nachtfalterblüten durchs Zimmer, süß und schwer stieg Schlafsucht durch die Nase und den offenen Mund der Frau ins Hirn – wenn er doch sich ausziehen wollte und ins Bett kommen – dachte sie dunkel und wagte sich nicht zu bewegen.

Plötzlich aber schrak sie wild in die Höhe. In sein Gesicht war dieser Ausdruck gefahren, der sie seit Wochen schon erschreckte und krank machte, dieses schwere geplagte Kauen, wie wenn einer reden will und zu reden glaubt, und es ist keine Sprache in seinem Mund; auch im Schlaf hatte sie es oft an ihm gesehen, und dann war er aufgesprungen und hatte sie angefaucht: »Ich muß fort« – das war es immer –, »ich muß fort« – und jetzt stand er mit diesem wilden Angesicht wie beim Erwachen dicht vor ihrem Bett, nur viel härter war es jetzt und fest entschlossen klang die

Stimme, als er ihr die Hand hinhielt und sagte: »Ich geh'.« Dann zog er die Hand noch einmal zurück, ging zur Tür und stippte die Finger ins geweihte Wasser, daß es aufspritzte. Seine Augen glänzten matt und undurchsichtig wie schwarze Kohlen, als er ganz ruhig wieder an ihr Bett ging. Er tropfte das Wasser ab. »Es schad weiter nix«, sagte er dabei und dachte einen Augenblick nach. »Ich komm' bald wieder«, sagte er dann, drückte ihr die schlaffe warme Hand und schritt mit klappernden Absatzeisen zur Tür hinaus.

Ihr war wie einem, der im Schlaf einen schweren Druck verspürt, eine Faust an der Gurgel oder ein Knie auf der Brust, und will schreien, sich wehren, sich erheben, aber der ganze Leib liegt wie in Totenstarre, die Glieder haben keinen Willen, der Mund keine Stimme, nur der Kopf ist wach mit all seinen schreckhaften Gesichten.

Als sie endlich den ersten Laut ausstieß, glaubte die Viehmagd unterm Dach, die Kuh würde kalben, fuhr hoch und rannte in den Stall. Der Nachbar, Bürgermeister, ein alter Mann, den der Mond nicht schlafen ließ, stürzte im Hemd ans Fenster. »Wo brennt's«, schrie er, »wo brennt's?!« Da sah er die Frau aus der Tür jagen und wie verrückt, immer hell schreiend, im Kreis um sich selbst rennen. »Der Schorsch«, verstand er nur immer, »der Schorsch!« Der Bürgermeister sprang hinunter, weckte seinen Bruder. Beide trabten wie scheue Ackergäule in den Hof. »Was«, schrie der Bruder, der noch besser hörte, »der Schorsch ist fort?!« – »Er muß schon am Wäldche sein«, greinte und jammerte die Frau, »gleich ist er fort!!« – Zwei Mägde und ein altes Weib hatten sich dazugesellt, jetzt lief alles los, auf die fahl schimmernde Landstraße hinaus, von der ein Fußpfad abschwenkte in den schwarz ragenden Hochwald. Die Greise vorne dran, in lang flatternden Nachthemden, dann die Weiber, zuletzt, von lautlosem Schluchzen geschüttelt, die Frau. Keiner wußte recht, worum es ging, aber als gleich hinter der ersten Wegbiegung Seufferts hohe Gestalt sichtbar wurde, begannen sie alle zu schreien, wie wenn ein Stück Vieh ausbrechen will, und rannten auf ihn zu.

Seuffert drehte sich drohend um. »Kehrt, marsch, marsch!!« schrie er, als hätte er Rekruten vor sich. Aber der Bürgermeister hatte ihn schon am Rockzipfel erwischt. »Willst du heimkomme!« schrie er –, »willst du heimkomme!!« Seuffert schüttelte ihn ab. »Geht niemand was an«, sagte er leise. »Hab' ich dich dazu reklamiert!« zeterte der Bürgermeister, und verstummte plötzlich vor Seufferts wildem Gesicht. »Ihr Saubauern«, sagte der knurrend. »Ihr versteht nix.« Dann fuhr er der zitternden Anna Barbara übers Haar. »Geh heim«, sprach er ruhig. »Leg dich schlafe.« Sprach's und setzte seinen Weg fort, ohne sich noch einmal umzudrehen. Die ganze Gesellschaft glotzte ihm stumm und verdutzt nach. Anna Barbara, mit dem Rücken an einen Baum gelehnt, hatte aufgehört zu weinen und hielt mit blasser Hand ihre Nachtjacke über der Brust zu. Zwischen den beiden riesigen Tannen, die den Abstieg zur Brücke säumten, stolperte Schorsch Philipp Seuffert über eine Wurzel.

Er stolperte wirklich wie ein leibhaftiger Mensch, daß der Stahlhelm schief rutschte, stampfte mit dem Fuß auf, setzte den Helm gerad und verschwand. Das war das letzte, was man von ihm sah. Sommer, Herbst und Winter strichen hin.

Ja, die Nüsse wurden reif und die Äpfel geerntet, bald gab es Treibjagd mit fernem, dünnem Klappern und gelbem Gejohl, die Stoppelfelder lagen stachlig verödet, von blau zitterndem Rauch überschwelt, der Buchenwald verrostete, flammte feurig auf, sank raschelnd herunter, klaffte schon kahl. Die Blätter fielen, manche schwebten herab in leise schaukelnder Drehung, andere fegten in dürren, knatternden Scharen ein trockenes böses Sturmhusten. Wilde Kastanien fielen herab und kullerten glänzend braun aus der stachligen Hülle. Die letzten Kartoffeln waren bald aus der Erde gebuddelt. Dicke Nebel begannen den Tag, bis die Sonne sich durchfraß und Baumkronen, Hausgiebel, Bergränder mit zarter Klarheit in die rauchige Luft hob. Die Tannen standen unverändert, schwarzgrün und kühl. Dann kam der November, mit schweren Regengüssen und wildem

Rüttelwind, der Bach hatte schlammgelbes Wasser, und die Blätter auf den Wegen verfaulten schon. Der Krieg war aus. An den Mauern des Spritzenhauses klebten Anschläge mit gedruckten Aufschriften, Männer in dicken Mänteln kamen von der Stadt und versuchten Vorräte zu kaufen, mehr denn je, mit denen die Bauern gierig und mißtrauisch hinterm Berg hielten; einmal auch war ein Mann da, der redete vor dem Gemeinderat und dann auf dem Dorfplatz in einem schrillen Ton mit vorgeschobenen Zähnen und mit einem Dialekt von drüben, jenseits des Rheines. Den hörten die Bauern mißtrauisch und blinzelnd an, indem sie bei den gemarkungsfremd ausgesprochenen Wörtern boshaft unter sich schielten.

Nach und nach kam der und jener heim, mit seinem Entlassungsschein in der Tasche, andere waren schon ohne Schein gekommen, und niemand hatte darnach gefragt. Sogar ein paar Pferde kamen wieder ins Dorf, die Äcker wurden zur Wintersaat von richtigen Männern gepflügt, und manche Frau, deren Mann unterm Holzkreuz verscharrt lag, ging jetzt mit einem, dem die Frau an der Grippe weggestorben war, oder mit einem der Jungen, die als Erben heimkamen. Kurz nach Weihnachten kam Anna Barbara nieder, sie nannte den Jungen Schorsch und trug ihn an ihrer Brust, die kaum genug Milch geben konnte für seinen prachtvollen Durst. Draußen knirschte der Schnee unterm Schuh. Von Schorsch Philipp Seuffert keine Spur.

Als der im Sommer den Jägerweg vom Gebirge herabschritt, standen die Dämmerwolken reglos über der Mainebene wie eine schiefergraue Wand. Nach und nach wurden die Landstraßen wach, Wagen kamen vorbei, ein Trupp blasser übernächtiger Soldatengesichter von der Übung oder vom Wachdienst, dann ratternde Lastautos, vollbepackt mit verdeckter Ladung in der Nähe des Fabrikstädtchens, bei Höchst die stumpf trottenden Scharen der Arbeiter, grünwangige Männer auf dem Weg zur chemischen Fabrik, viele Frauen mit hohlen Gesichtern, und dann, in der Nähe der großen Stadt Frankfurt, jagten schlanke

Kraftwagen vorbei, Staub und Schottersteine spritzend, in denen lässig zurückgelehnt, in silbergrau und graugünen Mänteln, Stabsoffiziere und Ordonnanzen saßen. Am Fuß der Eisenbahnbrücke machte Schorsch Philipp halt. Seitab vom Weg setzte er sich hinter einen Strauch, wo ihn niemand beobachten konnte, holte aus dem Brustbeutel einen älteren Urlaubs- und Fahrschein heraus und kratzte mit dem Federmesser einige Daten herunter, die er dann mit befeuchtetem Tintenstift umständlich und vorsichtig nachmalte.

Dann ging er weiter, ohne sich in der Vorstadt irgendwo aufzuhalten, geradeswegs zum Hauptbahnhof, wo er sich erkundigte, wann der nächste Urlauberfrontzug nach Südosten abging. Bis gegen Abend, sagte man ihm, müsse er warten, und er setzte sich in den heißen staubigen Wartesaal dritter Klasse, kaute an seinem mitgenommenen Brot und dämmerte vor sich hin. Unentwegt gingen und kamen Soldaten den Tag über, viele schliefen langhingestreckt auf den harten Bänken, andere tranken zusammen aus den Flaschen, die man ihnen zu Hause eingepackt hatte, und redeten miteinander laut und scheinbar unbekümmert. Wieder andere, die auf der Durchreise warten mußten, liefen ruhlos umher und stießen fluchend an die überall abgelegten Gepäckstücke. Von Zeit zu Zeit wurde ein Zug ausgerufen, es klang wie der scharfe Ton des morgendlichen Weckens in der Kaserne, dann fuhren Paare, die in den Ecken saßen, wie ertappt auseinander, Hände verklammerten sich, während die Körper der Frauen zuckend neben den schwer schreitenden, breitrückigen Körpern der Soldaten gingen. Auch Bahren und verhängte hölzerne Kisten wurden vorbeigeschleppt, kurz abgesetzt, weitergetragen, von Sanitätern und Schwestern begleitet. Einmal marschierte draußen ein ausziehendes Regiment auf, mit einer starren, klappernden Musik und blechernem Gesinge. Die Stimmen der Knaben und älteren Männer hatten etwas Breiiges, knochenlos Verweichtes, viele waren heiser und ohne Ton. Züge stampften, fauchten, verschnauften fern. All dieses Geschehen drang in Seufferts Auge und Ohr kaum ein, ging gleichgültig an ihm vorüber. Indem er in langen Pausen die Namen fremdsprachiger Bahnstationen aus seinem Gedächtnis klaubte, lautlos im Mund formte – Namen, die immer näher und deutlicher zu seinem erstrebten Ziel führten –, sah er hinter halb geschlossenen Lidern und hörte mit tief gesenktem Kopf die Vorgänge und Ereignisse eines dumpfwachen Stück Lebens, das lang hinter ihm lag, aber in Traum und Wachen ihn verfolgte, wie etwas, das angefangen und nicht zu Ende ist, sondern wächst und wächst, unaufhörlich, bis es abgetan und vollbracht wird. Sich selbst sah er in der fremden, hell umlichteten Überdeutlichkeit der Träume, und das, was aus ihm kam als Tun und Werden, das, was vorging, und das, was blieb, was bestand wie er selbst, drängend und fordernd solang er lebte, was ihn verfolgte in seinen wolkigen Gedanken und in seiner stillen, klaren Überlegung, was er nicht sagen konnte und was ihn nicht ruhig werden ließ. Eine Zeitlang war es ganz in ihm verschüttet, das war nach seiner ersten Reklamation, als er damals wieder verspürte, was die Arbeit in den eigenen Feldern war, und als er dann zum zweitenmal fort mußte, zu einem fremden Regiment, auf einen anderen Kriegsschauplatz, wo jeder in dem ewig gleichen Lehm und der ewigen Todesangst vor den Geschossen sein Gesicht verlor und stier dahinlebte.

Jetzt aber, seit er ganz zu Hause war und wohl nicht wieder fort gemußt hätte, und seit er das entdeckte an seinem Weib, was er früher oftmals erfleht hatte, ging es ihm gewaltig wieder auf und ließ ihn nicht los. Da war auch niemand, mit dem er es hätte besprechen können, denn die Beichte wollte er nicht mehr besuchen, seit ihm ein Geschoß seinen Bruder zerfleischt hatte. Und das Weib, Anna Barbara, durfte wohl noch nichts wissen von alledem, während sie trug und es in ihr wuchs und das alles noch dunkel und ohne Frieden war. Manchmal kam eine Karte von einem Kameraden seines alten Landwehrregiments, das stand immer noch an der gleichen Stelle, dort, wo das große Rußland in waldigen Steilgebirgen an den zersplitterten Balkan stieß. Auf der Karte stand der immer gleichbleibende Gruß der Soldaten, aber für Seuffert klang noch etwas anderes, Geheimes, mit, wenn er da las: »Hier geht alles noch gut –.«

Dann sah er, wie heut im Wartesaal, sich selbst deutlich einhergehen, durch das kleine Dorf, kaum erobert, das so seltsam dem heimischen glich und doch fremd war in jedem Stein am Weg und jeder Ackerkrume. Sah sich in diesem Haus, wo er Quartierältester war und wo eine breite junge Frau abends die Suppe vom Feuer trug, eine Frau mit Händen und Haaren, ähnlich wie die seiner eigenen Frau zu Haus und noch ähnlicher denen seiner toten Mutter, und bäurisch wie diese, bäurisch wie er selbst, bis in die Haltung des Löffels beim Mahl und in den Tonfall beim Singen und Reden in der fremden Sprache. Was dann kam, sah er nicht, denn es war ein Leben, wie er es lebte von Jugend auf: die Feldarbeit durch einen Lenz und einen Sommer, und nur im Herbst ward es anders, weil der Frost früher einsetzte und härter fiel. Dann aber, gegen das zweite Frühjahr, das Kind in den Armen der Frau, nach einer langen Wehnacht, und später das Kind in seinen Armen, wenn er am Bett saß, und er hörte das helle Schreien des Kindes in dieser Hütte, die viel ärmer und kleiner war als die seine im Taunus – hörte es noch draußen auf der Landstraße durch den Wald, als er dann abzog, ohne Abschied, zum erstenmal reklamiert nach Hause. Das war im Frühjahr des sechzehner Jahres, und der zweite Sommer ging seitdem zur Neige. Schorsch Philipp Seuffert wußte nichts mehr von dem fremden Dorf außer den Feldpostkarten, die manchmal kamen, und auf denen stand: »Hier noch alles gut«, oder »Hier noch alles beim alten.« Jetzt mußte er hin. Er hatte keinen Plan dabei, und keine Absicht wußte er deutlich. Aber er mußte hin, mußte dorthin und nach dem Rechten sehen, eh' er sich freuen durfte an der guten Hoffnung zu Haus. Wie er nun saß und alle die Namen kaute, die ihn im Weg näher brachten dorthin, war er zum erstenmal wieder leicht und ungeplagt. Auch den Namen dieser Frau schob er auf seine Zunge, aber ihr Gesicht sah er nicht mehr, kaum noch ihr Bett, nur das Kind, das noch kein Gesicht hatte, aber sein Blut und seinen Atem.

Am Nachmittag war Schorsch Philipp Seuffert etwas eingeschlafen auf seinem Stuhl, aber plötzlich wurde er wach, mit einem schreckhaften Gefühl, als ob sein Zug jetzt ginge oder ein Unglück draußen passiere. Aber es war noch früh, und er stand auf und reckte die Glieder. Da hörte er, wie wohl schon vorher dunkel im Schlaf, ganz nah und deutlich seinen Namen sagen. Und gleich darauf war er umringt von Männern, die er anstarrte, als stiegen sie im Leichenhemd aus der Erde, als sprängen sie im Traum aus seinem Kopf. Das waren die Männer, von denen die Postkarten manchmal kamen, die Karten mit den immer gleichen Worten aus dem fremden Dorf, aus diesem Dorf, in das er hin mußte.

Und wie sie ihn lachend umdrängten, mit Fragen, Zurufen, Anreden, auf die er nicht antworten konnte, pfiff draußen ein Zug, und alle sprangen auf, schoben, zogen und stießen ihn mit, den sie noch für schlaftrunken oder für weintaumelig hielten, schleppten ihn hinaus in die große Bahnhofshalle, wo noch mehr ihn empfingen mit Zuruf und Geschrei, und wo ein Offizier ihm auf die Schulter klopfte und ihn willkommen hieß.

»Einsteigen!!« schrie plötzlich einer, und alle stürzten auf die offenen Abteile zu, rissen ihn mit. »Nein, nein«, stammelte er, ohne all das noch zu fassen, und plötzlich wild aufstampfend: »Nein, nein, ich will nicht, ich fahr nicht mit!!« Aber schon hatten ihn ein paar Arme gepackt, hinaufgezogen übers Trittbrett, unter dem schon die Steinkante des Bahnhofs verschwand. Gesichter, die eben noch gelacht hatten, wurden ernst, finster. »Mach' kei' Sache, Schorsch!« sagte einer leise, begütigend. Die anderen starrten verbissen vor sich hin. Beklommenes Schweigen herrschte, die Räder stampften, und Schorsch, der mit steifen Gliedern auf eine Holzbank gesunken war, begriff langsam: sein altes Regiment war auf dem Durchmarsch, fort aus dem fernen Dorf in eine andere Front, gerad heute kam es durch diesen Bahnhof, und man hatte sein Erscheinen in voller Ausrüstung und zu dieser Stunde so gedeutet, als sei er zum Regiment zurückkommandiert und solle es befehlsgemäß heute und hier treffen. Dann, seinen plötzlichen Widerstand, das kannten alle diese Männer, die hier um ihn saßen und schwiegen und in sich selbst etwas bohren und schneiden spürten. Das kannten sie, und das würgten sie ab, bei den anderen wie in sich selbst, und so saßen sie um ihn her, um ihn, dem sie die Postkarten geschrieben hatten, als Kameraden und als Fremde, unter denen er verlassen war und fern von seinem Ziel. Der Zug stampfte in eine ruhlos durchblitzte Nacht. Sie fuhren gegen Westen, an vielen Bahnhöfen vorbei.

Als man sie auslud irgendwo vor einem leise rollenden brodelnden Himmel, von dem der Regen wie dünner Sand herabrann, war Seuffert schon fest in die Kompanie eingereiht und hatte seine Korporalschaft wie einst. Er wehrte sich nicht und lehnte sich nicht mehr auf. Auf seinem Schein, dessen Datum er selbst auf den jetzigen Monat verändert hatte, stand: »Zum Regiment zurück.« Da gab es kein Ausweichen und keine Erklärung. Aber er bedachte das kaum. Ihm war, als habe ihn etwas umkrallt in der Brust innen und er mußte schweigen. Nur um seine Lippen saß ein verstockter Trotz, und manchmal irrten seine Augen vom Wege ab, den er seine Korporalschaft frontwärts führte, als suchten sie in den zerstampften Feldrändern und Häusertrümmern eine Lücke zur plötzlichen Flucht. Aber der erste Abend kam, und sie lagen im Biwak einige Kilometer hinter der Front in einer Landschaft, die schon zwei Jahre vorher die Schlacht kahl gefressen hatte, auf den Grundmauern eines Dorfes, die nur noch an einigen umherliegenden Backsteinen zu erkennen waren, und an den Stümpfen der beim ehemaligen Rückzug gefällten Obstbäume. Auf den Trümmern einer Baracke lagen sie, die in der Nacht vorher eine Fliegerbombe zerschmissen hatte, samt all ihren Insassen, und auch in dieser Nacht dröhnten die Motore niedrig über der stetig zitternden Erde, krachten und schütterten da und dort krepierende Bomben, bellten die Abwehrgeschütze und ließen ihre Schrapnells fern, hohl, in der rauchigen Luft zerplatzen, meckerten abgehackt die Maschinengewehre. Die ganze Nacht über waren die Straßen erfüllt von rasend marschierenden Truppen, die sich den Weg versperrten, vor- und zurückeilend, Geschütze donnerten immer näher, Geschrei und Getöse war, manchmal grundlos verstummend, manchmal entsetzlich aufbrüllend. Nur wenige Männer fanden in dieser Nacht den Schlaf, obwohl sie den ganzen Tag marschiert waren. Gegen Morgen wurden sie von atemlos herbeistürzenden Ordonnanzen alarmiert, alles rannte durcheinander nach Zeug und Waffen, kaum fanden sich die Korporalschaften zusammen, wie man war, wurde man vorwärtsgetrieben von wild verstörten, unsicheren Kommandos, mitten durch zurückflutende keuchend abgekämpfte Truppenreste rannte man über die aufgeweichten Felder, irgendwo war eine Stellung angedeutet, quer übers Land gezogen eine kaum einen Spatenstich tief ausgehobene Furche, da begann man mit fliegender Eile zu schanzen, Erde zum Wall aufzuwerfen, sich einzuwühlen, jeder, wo er stand, indes schon Kugeln wie blinde ziellose Vögel sirrend und schrillend umherirrten.

Dann ging die Sonne auf, das Donnern der Geschütze schwoll furchtbar an, mächtige Erd- und Rauchkrater wirbelten überall empor, sonst war das Land weithin plötzlich wie ausgestorben, wie eine tote Landschaft auf einem längst verglühten Gestirn, in dessen gasiger Luftschicht kein lebendiges Wesen zu atmen vermag. Dünn gesät lagen die deutschen Soldaten in den flüchtig aufgeworfenen Erdlöchern, wußten kaum, wo Freund oder Feind war, einige Batterien fuhren aufs Geratewohl auf, um sofort von mörderischstem Granatfeuer überhagelt zu werden, und von den Fliegern wie von wilden Wespenschwärmen überfallen, indes auf der Seite des Gegners, kaum gestört durch den maßlos unterlegenen Apparat der deutschen Truppen, ungezählte frische Regimenter und Massen ungenutzter, ungeschwächter Maschinen in den Kampf zogen. Dies war der erste Tag des großen entscheidenden Durchbruchs durch die deutsche Westfront. Seufferts Landwehrregiment, das seit mehr als drei Jahren in friedlicher Stellung im Südosten gelegen hatte, geriet mitten in dieses todgeladene Verderben, in dieses wahnsinnige Zertrommeln aller menschlichen Widerstandskraft, das die frischsten und abgestumpftesten Nerven gleichermaßen zerriß. Bleich und käsig wie Leichen lagen die Männer in ihren kläglichen Deckungen, von denen eine nach der anderen zusammengestampft und in ein schwärzlich rauchendes Grab verwandelt wurde. Ersatzleute, die zu ihnen stießen, waren bereits von wochenlangen Kämpfen zermürbt, vom Hunger geschwächt, von Verzweiflung und Ingrimm entmutigt. So stieben sie, als am Nachmittag plötzlich wie riesige Käfer erdgraue Tanks von allen Seiten den Horizont überkletterten, die Äcker überschwemmten und fauchend heranstampften, wie Spreu vorm Sturm auseinander und rasten, taumelten, stolperten, stürzten zurück, jeder allein, in einer hilflosen, haltlosen Einsamkeit, um zerbrochen niederzufallen, wo irgendeine rückwärtig verteidigte Stellung sie aufnahm oder der nachdrängende Feind sie ereilte.

Seuffert selbst erlebte das alles kaum. Er schwankte mit wie ein Betrunkener in einer Reihe von Kranken, er blieb, wo er lag, und grub sich ein, schoß oder lud sein Gewehr, war einige Stunden hindurch mit einem Trupp übermenschlich sich verteidigender Männer zusammen in eine Grubenenge gepfercht, aus der es kein Entrinnen gab, und wurde mit all diesen von Offizieren der siegreich vordringenden Feindesmassen entwaffnet. Dann lag er in einer Art von Starrschlaf, der die meisten befallen hatte, wie ein Toter auf der Erde, bis man sie auftrieb und in einer Reihe mit vielen anderen Gefangenen hinwegführte. Man brachte sie nicht weit, die meisten brachen bald wieder zusammen, auch die Soldaten der Gegner waren zu Tode erschöpft, der Abend sank schon herab, der Schlachtlärm verebbte langsam und nur noch wenige Granaten heulten, man umgab sie in einer verlassenen Artilleriestellung mit Stacheldraht und verteilte Brot und Wasser unter sie. Plötzlich bemerkte Seuffert unter seinen Mitgefangenen, die er zuvor kaum angeschaut hatte, einen der Kameraden aus dem Dorf in der Ferne, es war der, von dem er die Postkarten bekommen hatte und der damals mit ihm in der gleichen Hütte gelebt hatte, in der dann das Kind schrie. Seuffert trat zu ihm hin, der auf dem Gesicht lag und schnarchte, rüttelte ihn auf, drehte ihn um, beugte sich zu ihm nieder und sagte zu ihm: »Ich muß fort.« Er sagte es so, wie er es vor Tagen zu seinem Weib in der Kammer gesagt hatte, so hart und bestimmt, daß der gefangene Soldat Schlacht und Erschöpfung vergaß, sein Gesicht ihm voll zuwendete und ihn fragend ansah. Und Seuffert, als sei in ihm ein Damm gebrochen, eine Wand geborsten – wie ein Stummer, dem ein Schreck oder eine Freude plötzlich die Sprache gibt –, sagte hier als gefangener Soldat dem gefangenen Kameraden die Geschichte seines Aufbruchs und all seiner Not. Der hörte ihn ganz zu Ende, als begreife er alles. Dann sagte er, indem er sich enttäuscht und ermüdet abwandte: »All das wegen dem russischen Weibsbild.« Seuffert verstummte, sein Gesicht wurde trüb und bös.

Er schlief nicht ein. Inmitten dieser Schlacht und ihres Verderbens saß er da, ganz in sein eigenes Schicksal vergraben und verwühlt. Er starrte auf den fahlen flackernden Streif der mählich beruhigten Front. Die lag jetzt im Osten.

Mitten in der Nacht entfloh er. Die Wachmannschaft war eingeschlafen. Es dachte auch wirklich kein anderer Soldat an Flucht unter diesen zu Tode gehetzten Schlachtopfern. Durch die vielfach zerrissene, kaum erst gezogene Frontlinie kam er unbemerkt. Auch durch die eigene Front, in der es von versprengten und zurückflutenden Soldaten wimmelte. Der fortschreitende Rückzug und das Debakel kamen ihm zugut. Wer wußte noch, wo die Reste seines Regiments steckten, wer dachte noch daran, ihn zu fragen? Auf rückwärts dampfenden Materialzügen, auf den Dächern der Lazarettwagen, an Puffer und Trittbrette geklammert kam er durch Frankreich. In Belgien wurde er auf einer Sammelstelle für Versprengte, in die ihn der Hunger getrieben hatte, zu einer Ersatzabteilung eingeteilt, entfloh in der gleichen Nacht. Mit einigen Deserteuren zusammen fuhr er auf einer herrenlosen Lokomotive ostwärts. Landstraßen, Städte, von Truppen überschwemmt, Lager in wilder Auflösung, Kolonnen in Flucht, Meuterei in verluderten Etappenbataillonen, die frontwärts fahrende Verpflegungszüge überfielen, plünderten, Aufziehen der roten Fahnen über einem Gefangenenlager, all das zog und flog an ihm vorüber, haftete nicht, bannte kaum sekundenlang das Bild und den Drang aus seinem Innern. Durch Deutschland kam er mit Papieren, für die er einem Regimentsschreiber sein letztes Geld gegeben hatte. Der letzte Zug, der deutsche Soldaten nach Südosten fuhr, trug ihn dem Ziel entgegen. Beinah zwei Monate waren vergangen, seit er aus dem Heimatort und von seinem Weib aufgebrochen war. Jetzt wurden die Namen, die er im Bahnhof damals aus seinem Gedächtnis erweckt hatte, leibhaftig und wuchsen vor ihm auf.

In den ersten Wochen, als Anna Barbara Seuffert ihr Kind stillte, kam eines Tages ein Mann vom nächsten Dorf herübergewandert und klopfte an ihre Tür. Er war gerade aus der Gefangenschaft zurückgekehrt, und sie erkannte ihn als einen der Kameraden, die einst mit Seuffert zusammen ausgerückt waren. Er sollte ein guter Hufschmied sein, auch Ackergeräte besserte er aus und hatte mehrere Gesellen.

Der setzte sich auf die Bank ihr gegenüber und blieb lange da, er sprach nicht viel, starrte nur vor sich hin und nickte manchmal mit dem Kopf. Sie saß mit Näharbeit, blickte kaum davon auf. Plötzlich nahm er das Bild, das vor ihr auf dem Tisch in einem Rahmen stand: Seuffert war es in seiner Friedensuniform, mit Helm und Gewehr. Er betrachtete es genau und blies etwas Staub vom Rahmen. »Schade«, sagte er dann. »Schade um den.« Anna Barbara sah auf, es war, als lächle sie, ihr Gesicht war ganz ruhig. »Der kommt wieder«, sagte sie fest. »So, so«, sagte der Mann nachdrücklich. Dann, nach einer langen Pause, fuhr er fort: »Ich hab' ihn gesehen zuletzt.« Die Frau fuhr auf. Wortlos starrte sie ihn an. Und langsam, schwer nach dem Wort suchend, erzählte der Mann ihr von der gemeinsamen Gefangennahme an jenem Durchbruchstag und wie er dann in derselben Nacht verschollen sei. »So ist es«, sagte er zum Schluß. »Und wer ihm wohl will, der tut gut, wenn er die Totenmesse bezahlt.« Aber die Frau, die ihn mit keinem Laut unterbrochen hatte, sagte wieder ruhig: »Der kommt wieder.« Der Mann begann noch einmal ausführlich alle Chancen aufzuzählen, die für Seufferts sicheren Tod sprachen. Die Frau schien ihm kaum zuzuhören. »Er lebt«, wiederholte sie nur manchmal, und ihr Gesicht wurde immer ruhiger, fast freudiger. Dem Mann wurde es kühl und unheimlich im Innern. Stumm saß er da und fand nur das Wort nicht, um zu gehen. Später stand sie auf und holte das Kind herein, machte die Bluse auf und legte es sich an die Brust. Er wagte kaum hinzusehen, tat es aber doch verstohlen. Schließlich stand er auf. »Ja«, sagte er, »vielleicht lebt er doch noch.« Die Frau lächelte mit vollem, nacktem Gesicht. Da ging er schnell.

Seuffert fuhr mit dem Zug der Karpaten- und Balkantruppen bis zu jener kleinen Bahnstation unweit der russischen Grenze, von der er damals, im Frühjahr vor zwei Jahren, abgereist war. Es war nur noch ein kleiner Rest der deutschen Besatzung dort vorhanden. Diese wenigen in erhöhter Alarmbereitschaft, denn man hatte schlechte Nachrichten, die ehemaligen Bundesgenossen waren abgefallen, die Bevölkerung ringsum feindlich, der Abmarschbefehl in die Heimat wurde täglich erwartet, da und dort waren Gefechte mit plötzlich auftauchenden fremden Abteilungen im Gang.

Seuffert kümmerte sich wenig um all diese Nachrichten, ließ sich auf dem Bahnhof verpflegen und setzte sich in Marsch, zu Fuß, nach dem ziemlich weit abgelegenen Dorf. Am nächsten Tag erst kam er an die Stelle, wo sie damals gekämpft hatten und wo der Waldweg direkt zur Ortsgemarkung führte. Dort setzte er sich nieder und rastete kurz. Eine seltsam fiebrige Erregung war über ihn gekommen. Und zu gleicher Zeit eine tiefe entnervende Ermattung. So dicht vorm Ziel, stieg in ihm langsam, noch ohne klares Wissen darum, die Frage auf nach diesem Ziel und nach seinem Zweck und Ende. Wieder überkam ihn jenes eisig heiße Rieseln, das er damals als Gefangener verspürte, nachdem er dem Kameraden alles erzählt hatte. Etwas von

Angst war darin und eine dumpfe Lust. Das Weib, dessen Namen er kaum mehr aussprechen konnte, und das Weib in der Heimat, Anna Barbara, das auf ihn wartete jetzt, all das war eines für ihn, wie die Äcker, die er hier oder dort gepflügt hatte. Und das Kind, das damals schrie, und das Kind, das die im Taunus von ihm trug, beides brannte in ihm und ließ ihn nicht los und mußte zusammenkommen. Er stand auf und ging langsam weiter. Als er in den Wald einbog, wehte der Klang von Schüssen an sein Ohr. Gleich darauf das Rattern eines Maschinengewehrs, dann das Brodeln lebhaften Infanteriefeuers. Bestürzt blieb er stehen. Da schlug ein roter Schein durch die Baumschatten, aus der Richtung des Dorfes, ein flammender roter Brandschein, und Seuffert begann wie ein Rasender zu laufen. Da, wo der Wald zurücktrat und die Felder begannen, kamen ihm deutsche Soldaten entgegen mit rauchenden Gewehren. Er lief an ihnen vorbei, ohne sie zu fragen. Das Dorf stand in hellen Flammen. Dunkle Gestalten rannten vorm Feuerschein, grell überflackt, schrien, warfen sich nieder, schossen Gewehre ab. Ein vorüberlaufender Soldat packte ihn am Arm. »Nicht ins Dorf!« schrie er. »Sie haben uns überfallen!« Aber Seuffert riß sich los, hatte schon die ersten Häuser erreicht, lief mitten durch ein brennendes Gehöft und stand vor der Hütte, deren Strohdach schwelte. Unter der Tür lag ausgestreckt auf dem Gesicht der starre Körper einer Frau. Ihre Hand hielt ein großes Holzbeil umklammert. Aus dem Hinterkopf überm Genick sickerte Blut. Seuffert setzte mit einem Sprung über die Leiche weg. Aus dem Innern der Hütte hörte er einen Laut. Das Kind saß am Boden, fast unbekleidet, als solle es schlafen gehn, weinte vor sich hin. Er nahm es auf den Arm, es wehrte sich nicht. Draußen begann das Feuer aufjohlend über die Dachbalken abwärts zu springen. Seuffert raffte ein paar Kleider und Decken zusammen, die verstreut umherlagen. Dann verließ er, ohne zu laufen, mit dem Kind das brennende Dorf.

Im Wald stieß er wieder auf fliehende Soldaten. »Wirf den Balg fort, lauf, sie sind uns auf den Fersen!« rief ihm einer zu. Aber Seuffert ging ruhig und stetig weiter, als gebe es für ihn und das Kind keinen Feind. Jetzt aber pfiffen Kugeln um seinen Kopf, und gleich darauf streifte ein Schuß seinen Arm, daß das Blut herabtroff und er das Kind kaum noch halten konnte. Da ging er seitwärts von der Straße ins Gebüsch, setzte sich nieder. Von dort sah er, wie einer der letzten fliehenden Soldaten von zerlumpten Kerlen eingeholt wurde, zu Boden gerissen, mit Messern zerstochen. Da schlich er sich tiefer in den Wald, immer weiter, bis er das ferne Geschrei und das Gebrodel der Schüsse nicht mehr vernahm. Die Richtung hatte er längst verloren, immer dichter und wegloser stieg der Wald zu wüsten Bergkuppen an. Es dunkelte, und er kroch mit dem Kind in ein Dickicht, wiegte es in Schlaf. Er hob seine karge Ration auf, um es in der Frühe zu nähren, und schlug es in seine Decken. In dieser Nacht fiel der erste Schnee.

Gegen Morgen schrie das Kind, und Seuffert gab ihm zu essen, was er hatte, rieb seine Glieder warm und trug es an seinem Leib unter dem Waffenrock. Der Schnee hatte alles gleichgemacht im Wald, jede Spur war verwischt, keine Richtung zu merken. Mittags taute ein föhniger Wind und kurze schwüle Sonne ihn weg, aber die verschwand bald wieder hinter schleppendem Nebel, und der zweite Abend kam, ohne daß Seuffert einen Ausweg aus dem Wald gefunden hätte oder eine Spur von Menschen. Aber Tiere sah er in großer Zahl, Hasen, Hirsche und Rehe liefen ihm über den Weg, fast ohne ihm auszuweichen, und in der kurzen Sonnenstunde kam er zum Schuß, traf und briet am Abend Fleisch für sich und das Kind. Als dieses ermattet eingeschlafen war, kroch Seuffert in eine nah gelegene Schlucht, die er vor Dämmerung gesehen hatte, aber mit dem Kind nicht mehr erreichen konnte. Ein Kienspan leuchtete ihm und die Sterne, die plötzlich knisternd und frostig aufsprangen. Er fand da die Reste einer hastig verlassenen älteren Truppenstellung, in den halb zerfallenen Geschützeinschnitten fand er einige Kisten zurückgebliebener Infanteriemunition, ein Unterstand mit festen Balken war in die felsige Erde gegraben, ein alter Herd darin, ein paar Bund fauligen Strohs, Holzscheite, ein Beil und Notkonserven in verrosteten Büchsen. Ratten fuhren rasselnd in die Ecken, Staub bröckelte mehlig herab. Dorthin brachte Seuffert das Kind, machte ihm ein Lager und zündete Feuer an. Dann legte er sich selbst zur Ruhe. Und es verging Tag auf Tag, der Schnee fiel herab in lautlosen Wolken, dick und feucht, fror in den Nächten zusammen und ballte sich höher in neuen rieselnden Tagen. Bald gab es Seuffert auf, nach Wegen oder Menschen zu forschen. Es war auch längst kein Mann mehr in diesem Land, der seine Sprache verstanden hätte, und kaum einer, der ihm geholfen hätte oder sein Leben geschont. Aber die Tiere gaben ihm reichlich Nahrung, er hatte genug Munition und lernte auch bald sie in Schlingen und selbstgebauten Fallen zu fangen, wie er als Kind im Taunus die wilden Kaninchen erjagt hatte. Das Kind aß von allem, was er brachte, und schlief nachts in seinem Arm. Zuerst hatte er kaum ein Wort von seiner stammelnden Sprache verstanden, und das Kind nur stumm und verstört seinen fremden Lauten gelauscht. Dann sagte er dem Kind den Namen des verbrannten Dorfes, den er noch wußte, und später den Namen dieser Frau. Da nickte das Kind und sagte ihm ein Wort, von dem er verspürte, daß es Mutter bedeutete. Und er sagte »Mutter« und lehrte das Kind dieses Wort, aber das Kind glaubte, daß er das sei und nannte ihn so. Oft weinte es anfangs, aber mehr und mehr vergaß es den dumpfen Kummer und was ihm fehlte, nur abends und wenn es fror, rief es oft klagend das Wort in seiner Sprache, das auch Seuffert bitter verspürte und voll Verlangen, denn es hieß Frau, wie es Mutter hieß. Sonst war das Kind heiter und von gesunder Kraft und wurde männlich weit über sein Alter durch die Nähe des Mannes, lief mit ihm durch den Schnee und lauerte an seiner Seite auf Wild, wie die jungen Füchse mit den Alten auf Beute lauern. Im Anfang sagte ihm Seuffert viele Worte für das, was es brauchte und empfand in seiner deutschen Sprache. Bald aber begannen sie beide, der Mann und das Kind, in einer eigenen Sprache zu reden miteinander, die es sonst nicht gab, sondern nur zwischen diesen beiden Menschen gesprochen wurde in der winterlichen Wildnis. So hatten sie viele Worte, und auch Spiele gab es da, sie brachen die glitzernden Eiszapfen ab vom Rand ihres Unterstandes und bauten Weiler damit auf den hartgefrorenen Schnee, bis die Sonne das Zaubergebäude in feurige Tropfen zerrinnen ließ.

Erst gegen Ende des Winters begann die Not. Seufferts Munition wurde knapp und gleichzeitig begann das Wild immer mehr zu verschwinden, teils durch die dauernde Jagd vorsichtig geworden, teils von der Kälte und dem Mangel an Nahrung verscheucht. Der Wind stand jetzt fast immer scharf von Nordost, wehte Eisnadeln in schneidenden Schloßen von den verharschten Bergrücken. Wölfe heulten bald nah, bald fern, und eines Tages liefen die Spuren schon dicht um den versteckten Unterschlupf. Da legte sich Seuffert nachts auf den Anstand, mit einem großen Vorrat seiner schwindenden Munition, schoß die kühnsten Tiere ab und verjagte die übrigen auf längere Zeit. Die erlegten Wölfe waren ihm eine willkommene Beute, denn die mitgeschleppten Kleider des Kindes wie auch sein eigener Waffenrock hingen bereits in kaum mehr zu flickenden Fetzen herab. Aus den Wolfspelzen, die er mit dem Messer zerschnitt und mit Sehnen der Wolfsknochen zusammennähte, wie die wilden Völker der Nordlande es taten, machte er warme Kleidung für sich und das Kind. So half er sich, wie er konnte, und sie kämpften beide voll Mut, das Kind mit seinen schwachen Kräften, er mit aller Stärke eines Mannes, gegen die Entbehrung. Aber je weiter der Winter vorrückte, desto schwerer wurde das Leben für die Natur des Kindes, und als die Nächte begannen mählich kürzer zu werden, und der Orion am Abend tiefer stand, ging sein Atem oft schwer und keuchend, sein Körper war heiß und feucht im Schlaf, seine Augen lagen tief gehöhlt und der Puls flackerte fiebrig. Eines Nachts hockte Seuffert lange wach neben seinem Lager, starrte über den unruhig atmenden Leib hin. Der harte verbissene Zug von Trotz und Nichtredenkönnen war jetzt ganz aus seinem Gesicht gewichen. Offen und ohne Druck lag jeder Gedanke und jede Regung auf seiner klaren Stirn. Er sprach nichts, wenn er allein war, aber er dachte deutlich und mühelos.

»Das alles hat sein müssen«, spürte er, »damit dieses Kind lebt. Und damit ich selbst lebe und mein Weib und das Kind, das sie nährt. Jetzt aber darf der Tod nicht über uns kommen, wie er über die fremde Mutter kam.« Diese tote Frau, kaum kam es vor, daß er an sie dachte, war für ihn nicht anders wie der Feldrain, den man im Frühjahr pflügt, der Saat trägt im Sommer und der im Winter zerfällt. Und die dunkle schwindlige Lust, die ihn früher oft durchrieselt hatte, war von dem Kind und diesem Winter ganz aus ihm herausgebrannt. Er stand auf, reckte die Glieder, packte das Zeug zusammen. »Jetzt müssen wir gehen!« sagte er laut und beugte sich über das schlafende Kind. Tags zuvor war er auf einer weiten Jagdstreife zum erstenmal auf eine alte Wagenspur gestoßen, die durch den vom Wind locker gefegten Schnee schimmerte. Zwei starke Tragriemen hatte er sich aus Leder gemacht. Die hielten das Kind auf seinem breiten Rücken. Es lag wie ein künftiger Märzhauch in der klaren Morgenluft, als sie aufbrachen.

Der Mann aus dem Nachbardorf blieb vor Anna Barbara Seufferts Haus lange stehen, dann kehrte er um, ging bis zum Wald zurück, trat vom Weg abseits unter die Tannen und holte die Karte wieder aus seiner Brusttasche heraus, um sie aufs neue halblaut und Wort für Wort skandierend zu lesen. Die Karte war ihm endlos nachgewandert, vom englischen Gefangenenlager zur deutschen Austauschstelle und endlich in die Heimat, wo sie ihn erreicht hatte an diesem hellen klirrenden Wintertag. Und es war ihm, als könnten aus der frostharten Erde gespenstische Pflanzen brechen oder böse Worte tönen aus den Brunnen am Weg, seit er diese Karte las.

»Bin entkommen. Fahre jetzt dorthin. Alles Gute. Seuffert.«

So stand es da in etwas verwischter, doch leibhaftiger Schrift, Poststempel von einer kleinen deutschen Stadt am Niederrhein. Oktoberende neunzehnhundertundachtzehn.

Er faltete die Karte in vielfache kleine Quadrate zusammen, daß sie ganz in die Ecke seiner Brieftasche verschwinden konnte, dann schritt er langsam und unschlüssig wieder zu Seufferts Haus zurück. Seit einigen Wochen kam er oft in dieses Haus, sah nach dem Vieh, half auch der Frau manchmal in der Arbeit, sprach wenig und nannte nie Seufferts Namen. Auch die Frau sprach nie von ihm, aber ihr Gesicht war immer von der gleichen klaren Gewißheit erfüllt. Jetzt, als er über die Wiese kam, trat sie vor die Tür, als habe sie ihn erwartet, und winkte ihm zu. Der Glanz dieses Wintertages lag auf ihrem Haar und in ihren Augen, die über ihn wegschauten oder durch ihn hindurch, als stünde einer hinter ihm, der ihren Blick empfange. So stark war dieser Blick, daß der Mann unwillkürlich herumfuhr und verstört in die leere Luft starrte. Dabei zuckte seine Hand nach der Brustseite, wo die Karte verborgen war, aber er ballte die Faust fest zusammen und griff nicht in die Tasche.

Aber die Frau näherte sich ihm, legte die Hand auf seine Schulter, daß er heftig zusammenfuhr, und hing sich dann in seinen Arm, von einer ungewohnten zarten Frühlingsröte war ihr Gesicht überhaucht, eine leichte schwebende Lauflust sprang aus ihren Gliedern, wie ein junges Tier war ihr Leib, wiedergeboren und neu erstanden in doppelter Jugend nach den schweren Lasten der Geburt, ein Duft ging von ihr aus, wie von den Spitzen der Tannen, die von tauendem Schneewasser tropften, so lief sie dem Wald entgegen, wortlos, mit lachenden Augen, und der Mann, fast gezogen von ihrer Hand, folgte ihr wie berauscht.

Es kam aber gegen Abend Nebel auf, plötzlich aus der Erde gurgelnd wie Kraterdampf, und als die Sonne rasch versunken war, quirlte es wie Rauch verwirrend, kreisend, zwischen den dunklen Bäumen.

Über Anna Barbara kam es wie heiße pressende Angst. Es war in der Nähe eines Wildfutterhauses, mitten im Wald, und es knackte überall im schwarzen Gebüsch, fern in der Suhle, in den vereisten Moorlachen, rumorten die wenigen Wildsäue, die noch in diesen Wäldern standen und deren Rauschzeit jetzt war. Sie klammerte sich an den fremden Mann wie an einen Baumstamm im Sturmwind und flüsterte ein Wort, das er nicht verstand, aber vor dem er sich fürchtete wie vor der Karte in seiner Tasche. Durch die Kleider und Röcke fühlte er ihren bebenden Leib, spürte er die fliegende Hitze ihrer Haut, und die Spitzen ihrer Finger bohrten ins Fleisch seiner Arme. Fester zog er sie an sich, und aus den ruhlos bewegten Büschen sprang etwas Böses, Grausames, Gewaltsames wie die fernen Brunstlaute der kämpfenden Keiler. Seine Hände schlossen sich krampfhaft um ihre Brust. Da sagte sie, und wieder erschrak er so furchtbar in seinem Rücken, als berühre ihn da ein glühender Atem – sagte sie deutlich und jedes Wort langsam hochhebend: »Jetzt seh' ich ihn –!«

Der Mann fuhr von ihr zurück und lachte plötzlich laut, gezwungen, künstlich, wie einer singt, der sich im Dunkeln fürchtet.

Sie schien es nicht zu hören.

»Ich seh' ihn« – sagte sie und hob sich auf die Zehen, als müsse sie über ein Bollwerk wegsehen.

»Er ist im Wald«, sagte sie, »er wandert – das Kind auf seinem Arm –«

Der Mann wich zurück, mit vorgestreckten Fingern, als gelte es, einen Spuk zu bannen, bekreuzigte sich dreimal, rannte davon. Die Frau stand noch eine Zeitlang ganz still, alle Angst schien von ihr gewichen, nichts war auf ihrem Antlitz mehr übrig von den Schauern des zweiten Gesichtes. Sie war nur müde vom Laufen, sah sich nach dem Manne um, dessen Arm sie jetzt nicht mehr halten konnte, und ging nach Hause, um ihr Kind zu stillen.

Der Mann verbrannte in dieser Nacht ein kleines, hartes, zusammengefaltetes Papier in der riesigen Glut seines Schmiedeofens.

Unterm heulenden, jaulernden Tauwind, der in den Riesenwipfeln der Tannen ritt, erreichte Seuffert mit dem Kind den Rand des großen Waldes. Vor ihm lag eine gelbe, wellige Steppe, von einigen mageren Buschinseln durchsprengt, eine Wagenspur zog sich endlos über versandete Heidestrecken, ein feuchter Sprühregen fröstelte herab.

Kein Haus, kein Schutz vor Wind und Wetter weit und breit.

Aber in ihm drängte etwas, lieber auf dem offenen unbarmherzigen Plan dieser Steppe umzukommen, als noch länger das scheue dunkle Leben im feuchten Schoße der Wälder zu fristen. Er füllte sich kleines Holz in einen Sack, um Feuer machen zu können, setzte das Kind wieder auf seine Schulter und schritt mächtig aus. Bald war es ihm, als zittere fern über den dunstigen Himmelsrand ein Glimmen von heißer Luft, wie es große Feuer auftreiben. Auch glaubte er im schleifenden Wind Stimmen zu vernehmen, wie von fernem Geschrei und Gesinge. Aber zu sehr war sein Auge und Ohr an die tausend Truggebilde der Wildnis gewöhnt, zu oft hatten die Menschenstimmen knarzender Bäume, sickernder Bäche, gebrochener Winde ihn getäuscht und grausam verhöhnt. So schritt er still weiter, ohne Hoffen und ohne Verzweiflung, und wunderte sich kaum, als nach einer Stunde wirklich dunkle Gestalten am Horizont heraufjagten, die weder Wolkentrug waren, noch flüchtiges Wild, sondern wirklich und leibhaftig Männer auf Pferden, Männer mit dicken Mänteln, die Lanzen quer überm Sattel, Männer, wie er sie von den ersten Monaten des großen Krieges her kannte, wo ihr Erscheinen Kampf bedeutete, wildes erbittertes Schießen und erbarmungslose Wut: Kosaken.

Einer schien ihn bemerkt zu haben, winkte mit der Lanze, und sofort brauste ein Trupp geschlossen auf ihn zu, umringte ihn in einiger Entfernung, ritt dann, von allen Seiten ihn einkreisend, im leichten Trab heran. Seuffert legte sein Gewehr zur Erde, dabei berührte seine Hand den Boden, streichelte ihn kurz wie segnend, dankend, zärtlich fast, dann richtete er sich auf, nahm das Kind fest an seine Brust und sah den Ankömmlingen froh entgegen.

Aufklärungspatrouillen waren dies von den mächtigen Reiterscharen des roten Generals, die nach Süden zu das russische Land durchstreiften, dessen Grenze Seuffert schon überschritten hatte. Unweit von hier, inmitten der Steppe, war das Lager eines

Hauptteils seiner Truppen, sie rasteten hier wochenlang auf dem Vormarsch zum Schwarzen Meer, wo noch große Landstrecken von der Herrschaft der weißen Gegengenerale befreit werden mußten. Kosaken waren das, wie sie im Schreckensjahr des Weltkriegsbeginns über die Ostpreußengrenze geschwärmt waren, Reiter auf Tod und Leben, Kämpfer aus Trieb und Beruf, aber sie standen nicht mehr im Dienst einer raubgierigen Macht, für die man kämpfte und für die man begeistert war, wenn sie den Sold erhöhte – sondern sie ritten und jagten jetzt gegen den Feind im Dienste des Volkes, das wußte und verspürte der letzte säbelbeinige Pferdebursch, der dumpfeste, rauflustigste Saufbruder – sie gingen gegen den Feind und hatten Lust an Treibjagden auf rennende Menschen, auf Plündern und Beute und Fraß und bezwungene Weiber, wie stets, aber sie spürten im Innern, wo der Stolz saß beim letzten noch und der Gehorsam und der treibende Ehrgeiz, daß es das Volk war, das mit ihren Waffen Krieg führte, Krieg so wild und roh, so hart und ungerecht, so hungrig und wutblind wie Kriege sind, aber es führte ihn nicht, um zu rauben, sondern es führte ihn, um zu leben. Das wußten sie.

Solche Männer waren es, die Seuffert umringten, und die mit einem Gemisch von Mißtrauen, Neugier, Staunen und Mitleid den fremden abgemagerten bärtigen Mann im Wolfspelz betrachteten, jenen seltsamen Christopher mit dem blassen Kind, an dessen Beinen noch die Stiefel und Kleider der deutschen Kriegstruppen waren und zu dessen Füßen die Soldatenflinte lag. Ein Unterführer nahm den Mann mit dem Kind zu sich aufs Pferd, er ließ es gern geschehen, obwohl sie ihm nicht sagen konnten wohin und er ihnen nicht sein Ziel nennen konnte. Aber alles war besser als die Verlassenheit und dies Wandern ohne Hilfe mit dem schwachen Kind.

Also kam Schorsch Philipp Seuffert und sein Kind zu den Truppen des Generals Budjonni. Der selbst war nicht bei diesem Heerlager, sein Hauptquartier war damals weitab in einer großen Stadt. Aber dem Lagerkommandanten, einem übergetretenen Offizier der alten Armee, führte man Seuffert vor. Der verstand nun Deutsch, aber aus den abgehackten Sätzen Seufferts konnte er nicht klug werden. Im Glauben, es handle sich um einen der entflohenen Gefangenen aus dem Weltkrieg, ließ er ihn zwar in Freiheit und wies ihm Verpflegung zu, fühlte aber keine Pflicht, seinen Weitermarsch zu unterstützen, sondern hatte Lust, den kräftigen Kerl in seine Truppe einzureihen, die für die kommenden Kämpfe skrupellos Kanonenfutter anwarb.

Seuffert seinerseits wurde aus den Äußerungen der Soldaten nicht klar, war aber von einer harten Entschlossenheit erfüllt, sich um keinen Preis, was man auch mit ihm vorhabe, von dem Kinde zu trennen.

Als man ihm das Kind nehmen wollte, zunächst nur in der guten Absicht, es den Schwestern bei der Sanitätskolonne zur Pflege zu übergeben, setzte er sich verzweifelt zur Wehr, war durch nichts zu bewegen, das Kind aus seinen Armen zu lassen, auch den halb scherzhaft, aber mit gefahrvollem Ausdruck auf ihn gerichteten Gewehrläufen hielt er stand, und bald sprach sich im ganzen Lager die Geschichte herum von dem wilden Mann und seinem Kinde. Neugierige drängten sich an das Zelt, in dem man mit Seuffert zu verhandeln versuchte, ein Kosak riß Witze über ihn und sang ein altes Lied vom Mann, der schwanger war und Mutter wurde, das Gelächter wollte nicht aufhören, und Seuffert stand, wie ein Tier im Käfig, mit trotzigen Lippen, entschlossen und unbeugsam, inmitten des Geschreis und Gejohles. Da trat ein kleiner weißbärtiger Mann durch die Menge, der die Uniform der einfachen Sanitätssoldaten trug, aber vor dem wichen alle zurück und zeigten Respekt vor ihm, mehr als vor einem hohen Offizier. Sein stilles, vielfach zerfurchtes Gesicht, das eines alten jüdischen Weisen, erfüllte auch Seuffert mit einem Gemisch aus Ehrfurcht und Vertrauen, und er ergriff die dargebotene Hand des Greises.

Dieser Mann, der einstmals Rabbiner in einer kleinen südöstlichen Gemeinde war, die bei einem der Pogrome zu Anfang des Krieges zugrunde gegangen war, lebte als Arzt, Pfleger und Dolmetsch bei den Reiterscharen des Volksheeres. Er hatte einen großen Einfluß auf die Führer der Soldatenräte und auf die einzelnen Männer dieses Heerbanns. Jeder, der sich nicht auskannte in einer Sache und den eine Not oder ein Zweifel packte, kam zu ihm und sagte ihm alles von sich. So ward dieser alte Mann immer weiter und klarer in seinem Wissen und Erkennen der menschlichen Dinge. Als nun dieser Mann lange Zeit allein mit Seuffert gesprochen hatte und von ihm alles gehört und genau erfahren, was zu seiner Geschichte gehörte – obwohl er nur das unreine Deutsch der östlichen Juden sprach und Seuffert nur den Tonfall seiner westlichen Heimat –, rief er am Abend noch den Rat der Soldaten dieses Lagers zusammen und erzählte ihnen von dem Mann, »der alles verlassen hatte und durch das kriegsdröhnende Land gegangen war, unberührt von den Gewalten der Vernichtung, um ein kleines Lebenslicht, das er einst fast im Dunkel entzündet hatte, vor dem Verlöschen zu retten. Und daß dieser bärtige, hellblickende Mann wie ein Heiliger sei unter den dumpfen, bösartigen Bauern, der weit über Land gehe und das Saatkorn trage, das Saatkorn des Lebens, das die Äcker der Menschen fruchtbar macht.«

Während er all dieses sprach, schlief Schorsch Philipp Seuffert gut und fest, satt und warm, sein sattes und ruhig atmendes Kind im Arme, unter der Pferdedecke eines verlausten Kosaken.

Am andern Morgen war er sehr erstaunt, daß einige Männer sich tief vor ihm verneigten, als er sie freundlich und bescheiden grüßte. Er hielt es für neuen Spott und ging erbittert abseits. Aber die Männer sangen heute das Lied von dem Manne, der fruchtbar ward, mit einem anderen Ton. Er hörte ihn nicht und hätte ihn auch nicht verstanden. Aber er begriff gut und jubelte in seinem Herzen vor Glück, als man ihm später Papiere gab, die ihm sicheres Geleit und freie Reise durch die Länder aller befreiten Russen gewährleisteten, und schied noch am gleichen Tage, von einem Kosakentrupp geführt, die ihn und sein Kind bis zur nächsten Niederlassung brachten. Von da war sein Weg noch weit und von wechselndem Schicksal begleitet, Hunger und Durst, Kälte und hartes Lager mußte er oft verwinden, aber es focht ihn wenig an, denn immer sorgte ein gutes Glück und seine kräftige Hand für das Kind, daß es ohne Not und Krankheit die lange Wanderung und all die Fahrten überstand. Im ersten Frühjahrsstrahl sahen sie eine Stadt mit grünen Kuppeln, wehenden Türmen und Dächern. Von dort fuhren sie lange Tage in dem warmen Holzwagen einer mächtigen Eisenbahn. Graue Steppen, von denen der letzte Schnee taute, rasend geschwollene Flüsse, unendliche Wälder, die sie mit vertrautem und doch angstvollem Schauer erfüllten, schwankten an ihnen vorbei. Auf regenüberglänzten Bahnstationen, in silbern schimmernden Wellblechbaracken, tranken sie heißen Tee, den man ihnen schenkte. Viele Menschen, Männer, Frauen und Kinder, gingen damals elend zugrunde in diesem Land. Diese beiden aber, Kind und Vater, blieben bewahrt.

Am ersten Mai führte man im kurländischen Gebiet Schorsch Philipp Seuffert über die Grenze. Alle Häuser waren geflaggt, man feierte das Fest des Volkes, die Fahnen glänzten in der Sonne.

Seuffert wußte nicht, warum man ihn da ein Stück Wegs über Land führte. Dann stand da ein Mann in grauem Rock, der ihm sagte, dies sei nun deutscher Boden, auf dem er stehe. Seuffert kniete nieder und küßte diesen Boden. Das Kind, von seinem Beispiel ergriffen, berührte ihn auch mit seinen Knien, Händen und Lippen. Dann schämte sich Seuffert, meinte, das richtige Deutschland fange doch erst zwischen Rhein und Main an, ließ sich zur Abschubstation für zurückgekehrte Gefangene bringen und sprach nicht mehr viel, bis er in der großen Stadt Frankfurt aus dem Zuge stieg.

Als Seuffert endlich, nach seiner letzten Heimwanderung mit dem Kinde auf dem Rücken, zwischen den beiden riesigen Tannen stand, die den Weg von der Brücke zum letzten Anstieg säumten, setzte er sich nicht nieder und ermattete nicht, wie damals am Waldrand vor dem fremden Dorfe. Er hielt noch nicht einmal an, um sich den Schweiß zu wischen, ja er sprang und lief und stolperte, wie ein leibhaftiger Mensch stolperte er über die Hohe Wurzel. Dann stand er hinter der Hecke seines Hauses. Die

Obstblüte war längst vorüber, die Kirschbäume hatten mächtig angesetzt und die Beerenbüsche standen alle in starker Fruchtbarkeit. Drüben sein Stück Feld, die Ackerfurchen lagen zum Teil noch ohne Grün, ockergelb glänzte das aufgerissene Fleisch der Erde, die Strahlen der vollen Morgensonne brausten hinein, regneten sichtbar herab wie blitzende Pfeile, gatteten die offenen Furchen mit gewaltiger Kraft, schäumten mit dem braunen, schwerflüssigen Bodendunst zusammen in breiten Wellen übers atmende Land. Die Stare flöteten langgezogen und süß. Eine Tür knarrte sommerlich in verrosteten Angeln. Da trat Anna Barbara aus dem Haus, den Korbwagen mit dem Kind vor sich herschiebend. Ihr Gesicht war hell und ohne Schatten. Sie hob das Kind aus der Wiege und setzte wie spielend seine kleinen unbekleideten Füße auf die nackte, warme Erde. Die zuckten prüfend, tasteten mit gestreckten Zehen, dann strampelten sie stark und traten mit fester Sohle klatschend auf den Boden.

Schorsch Philipp Seuffert stand da hinter seiner Hecke, das Kind an seiner Hand starrte wie er mit großen Augen durch den Zaun.

Einen Augenblick sah Seuffert unschlüssig auf das Haupt des Kindes herab. Dann faßte er seine Hand fester und trat durch die Pforte. Reglos sah die Frau ihm entgegen. Als er sehr nah gekommen war, setzte sie zuerst ihr Kind sorgsam in den Wagen, bevor sie mit beiden Armen, offenen Händen, ihn und das neue Kind empfing.

Editorische Notiz

Die Erzählungen von 1914 bis 1930 sind in diesem Band nicht chronologisch, sondern nach dem Rhythmus ihrer Themen geordnet; Carl Zuckmayers erster geschlossener Erzählband von 1927 wird abschließend in der originalen Zusammenstellung wiedergegeben.

Wegstreife wurde erstmals – nach dem undatierten, handschriftlich korrigierten Typoskript (Deutsches Literaturarchiv, Marbach/N.) – in ›Blätter der Carl-Zuckmayer-Gesellschaft‹, Mainz, 8. Jg., H. 4, 1. November 1982, S. 172, gedruckt.

Und ein fremder Mann fuhr nach Chigaco – wird hier aus dem Nachlaß (Carl-Zuckmayer-Archiv, Saas-Fee) zum erstenmal veröffentlicht. Die Handschrift hat den wieder gestrichenen Untertitel »Traum von Carl May, Mord + Detektiv«, wobei das Wort »Traum« mit Bleistift nachträglich hinzugefügt wurde; sie ist nicht datiert.

Die Geschichte vom wilden Cunningham und seinem treuen Weib wurde erstmals mit Zeichnungen von Ottomar Starke in ›Uhu‹, 5. Jg., H. 1, Berlin, Oktober 1928, S. 81–90, veröffentlicht.

Hundegeschichten erschien erstmals in ›Die Dame‹, 57. Jg., H. 24, Zweites Augustheft, Berlin 1930, S. 20–21, 34, 36, 38, 40, 42–44.

Die Geschichte vom Tierwärter Lober wurde erstmals in ›Der Querschnitt‹, V. Jg., H. 10, Berlin, Oktober 1925, S. 847–860, veröffentlicht.

Geschichten vom Vierwochenbüffel erschien erstmals in ›Berliner Börsen-Courier‹, 1. Beilage, 3. Juli 1924. Drei Jahre später druckte das ›Jahrbuch des National-Theaters Mannheim 1927‹, hrsg. im Auftrage des National-Theaters v. Werner H. Kaufmann, S. 109–117, den Text nach.

Sitting Bull. Ein Indianer-Roman, unvollendet wurde bei der Erstveröffentlichung des Fragments innerhalb der ›Gesammelten Werke I Gedichte. Erzählungen‹, Frankfurt am Main: S. Fischer Verlag 1960, S. 151–197, von Carl Zuckmayer auf 1924/25 datiert. Zwei Bruchstücke aus dem Dritten Teil hat er bereits früher zum Druck gegeben: ›Der Büffelmord‹ für ›Die Horen. Vierteljahresheft des Künstlerdank‹, hrsg. v. Hanns Martin Elster, 2. Jg., Berlin 1925/26, S. 180f. – ›Der [!] Präriebrand‹ für ›Das geistige Europa. Ein internationales Jahrbuch der Kultur‹, hrsg. v. P. Friedrich Muckermann u. H. van de Mark, 1. Jg., Paderborn 1925, S. 230–233.

Zur »Menschwerdung« entstand, nach einer Notiz Carl Zuckmayers, im August 1917. Der Text wurde aus dem Nachlaß (Carl-Zuckmayer-Archiv, Saas-Fee) in dem Band ›Einmal, wenn alles vorüber ist. Briefe an Kurt Grell, Gedichte, Dramen, Prosa aus den Jahren 1914–1920‹, Frankfurt am Main: S. Fischer Verlag 1981, S. 209–217, erstmals gedruckt.

Auch bei uns wird es Frühling. Ein Brief aus der Westfront wurde mit der Datierung »10. April« in ›Frankfurter Zeitung und Handelsblatt‹ vom 20.4.1915 erstmals gedruckt – es ist Carl Zuckmayers erste Veröffentlichung. Eine überarbeitete Fassung aus späterer Zeit (Carl-Zuckmayer-Archiv, Saas-Fee) liegt unserer Wiedergabe zugrunde. Im Nachlaß (Deutsches Literaturarchiv, Marbach/N.) befindet sich ebenfalls eine überarbeitete Fassung mit folgendem Vorsatz:

»(Diese Zeilen kamen mir zufällig wieder in die Hand, und ich kann kaum fassen, daß das nun wirklich zwei Jahrzehnte her ist.

Zwei Jahrzehnte, – seit eine Jugend mit solchem Glauben und Hoffen den ersten Kriegsfrühling begrüßte.

Ich war kaum achtzehn, gehörte zu den Kriegsfreiwilligen von 1914.

Den Brief schickte ich an die ›Frankfurter Zeitung‹, die ihn abdruckte, und daher habe ich ihn noch. Es war das Erste, was überhaupt von mir gedruckt wurde, – das Einzige, was ich aus dem Feld schrieb.

Was später kam, ließ uns verstummen.)«

Die erste Insel wird hier nach der undatierten Handschrift aus dem Nachlaß (Carl-Zuckmayer-Archiv, Saas-Fee) erstmals veröffentlicht. Sie gehört zu einer Sammlung von ursprünglich sechs Erzählungen, von denen nur diese eine erhalten ist. Das Titelblatt des Heftes, in das sie geschrieben wurden, lautet: ›Die erste Insel. Sechs Liebesgeschichten‹; das Inhaltsverzeichnis nennt die Überschriften:

»1. Die erste Insel.
2. Die Carmagnole
3. Pathétique
4. Heilsarmee
5. Christopher am Landwehrkanal
6. Westwind«.

Ein Bauer aus dem Taunus und andere Geschichten, Berlin: Propyläen-Verlag 1927, ist Carl Zuckmayers erster Erzählband. Unabhängig von den Daten der Entstehung und/oder eines früheren Drucks der einzelnen Erzählungen wird die Sammlung hier als Einheit wiedergegeben.

Die Handschriften bzw. Erstdrucke bzw. die Erstausgabe sind Textvorlagen für diesen Band. Für das Transkribieren der Manuskripte danken wir Frau Gisela Behr auf das herzlichste.

K. B.

Inhalt

Carl Zuckmayer

Salwàre oder Die Magdalena von Bozen

Roman 1935

Herausgegeben von
Knut Beck und Maria Guttenbrunner-Zuckmayer

Band 12701

Mit seinem »oder« bezeichnet der Titel dieses Romans das Spannungsfeld, in das der Ich-Erzähler, der Maler Thomas Stolperer, sich versetzt fühlt, als er seinen Freund, den Grafen Firmin, auf dessen Schloß Salwàre in Südtirol besucht. Dieser lebt dort mit seiner Frau und seiner Schwester Magdalena. Thomas neigt Magdalena zu; von ihr abgewiesen, verläßt er Salwàre und wendet sich der gänzlich anderen, tellurisch naturhaften Magdalena von Bozen zu und findet sich bald mit ihr in einem vitalen Liebesverhältnis. Der Sehnsucht des Malers nach dem Vollkommenen entspricht die plastisch beschriebene Landschaft in den Dolomiten.

Fischer Taschenbuch Verlag

fi 1642 / 2